Johannes Berles

Une Lettre d'Amour

roman

boudidi

À l'Amour.

Je dédie ce premier roman à tous les gens que j'aime, mais aussi à tous les lecteurs qui auront la délicatesse et l'amitié de me lire jusqu'à la dernière ligne, pour tout comprendre. Vos mots sur les miens, tendres ou tranchants, éclaireront ma route vers les prochains et seront toujours les bienvenus.

Peu importe le bout de terre ou de mer qui nous sépare ;

À mes parents et aux vérités qui nous animent de différentes lumières et qui nous ramènent toujours vers l'amour, peu importe nos chemins empruntés.

À ma famille. À Olivier, à ses enfants que j'aime tant.

À Valentine, amie éternelle du presque toujours d'un amour fraternel et première lectrice, romancière de talent et raviveuse de flamme littéraire.

À Élodie, sans cesse rayonnante, sur ce joli chemin de l'amitié. À nous trois, mousquetaires de nos vies, créant cette néo famille si chère à nos cœurs.

À tous mes Santantoninois de cœur. À Isabelle. À Sauveur. Qui m'ont tant appris sur les mots et sur la vie.

Aux belles et douces amitiés.

À Benjamin, Nicolas, Michaël, Pascal, Julie, Sophiane, Christophe, et tous les autres, pour qui je laisse un peu de place ci-dessous et à côté pour leur écrire un petit mot ou étendre celui-ci :

À Marie-Christine,
Avec toute ma reconnaissance
et mon amitié.
Johannes Berles

D'après une histoire vraie, un peu, beaucoup, pas tout
à fait,

Une Lettre
d'Amour

à S.B.

D'Arcy, Colombie-Britannique – 22 juin 2036

Dans un silence apaisant mais loin d'être sourd, le bruit de nos brasses lentes et le chant des oiseaux enivrent ce moment que je veux éternel. Cela fait déjà quelques longues minutes que nous sommes à l'eau. Une buse pattue nous tourne autour, et je sens l'homme de ma vie s'éloigner un instant. L'appel persistant de ce rapace mi-vêtu de neige, ressemblant parfois au hennissement d'un cheval, me captive.

La tendresse de l'eau est enveloppante dans la vallée immobile, où le vent s'efface... Où mon corps s'abandonne à une sérénité profonde, emmitouflé dans une détente absolue... Presque figée. Ces éléments synchronisés de jouissance simple permettent à mon corps de flotter sur le dos, face à un ciel qui se couvre, perdu dans ce tableau mélancolique. Sans me soucier du reste de ma vie, délesté de ce monde qui gronde, je laisse mes angoisses se dissoudre, porté par cette journée suspendue dans le temps. Le lac est magnifique. Je tourne la tête pour, tout de même, garder le fil mince et fragile qui me lie à mon existence et aperçois Cyprien qui a déjà rejoint le ponton au loin. Il s'est éclipsé pour de bon. Sans un bruit, dessinant des réserves à mes visions sereines et saturant peu à peu mon insouciance passagère.

Je pensais au fond de moi, malgré l'énergie que je mettais à faire fi de mes problèmes, qu'il avait changé. Ce n'était plus le fou que j'avais rencontré à mes dix-huit ans ; il faut dire qu'ils sont loin maintenant. Il n'était plus le même, et moi, je continuais à m'en vouloir. Chaque fois que mon esprit se libérait du quotidien, mon âme pêchait en se rejouant mes fautes. Jamais je n'ai eu l'occasion de m'expliquer, comme s'il avait toujours refusé de tout entendre, comme si la vérité lui avait été insupportable ; et qu'elle le demeure encore aujourd'hui. J'ai toujours trouvé ça curieux. Déstabilisant. Ces silences m'effrayent, sa colère aussi, quand je tente de parler de notre dernière séparation, de notre passé que nous n'avions, à cette époque, plus en commun. C'était son choix et moi, je devais apprendre à vivre avec ce silence. M'en accommoder.

Il a finalement quitté l'eau. Je l'entends au loin, il chante ; il est seul, comme moi ; je ne le vois pas. Le jardin en restanques nous sépare, et je suis encore à quelques brasses du ponton, porté à l'opposé de la maison par le faible courant. J'ai envie de le rejoindre. J'ai déjà envie de le serrer contre moi. Je lui laisse un peu de temps. Il en a souvent besoin. Je continue ma nage, cette fois à contre-courant, jusqu'aux canoës colorés, amarrés par un simple bout au taquet solidement fixé à notre quai flottant. Je le laisse encore un peu seul. Il est sorti de l'eau sans me dire un mot, il doit vouloir vivre cet instant à sa manière, refermant sa bulle qui le protège. Je décide de lui offrir mon absence ; et pourtant, j'ai tellement envie qu'il me désire auprès de lui, qu'il m'appelle.

Mon visage à demi-flot, le lac à hauteur de bouche, je souffle à remous vibrants, comme si plus rien ne me paraissait utile dans ce vide intense et cette solitude. Mon corps flotte, tout comme mes pensées, qui peinent à donner un sens à ma vie. Je ressens le besoin de sortir de l'eau, de m'occuper, de faire autre chose, quelque chose. Je me hisse sur le ponton de bois et décide de prendre le canoë rouge.

La levrette du patron me regarde, étonnée. Boss, de son nom, active son dandinement presque féminin, embrassant chaque seconde de son existence, et monte à bord. Ce n'est pas mon chat qui viendrait. Depuis son dernier voyage primitif avec moi, à quelques centimètres de la berge, où le canoë s'était retourné, je ne l'ai jamais vu remonter à bord ni même s'aventurer près de l'eau. Je me suis habitué à Boss, et il s'est habitué à moi. C'est un bon compagnon, fidèle. Je crois qu'il m'aime bien, qu'il m'a adopté en quelque sorte. Mais quand Cyprien est là, je n'existe plus. J'ai l'impression de les déranger. Quand il parle à son chien et le taquine en ma présence, j'ai l'impression qu'il me fait passer quelques messages, quelques reproches et avertissements. Je deviens Aurélie le temps d'un soupir agacé ou plus violemment Angèle dans un haussement d'épaules contrarié. Il me dit alors que je suis paranoïaque. Peut-être, mais pas bête pour autant. Je sens bien cet univers clos dans lequel il me plonge par ses reproches indirects. Je m'éloigne un peu trop pour Boss ; il saute à l'eau et s'en va rejoindre son maître… Le bruit du plouf s'estompe… Me laissant entendre du jazz au loin entre deux passées, ou deux pattées, je ne sais pas comment on dit brassées pour un chien. Il a dû se poser sur la terrasse et Boss doit maintenant être à ses pieds. J'essaie, sans espionner, de voir si le braséro est en feu ; j'aperçois bien cette lueur dansante qui dessine les contours de notre maison et confirme ma curiosité presque maladive, tant l'angoisse de l'abandon est forte. Il est toujours là, éloigné, mais encore là. Je les rejoindrai avant la nuit ou si j'entends mon nom crié de loin. Le sentiment de solitude s'accentue. Je remonte la pagaie de cèdre, la pose contre les bords de mon embarcation ; me créant un accoudoir, invitant la courbure de mes bras sur lesquels reposera ma lourde tête, pour prendre le temps d'observer le monde qui m'entoure, la sérénité de la nature, notre isolement total sur cette partie de la terre. Une pensée reconnaissante se mêle à une angoisse profonde et incurable. Aucun prince charmant ne viendra me délivrer, car je partage déjà sa liberté.

J'aperçois près du ponton, surplombant le lac, l'espace spa que l'on a construit l'année dernière. Les lumières automatiques qui annoncent le crépuscule se sont allumées en guirlande. Un halo entoure ces petites boules festives, soulignant la présence de l'humidité ambiante qui commence à nous encercler. De là-haut, par temps sec, il y a une vue imprenable sur ce fjord alpin, et j'aime y aller autant que possible. Ce que je préfère, c'est le bain nordique que l'on a installé à l'extérieur sous les cèdres et les Douglas, mais malheureusement, je ne l'ai pas allumé avant d'aller à l'eau ; il faut un certain temps pour qu'il se réchauffe. Le sauna et le jacuzzi intérieur feront l'affaire. J'ouvrirai la baie vitrée, l'effet relaxant sera presque le même. Voilà à quoi je pense pour évacuer tout le reste : je me concentre sur le matériel, sur ce que je possède, sur ce que j'ai toujours voulu avoir, même sans le savoir.

Avant d'arriver au Canada, je vivais dans une des cités toulonnaises, dans de charmantes barres grises et blanches aux noms de fleurs et d'arbres que l'on ne voit jamais. Malgré des noms bien printaniers ou exotiques qui font voyager, c'était un paysage que l'on n'admirait jamais sur les cartes postales du bord de mer. Les commerçants se seraient retrouvés avec un stock d'invendus. À moins que Banksy ne passe par là, pour dessiner la fleur imaginaire de notre béton armé. Autant dire qu'il aurait été superflu, presque irréaliste, de rêver à ce que j'ai aujourd'hui, vu d'où je viens. Je ne savais pas que j'aurais pu vivre ici avant de le rencontrer, je ne savais même pas où se situait le Canada, encore moins la Colombie-Britannique ; je ne connaissais même pas les températures froides qui y régnaient, moi, né sur cette Côte d'Azur opulente, offrant tant de soleil et de douceur sans jamais vouloir les partager avec les autres. Les autres, c'est moi maintenant, et je suis loin de mes hivers ensoleillés, de mes étés adolescents et frivoles.

Je commence à avoir un peu froid en pensant à cette chaleur qui m'attend et au souvenir de ma Provence ; je rentre et j'accélère mes coups de rame. Le lac n'est pas l'un des plus grands de la vallée, mais assez vaste pour ne pas voir les voisins de l'autre côté des cimes. C'est un couple d'Indiens de Vancouver. Ils ne viennent presque jamais. Quand ils viennent, c'est avec leur hydravion personnel. Arjun est pilote, Leela élève leurs enfants.

Je ne les ai même pas aperçus cette année. Ils sont charmants, bien que nous les connaissions peu. La seule fois où nous les avons côtoyés, c'était quand Cyprien les avait invités à l'apéro durant l'été 2032.

Un été pluvieux… Je me souviens. Le réchauffement climatique semble toujours refuser de nous réchauffer. D'ailleurs, on n'en parle presque plus. Nous avons tout juste internet et n'avons jamais eu de télévision. L'année 2020 avait déjà réduit à néant notre faible intérêt pour l'information. Nous vivions dans l'imprévu des événements, à quoi bon se tourmenter d'un quotidien trop éloigné de nous ? Et puis, parler de météo, c'est entrer dans une monotonie passagère, s'installer dans la routine. Et ça, c'est une chose qui pourrait tuer mon homme, lui qui a pour maxime : « Pour que jamais aucune année ne se ressemble. » On a eu cet été brûlant en 2021 où je croyais que c'était la

15

fin du monde ; les météorologues nous avaient dit que ça s'appelait un dôme de chaleur, certains parlaient aussi de bulle, et puis tout s'est calmé, percé, dispersé, et il a fait à nouveau chaud normalement, me créant des transpirations plus familières. Des sueurs, cet été-là, j'en ai eu de nombreuses. Ce n'était pas seulement dû au climat ; notre séparation avec Cyprien était bien effective, et j'apprenais à vivre avec des différences, aussi bien émotionnelles que pratiques.

Je gérais ma nouvelle vie, en tâtonnant, sans mon guide pour non-voyant, tout en le devenant pour un autre. Moi, j'étais à Vancouver, avec « ce type », comme il l'appelle. J'étais avec celui dont on ne prononce pas le nom. Il faisait chaud dans notre studio ; nous n'avions même pas de ventilateur pour faire circuler l'air étouffant dans la pièce. Il n'y avait qu'une porte-fenêtre exposée au sud, et tous les Britanno-Colombiens s'étaient rués dans les supermarchés pour dévaliser tout ce qui ressemblait, de près ou de loin, à une solution rafraîchissante. Pas un seul brasseur d'air disponible, même les plus onéreux étaient en rupture. Plus de climatiseurs chinois portables, et pas les moyens d'en avoir un fixe. De toute façon, les spécialistes n'en avaient plus ; comme du temps. Un marché noir de pales plastiques poussiéreuses et engrillagées façon extrême avait vu le jour sur Facebook. Les hélicoptères de salon se vendaient même sous le manteau et détrônaient un instant le chaos royal des rues, causé par la reine des drogues : le célèbre fentanyl, que l'on ne présente plus. La chaleur insupportable et étouffante, régnant sur ces rues trop américaines, se partageait étroitement un trône chaotique, transformant le commun des mortels en zombies de la Reine. Drogués et néo-suffocants traînaient les pieds du côté sombre, ombragés par les tours de verre réfléchissantes. Les autorités, perdues, lentes et déconnectées, sous l'emprise d'aucun effet néfaste, nous avaient conseillé de passer nos journées dans les centres commerciaux pour jouir de la climatisation. Ce dôme a été meurtrier lui aussi. Docteure Bonnie, la spécialiste de la mort venue des airs, frappait encore. « Bonnie a dit » pourrait remplacer le très populaire Jacques. Nous sommes passés d'une interdiction Covid à nous rassembler en nombre dans un lieu clos, à une invitation à partager nos miasmes réfrigérés, toujours pour nous éviter de suffoquer. J'aime l'urgence de leurs contradictions hâtives. Avec « ce type », nous avions une terrasse avec vue partielle sur la mer, où je fumais mes cigarettes et « mon satané Népal ». Bien que privilégié d'une demi-vue sur English Bay, cet aperçu angulaire ne rafraîchissait ni mon corps, ni mes poumons, ni mon esprit, mais il apaisait nos rétines devenues sèches. Le Pacifique, la mer des Salish, était notre seule alliée contre les brûlures de l'air ; y plonger nous soulageait de tous nos maux cet été-là. Ma vie, durant cette période de tous les changements, de tous les défis, était devenue si bizarre que je n'essayais même plus de la contrôler, ni de la comprendre. Je me robotisais tout autant que mes contemporains. Mon cœur ne cessait tout de même pas de penser à Cyprien, mais je ne voulais plus le contacter. Je savais qu'il en souffrait, mais je devais puiser dans mes forces affaiblies et assumer mes choix. J'étais parti. Chaque fois que je l'appelais, je voyais combien je le rendais malheureux, réalisant que je ne faisais du bien qu'à moi-même. Je pensais à lui, mais je n'avais plus envie du reflet de son visage dans mes yeux. Je l'avais rayé de ma vie, comme on dit, bien que ce fût contradictoire avec ce que ressentait mon cœur. L'amour s'était présenté à moi sous une forme différente. Ça n'a pas duré très longtemps, mais c'était plus jeune, plus fougueux, c'était merveilleusement nouveau, c'était complexement beau. C'était différent. J'échangeais du vieux pour du jeune. Je me sentais revivre à nouveau. Je scrollais vers le bas et reculais de dix pas. Mais je scrollais tous ces amours disponibles, comme on le faisait avec une application de rencontre. Avec le temps, plus rien ne s'appréciait, pas même le goût de ma vie ou celui des autres. Tout était devenu rapide, immédiat, furtif, insipide et ennuyeux. Ce que je reprochais à ma vieillesse annihilée s'était décuplé avec ma nouveauté du moment.

Avec Cyprien, on a une grosse dizaine d'années de différence. Quand j'ai approché les vingt-cinq ans, ça se voyait encore plus. Je ne l'ai pas supporté ; du moins, ma sœur et mes amis me l'ont peut-être un peu trop fait remarquer. Les gens pointaient du doigt un bonheur qu'ils s'empêchaient de voir. Je n'avais jamais parlé de lui à ma mère et durant la pandémie de 2020, je lui ai présenté mon auguste en photo. Il n'avait pas son nez rouge sur le cliché ; j'avais sélectionné celle où il faisait le moins saoul et où il souriait presque. Je voulais lui demander sa main, je voulais l'épouser, mais ma daronne s'est mise à rire et m'a fait remarquer à quel point il faisait vieux pour moi, alors que c'était moi qui faisais jeune. Aujourd'hui, nos deux corps se ressemblent. Ils ont largement passé la quarantaine, et plus personne ne semble vouloir les comparer. Plus personne ne me conseille d'être plus jeune ailleurs et tout le monde finit par se retrouver seul dans le chagrin du temps qui passe. Sans équivoque, j'ai rattrapé dans le vide cet amour qu'ils rejetaient, et qui aujourd'hui les anime par sa beauté. Sans se l'avouer, sans vouloir le croire, ceux qui m'aimaient le plus me condamnaient à un futur solitaire. Juste par rejet du bonheur... Les yeux grands fermés, ils n'ont jamais su créer cet horizon dans leur propre existence, me payant de conseils qui les ont éloignés à jamais de l'amour et de la vie. J'avais bien rayé Cyprien de mon quotidien, mais il me fallait maintenant en prendre soin de nouveau, pour que nos échanges de mots puissent timidement rejouer notre mélodie ingénue, sans aucune fausse note, ou très peu. Pour, au fil du temps, gommer ces affreuses rayures, affublées par mes influences crasses. Loin de ceux qui ne veulent que notre bien. Je ne sais pas pourquoi j'ai écouté leur avis à cette époque, mais j'étais perdu. Des histoires de mon enfance étaient remontées à ma mémoire, et il faut avouer qu'avec la famille de Cyprien, ça ne s'était pas très bien passé lors de notre retour en France.

Après presque cinq années merveilleuses, protégées dans un cocon à Whistler, et une relation de presque huit ans, tout avait foutu le camp. Tout s'était passé très vite. J'avais tout perdu si rapidement.

Cyprien s'est aujourd'hui enfermé dans un mutisme du passé ; il ne veut rien entendre et moi, j'ai besoin de parler… J'ai besoin de tout dire… Peut-être qu'un jour, il aura la curiosité ou le désir d'écouter mon histoire et de savoir que je n'ai jamais cessé de l'aimer… Ou alors, il tombera sur ces suites de phrases finement déposées par l'encre de ma plume, que j'aurai par mégarde laissées traîner sur le secrétaire de la chambre… Ce sera un jour où je partirai à la boutique en oubliant volontairement de ranger mes affaires… Il s'agira alors d'un accident, d'une étourderie passagère, et je ne serai pas tenu responsable de mes actes…Je m'en excuserai tout de même, en cherchant d'invraisemblables excuses, car il aura lu au moins jusqu'à cette ligne pour se rendre compte de ma manipulation irrationnelle.

La seule chose qu'il m'ait dite à nos retrouvailles, c'est qu'il me pensait décédé. Le jour où il m'a revu, presque par hasard, dans le ferry, sur le pont supérieur du Queen of Coquitlam, il était soulagé du contraire. Mais à vrai

19

dire, je n'en sais rien. C'était comme s'il savait que ce manège existerait, comme s'il l'avait toujours attendu ou espéré. Pourtant, à l'écouter, je revenais de loin. Les souvenirs se mélangent tous en moi avec violence, j'ai un besoin de parole qui est depuis trop longtemps étouffé par ma résilience. Je sens que j'ai assez rêvassé ce passé qui me tourmente.

Je monte maintenant les énormes marches de bois, irrégulièrement hautes, qui mènent au spa. Une odeur agréable de cèdre sec brûlant voyage jusqu'à moi et m'accompagne dans ma montée des marches de ce festival arcanique. Je pense au braséro qui a précédemment illuminé la maison par ses flammes rouge-orangées, mais sur la quatrième marche, j'aperçois tout de suite la fumée qui sort de la cheminée du bain nordique. L'humidité ambiante, déesse créatrice d'une brume épaisse, s'est mêlée à la folle danse fumante. M'empêchant de rassurer mes désirs fatalement contrariés, quand j'en rêvais de loin, inanimé. La vapeur d'eau de mon bain va bientôt les rejoindre, me baignant dans un paradis fantasmé. Il me faut juste retirer le capot de bois qui maintient partiellement la chaleur de ma détente impatiente. C'est une belle surprise. Cyprien a dû jeter une étincelle avant de partir se baigner et de me rejoindre au lac. Son départ silencieux ne présageait en rien cette délicate attention, là, brillante dans mes yeux. J'entends toujours le jazz, qui s'est maintenant rapproché ; je vois enfin le braséro, qui crépite de joie. Cyprien ne semble pas être sur la terrasse. Je décide de ne pas l'appeler et de continuer mon pavanement vers la cuisson mi-cuit de mon stress et de mes courbatures. Il l'a allumé pour moi. Une seule serviette et un seul peignoir sont sortis et il n'y a pas d'eau éclaboussée autour du bain. Toute cette bienveillance à mon endroit confirme maintenant sa préméditation amoureuse. Le jazz accompagne à merveille mes petits pas presque gelés, qui grelottent sur la pointe des pieds et font retomber mes talons comme pour faire un bœuf ; de mes vêtements de nage pliés sur la chaise, jusqu'au plaisir extrême de la chaleur enveloppante, qui, elle, joue et complète la scène du reste des instruments tel un homme-orchestre vibrant de ses frémissements.

Me voilà nu, exposé aux regards de mes buses somnolentes, qui n'hennissent plus et doivent se reposer de toutes leurs danses hurlantes. Ce rapace ne vient dans le sud du Canada qu'en hiver… J'affirme pourtant l'observer en été, et ne plus le voir à la saison des neiges… C'est étrange, comme si mes persuasions se fondaient dans ces erreurs pourtant évidentes. Comme si l'impossible devenait possible, soulignant l'incohérence de ma vie. À force de me torturer dans cette contemplation d'un des éléments naturels qui m'entourent, j'ai mené la vie dure à Cyprien en mettant cet oiseau au centre de nos vies. Il ne comprenait pas la symbolique de mes yeux toujours fixés vers les cieux. Comme si je regardais un fantôme qui tournait autour de l'aversion de nos deux êtres à nouveau réunis. Je regardais cette buse aux deux sexes, ne pouvant savoir qui était le mâle ou la femelle, ne sachant pas si ce couple indestructible était réel ou irréel, d'évidences invisibilisées par toutes leurs similitudes. Il a ressenti le besoin de se confier à une connaissance professionnelle, pour déstabiliser mes certitudes volant en l'air. C'est ainsi que cet ami de travail de Cyprien, Marco, passionné d'ornithologie, pour ne pas dire qu'il est ornithologue, m'a permis, par son intermédiaire, de distinguer cette espèce que je croyais être des balbuzards pêcheurs. Mais ce téléphone arabe entre Marco et moi me laisse sceptique quant à l'affirmation de cette identification aveugle. Je pourrais demander à l'intelligence artificielle ou chercher sur internet. J'ai également une application qui me renseigne sur les oiseaux, Merlin. Mais j'aime laisser mes songes se poser des questions, jusqu'à les torturer en les laissant sans réponse... Je répugne à ce siècle où l'on n'échange plus ses questions avec les autres... Cyprien ne veut que très rarement les entendre et surtout ne jamais y répondre... Avec toute cette technologie oppressante, je hais ne plus pouvoir laisser des images vagabonder dans mon for intérieur. Et si les experts se trompent souvent, et encore plus quand on ne leur demande rien, alors il m'est délicieusement agréable de les contredire dans mes doutes les plus insolents. Je pourrais mettre alors toute la technologie de mon côté, mais je préfère encore un peu me faire bercer par ma torture rêveuse, laisser l'expert se tromper et Cyprien se laisser aveugler, jusqu'à ne plus rien y comprendre. Un jour viendra où je contredirai Marco, par toute la mauvaise foi de mes réponses à portée de main, le dérangeant à nouveau de mes fixations voltigeuses dont je suis sûr qu'il n'a que faire puisque moi-même je ne lui ai jamais rien demandé. La victime collatérale sera alors l'arroseur arrosé, voulant jusqu'à contrôler ma poésie des montagnes, ma psychologie alpine.

Mes pas prolongent mes contemplations et m'éloignent de tout ennui mortel... Je me promène nu, avec la conscience que c'est un luxe suprême. Nous ne sommes pas dans l'opulence et ce plaisir simple m'appartient ; il vaut bien plus que tout l'or d'un orpailleur chanceux, accumulant sa fortune jusqu'à s'oublier de vivre. Cyprien gagne bien sa vie, tandis que moi, j'ai ouvert un business en ligne et j'ai une boutique à Vancouver Ouest. Il ne me demande rien et ne m'a jamais forcé à travailler depuis que nous nous sommes remis ensemble. Il me soutient tardivement dans mes projets, mais il me soutient enfin.

Lorsque je l'ai rejoint à Whistler la première fois en 2015, il n'avait même pas attendu que je me remette du décalage horaire ou que je défasse mes bagages. Il m'avait immédiatement fait comprendre que je devais trouver un travail au plus vite. Les petites annonces du Pique News Magazine étaient presque toutes entourées, elles l'étaient d'une encre rouge comme dans les feuilletons télévisés. Je n'avais presque rien à faire, mis à part choisir ce qui me paraissait le moins pire. Les entretiens qui ont suivi étaient ridiculement humiliants, je ne parlais pas anglais et je me suis fait arnaquer dès la première signature de contrat. On avait été séparés d'août de l'année précédente à juillet de cette première année canadienne. Ce retour avait été très brutal pour moi. Je ne l'avais jamais laissé filer, bien que ce soit lui qui m'avait mis à la porte de son studio niçois. J'ai toujours affirmé que c'était moi qui étais parti. Il me laisse le dire ou il s'insurge. Peu importe ! Ça fait longtemps que je ne lui en parle plus, et lui aussi ne m'en fait jamais état. Le nouveau Cyprien laisse le passé au passé ; c'est plus facile à dire qu'à faire pour moi. Nous nous sommes toujours quittés pour mieux nous rééquilibrer, loin de l'autre, en silence, mais lors de notre dernière séparation, il n'a pas déployé les mêmes efforts pour me retenir ou me retrouver. Moi, j'ai toujours su où il était et ce qu'il faisait, malgré mon absence volontaire. Il faut dire qu'il me pensait déjà dans l'au-delà. J'avais coupé les ponts, je m'étais rendu introuvable. Je sais qu'il avait contacté une amie, mais elle ne lui avait rien dit ; elle n'avait pas de mes nouvelles non plus à l'occasion de son appel. Lorsque j'en parle, il m'écoute, hoche la tête, comme pour m'inviter à changer de sujet. Il ne veut pas en reparler.

Le temps est venu pour moi d'accomplir un plongeon dans le lac rafraîchi par le crépuscule. Nous avons fait installer un toboggan sommaire pour passer rapidement du chaud au froid, et c'est extrêmement amusant pour des quadragénaires sans enfants. Je suis prêt à glisser : plouf and splash, à l'eau ! La sensation fraîche après le bain nordique n'a pas d'égal sur l'échelle du plaisir. Je remonte à nouveau en grelottant vers mon peignoir blanc, toujours sur le jazz de mon amant.

Il vient de mettre un morceau interprété par l'une des chanteuses qui jouait dans son bar à jazz de Nice. Quand il met cette musique, c'est qu'il se sent un peu nostalgique. Mais ça ne l'empêche pas de me faire danser. Du jazz manouche de Django à Mellow Swing, il n'y a qu'un pas, grelottant, mais qu'un petit pas. C'est cet air qui se joue et que maintenant je fredonne avec lui d'aussi loin que je me trouve :

« All of me, why not take all of me?

Baby, can't you see I'm no good without you?
Take my lips, I'll never use them
Take my arms, I want to lose them
Your goodbye left me with eyes that cry
Tell me how can I go on, dear, without you?
You took the part that once was my heart
So why not take all of me? »
[Gerald Marks & Seymour Simons]

Il fait jouer toutes les versions de cette fabuleuse chanson : Ella, Frank, Billie… Et bien sûr Mélodie. Les soirs d'été, il écoute ses vieux disques compacts. Je me moque de lui. Je lui dis : « À ton époque… » Une époque qui m'était proche, ce n'est qu'un an après la fermeture de son bar qu'il m'a rencontré. Quand il me parlait les premières fois, il était toujours en activité, puis il a fermé, il m'a rencontré, et nous nous sommes, chacun de notre côté, comme enfuis au Canada.

Nous n'avions rien à fuir, mais notre destin devait s'écrire ici. Je devrais dire plus justement que je n'avais rien à fuir ; Cyprien est une fuite permanente, son âme est toujours en peine et il n'en a jamais vraiment découvert la cause. Je suis dans ses bras à la tombée de la nuit, un des pansements les plus efficaces selon lui. Il n'a besoin de rien d'autre quand ça va mal, quand il se doit de tout mettre sur pause.

C'est Cyprien qui avait fui le premier. Moi, dans toute ma perdition et le manque de lui, j'avais amoureusement suivi. Pour moi, le Canada, c'est aujourd'hui la Colombie-Britannique. Je suis bien allé à Montréal pour faire valider mon premier visa, mais je n'y ai jamais vécu, contrairement à Cyprien. Il ne m'y a jamais emmené. Je ne lui ai jamais demandé non plus. Je me souviens juste du froid, du vrai grand froid. Il faut dire que là où nous vivons, ça ressemble presque au paradis de mon enfance. C'est en quelque sorte la Côte d'Azur de ce grand pays nordique. Cyprien dit qu'avec la famille et les amis, ce serait vraiment le paradis. Je lui réponds alors qu'on n'a qu'à y retourner, près de sa famille et de ses amis. Il ne me répond pas ; il ignore ma provocation… Ne me dit rien… Moi, il me suffit, et je n'ai besoin de personne d'autre. J'aimerais que lui aussi me le dise. Son seul compliment éternel et caché, sa redondante déclaration amoureuse est : « Avec toi, je ne m'ennuierai jamais. Je t'ai bien choisi dans le catalogue. » J'aime tout de même quand il me dit ça.

On s'est rencontrés sur une application. Le supermarché virtuel des désenchantés, en quelque sorte. Il m'a trouvé au rayon friandises et douceur de vivre. Des sobriquets qu'il me donne, d'ailleurs : « Ma petite douceur, ma douceur de vivre », mais il y a aussi

25

« d'amour » ou encore « doudette, la doud… » Le panel de mes surnoms n'est pas une liste exhaustive ! Moi, je cherchais plutôt dans le rayon nature et découverte. J'avais tout juste dix-neuf ans. Sans le vouloir, je l'ai aussi bien trouvé en acceptant qu'il me choisisse. Toutes mes relations ont été inattendues, même celle avec « ce type ». Depuis le premier jour, Cyprien trouve toujours des mots surprenants que personne d'autre ne dit. Il est spécial, unique en son genre. Ses compliments et ses fausses déclarations d'amour résonnent en moi ; comment pourrais-je me plaindre, quand chacun de ses mots semble toucher mon âme ? Son regard sincère me réchauffe le cœur à chaque fois qu'il se pose sur moi. Il m'arrive parfois de souhaiter des mots d'amour plus simples et plus directs, un je t'aime me suffirait.

Le bonheur, paraît-il, s'écrit à deux. Sa tante Pauline, qu'il aimait beaucoup, lui disait : « Il te faut d'abord être amis, ensuite amants, et enfin amoureux. » Sa relation avec l'oncle Auguste ressemblait d'une certaine manière à la nôtre, avec toutes ses différences. Il me dit qu'il pense que pour nous, ça a toujours été le cas. Je ne suis pas vraiment d'accord, je n'ai pas toujours respecté les trois A de sa théorie familiale. Ils sont passés un peu à l'as, si nous y rajoutons un « s ». Sachant que j'ai brisé le plus important : notre amitié. Je m'en veux pour ça ; je ne pourrais jamais le lui avouer dans les yeux, mais ces années passées loin de lui ont été les plus difficiles de ma vie.

Être avec un homme plus âgé dans une première relation, c'est grandir plus vite, trop vite peut-être. J'avais beau être mature, je n'en étais pas moins une personne encore vulnérable et naïve. L'absence de mon père n'y aidant pas, sans cette image positive qui permet un certain équilibre, j'ai fini mon adolescence et suis entré dans le monde des grands par un transfert que je voulais protecteur. Si je ne vivais pas notre relation comme un inceste, Dieu merci, l'absence de Cyprien par la suite m'en donnait le goût amer et pervertissait tout mon être. J'avais perdu le symbole le plus solide de ma jeune existence. Je devais avancer sans les petites roues sur cette route qui s'annonçait déjà sinueuse, dans une pente qui se voulait à pic. Le haschich de mauvaise qualité, surdosé en THC, par l'excès que j'en faisais lors de notre séparation, m'avait rendu paranoïaque, maigre, dépressif, et j'entamais cette liberté de la plus mauvaise façon qui soit. Je devais fébrilement avancer sur cette route où le brouillard m'empêchait de voir la vie.

La brume s'accentue sur le lac. Je suis à présent tendrement entouré par mon peignoir blanc, la serviette déposée par mon homme déguise ma tête d'un turban. J'enfile mes pantoufles d'extérieur et viens me poser près du braséro. La chaleur des flammes me réchauffe, et l'odeur du cèdre brûlant emplit l'air qui se veut rassurant. Le bruit des frottements de mes frissons s'atténue ; laissant chanter à mes oreilles des crépitements spectaculaires et généreux. Entrecoupé dans cette mélodie brasière, j'entends deux verres qui trinquent, comme pour accompagner la scène prenant feu.

Nous avons de la visite, et des rires éclatent suivant le tintement des verres. À pas feutrés, je passe la porte-fenêtre de la chambre et m'en vais me changer. J'ai dû oublier un apéro, à moins qu'il ne soit surprise, comme Cyprien les aime. Maintenant à l'intérieur, je crois reconnaître cette grosse voix. C'est Hervé, un ami du travail de Cyprien. Lui aussi est capitaine pour BC Ferries. Il est québécois, mais a un accent de Marseille. Nos vies ne sont jamais à l'abri d'une bizarrerie ou d'une contradiction. Je ne crois pas avoir été mis au courant de cette visite importune, dont j'ai peut-être

27

volontairement été éloigné. Mes paranoïas ne sont jamais très loin de moi, même si cette mise à l'écart arrange mon asocialité.

Cyprien a repris ses études en 2019, presque un an après notre retour en France et quelques mois après notre presque séparation définitive. Il était devenu matelot de pont. Aujourd'hui, de l'eau ayant coulé sous ses ponts, il est devenu capitaine. Si je n'étais pas revenu dans sa vie, je pense qu'il serait parti et n'aurait pas continué sa carrière ; il ne voulait pas rester seul en Colombie-Britannique. De plus, le brevet de capitaine 150 GT lui suffisait pour son projet célibataire. Il a travaillé dur pour y arriver. Je suis très fier de lui. Le reste de ses études, il les a faites en anglais ; bien qu'étant devenu bilingue, ce n'est pas sa langue maternelle, et il avait le choix de les faire en français, le Canada offre cette possibilité. Je n'ai jamais rencontré quelqu'un d'aussi déterminé que lui, pourtant il fait tout à la manière d'une grosse feignasse. Son oisiveté et sa procrastination innées étaient légendaires dans ma petite fenêtre des romances. Il ne s'ennuyait jamais dans son temps libre, et quand il travaillait, mais surtout quand il étudiait, on aurait dit qu'il faisait deux fois moins d'efforts que les autres. Pourtant, en coulisses, je l'ai déjà vu s'arracher les cheveux. Je crois au fond qu'il se forçait à avoir des métiers ancrés dans le réel pour ne pas s'éloigner des hommes, pour se défier en symphonie, comme pour accompagner le genre humain de sa mélodie bruyante et ne plus se sentir seul. Il a beau avoir l'âme fuyante, la mélancolie nomade et la tristesse en bagage, quand il veut quelque chose, il l'obtient. Je ne suis pas vraiment comme ça moi, alors ça m'épate d'autant plus.

Son rêve avant notre séparation était d'acheter un voilier et de faire le tour du monde à la voile. Il m'en reparle encore, mais en vain, je n'en veux pas, je n'en ai jamais vraiment voulu et je n'en voudrais jamais. Il pousse ses pions un à un pour éloigner mes réticences, il se persuade qu'un jour il réussira à me convaincre de le suivre. Nous avons un joli voilier amarré à Vancouver Ouest, mais nos aventures se sont limitées à l'Alaska et au Mexique, avec une date de départ, mais surtout d'arrivée. L'année prochaine, nous prévoyons de naviguer dans le Pacifique Sud, vers les Marquises. Imaginer les eaux turquoise et les plages de sable blanc me remplit d'excitation, bien que celle-ci comporte un bémol sur ma partition du grand voyage. Il va prendre six mois d'arrêt sabbatique, mais je crois qu'il essaie de prendre l'année complète. Hervé doit être là pour ça. Ils s'arrangent avec leurs vacances et manigancent derrière moi. Moi, je vais devoir mentir encore une fois et prétendre quelques indisponibilités, car je ne veux pas partir aussi longtemps, mais je ne veux pas lui faire de la peine. Aussi, entre lui dire ce que je veux et le blesser, ou mentir et m'inventer des contraintes pour équilibrer mes désirs, tout en préservant ses excès, j'ai choisi ! Le mensonge est en préparation et j'ai même quelques complices. Le saura-t-il un jour ?

Un sentiment innommable s'empare de moi, une émotion, quelque chose de plus fort que ma raison. Je n'ai pas envie de les rejoindre, leurs rires, aussi cristallins soient-ils, m'éloignent de leur présence. Dehors, le parfum des pins flotte dans l'air frais de la nuit, contrastant avec la chaleur de la pièce derrière moi et du cèdre brûlant. Je n'ai pas envie de participer à cette soirée improvisée. Les éclats de voix et les tchin-tchin hurlants, faisant s'affronter leurs verres, créent une atmosphère de fête qui semble appartenir à un autre monde. C'est le leur. Deux choix s'offrent à moi : partir en balade nocturne ou rester dans ma chambre, transformant celle-ci en une prison momentanée. Angèle revient dessiner ma paranoïa éclairée. Si je reste dans la maison, Cyprien peut venir me chercher incessamment, et la balade nocturne est risquée sans prévenir personne, avec la menace d'être attaqué par un grizzly ou un cougar. Pris entre ces deux craintes, je dois choisir. Le parfum frais de la nuit me tente, mais la sécurité de ma chambre semble plus raisonnable. J'entends le bruit léger du vent dans les arbres et le hululement lointain d'un hibou. Je baigne régulièrement dans l'indécision, mais ce soir, les rejoindre m'est impossible. J'entends Hervé lui demander si je suis là et si je vais les rejoindre. Les battements de mon cœur s'accélèrent. Sa réponse est presque silencieuse, comme s'il savait que je n'en ai pas envie, ou peut-être qu'il ne le désire pas lui-même. Je préfère penser que c'est pour me protéger qu'il change si vite de sujet. Je bats la mesure d'une manière plus raisonnable maintenant, mais je dois m'enfuir à tout prix. Le murmure des conversations et le crépitement du feu se mêlent aux éclats de rire. Je ne suis pas sauvage, mais fort souvent je préfère n'être qu'avec mon homme et ne pas le partager. J'en ai besoin ce soir, mais que faire ? Le chasser ? Je savoure cependant la tranquillité de cette pause solitaire, mais elle me paraît fragilisée. Boss ne semble pas non plus vouloir rester avec son maître. Il me regarde, d'un air intrigué, faire les cent pas dans la chambre. Je stoppe la cadence infernale de ma danse idiote, regarde Boss et lui demande s'il veut aller faire un tour. Sa queue se met frénétiquement à balancer de gauche à droite et de droite à gauche ; je comprends que c'est un oui. Je prends l'une de ses laisses qui traînent dans la chambre des pas perdus et nous sortons tous les deux.

La nuit nous kidnappe immédiatement, et le bruit de nos pas sur le gravier résonne doucement dans le silence environnant. Boss renifle l'air, ses oreilles sont dressées, prêt pour l'aventure. Une des choses qui me plaît le plus au Canada, du moins là où nous sommes, c'est l'absence de pollution lumineuse. C'est à la fois terrifiant, mais aussi divinement beau. Un spectacle dont on ne peut pas jouir en ville, celui d'un ciel si étoilé qu'il nous enlace de part en part. Les cimes des grands arbres nous guident les yeux vers les étoiles. Quand elles sont filantes, elles forment une multitude de sapins de Noël, à la fois scintillants, mais aussi dessinant une harmonie qui nous fait oublier tous les désastres des hommes. Le silence de la nuit est seulement interrompu par le doux bruissement des feuilles, le hibou et le sautillement heureux de Boss, créant une symphonie naturelle qui apaise l'esprit, suivie de mes pas. Boss est là pour me protéger de mes pensées noires les plus idiotes. J'ai laissé un mot sur la commode du lit, au cas où Cyprien essaierait de savoir où je suis. Quand j'en aurai marre, nous ferons demi-tour, en espérant qu'Hervé soit parti. L'air devient doux maintenant, notre marche réchauffante est embaumée par l'odeur des pins et des fougères, par la brume qui se dissipe et laisse derrière elle un doux parfum, par le sol qui crisse légèrement sous mes pas inutilement pressés, faisant remonter le goût de la terre à mon nez. Boss trottine joyeusement, ses oreilles oscillant à chaque mouvement, sans ressentir la moindre crainte. J'essaie d'utiliser cette plénitude angoissée pour penser à mon existence, au bonheur que je vis actuellement aux côtés de l'homme de ma vie. Je pense aussi à ces choses que je n'ai pas encore écrites et que je dois coucher sur le papier au plus vite, de peur de les oublier, de peur que Cyprien ne tombe jamais dessus, car j'ai besoin qu'il sache ma vérité.

Le ciel étoilé au-dessus de moi m'inspire, me rappelant l'immensité des aveux coupables que je souhaite partager. Je capture chaque instant de ce bonheur éphémère. Il me serait si simple de lui parler, de m'asseoir à ses côtés, de lui demander qui a partagé sa vie durant mon absence et de lui parler de celui qui a partagé la mienne. Tous mes essais jusqu'ici se sont terminés par des mots venant de sa part, qui mettaient un point final à toutes ces discussions qu'il ne veut pas aborder. Mais je ne comprends pas pourquoi. J'ai envie de le forcer à se livrer, mais surtout à m'écouter. Une amie m'a dit la dernière fois que je cherche des problèmes où il n'y en a pas, mais j'ai l'impression que je dois m'asseoir sur une partie de ma vie pour vivre celle-là. Je suis en quelque sorte condamné au silence pour pouvoir jouir de ma liberté. Il m'enferme pourtant. En refusant le dialogue, il crée le début d'une violence. Je suis parti aussi pour cette raison. La première fois, quand j'en ai eu l'opportunité, j'ai fui ce que je croyais être une prison dorée. Tout allait bien entre nous, nous ne nous disputions jamais, nous n'avions pas de problèmes intimes et la vie nous offrait en permanence ce que nous voulions. D'ailleurs, lorsque je suis revenu dans sa vie, tout a repris là où nous l'avions arrêté, avec les mêmes facteurs chance et la même douceur de vivre. C'est bien ça qui me dérange. J'aimerais qu'il me le fasse payer, qu'il me montre sa jalousie, qu'il me crie dessus, qu'il me pose des questions. Je voudrais que les choses ne soient pas aussi parfaites. J'ai l'impression de vivre dans un mensonge. Personne ne vit comme ça ; la plupart des couples doivent affronter des moments douloureux, des crises qui séparent. Je me rappelle ces fois où j'arrivais à le rendre dingue, à le faire sortir de lui-même.

Une fois, à Whistler, il a tenté de maîtriser ma colère en me plaquant au sol. J'ai pu me mettre à crier, à me débattre, à penser que j'avais peur de lui ; à le jouer. Mes cris avaient alerté les voisins. Je m'étais réfugié dans la chambre et j'avais adoré cette scène que je voulais violente. J'avais même saisi l'un des plus grands couteaux de cuisine et m'étais juré de m'en servir contre lui. Cyprien, lui, semblait vidé par cet épisode ; il avait une mine déconfite et je crois qu'il était navré de la situation. Je crois que c'est la première fois où il a eu peur de moi, la deuxième l'avait terrorisé. Mais même là, il réussit à reprendre le contrôle de notre vie, à rendre les choses douces dans mon existence perturbée, et nous avons fait ce qu'il sait le mieux faire : faire comme si de rien n'était. Mais pour moi, les choses avaient changé ma façon de le voir. Je le savais ce jour-là, il me fallait partir. Je devais me libérer de lui. Je ne pouvais pas vivre comme ça, ce n'était pas l'homme que j'avais rencontré, ce n'était pas l'homme que j'aimais. Quand j'ai rencontré Cyprien, j'étais perdu et j'avais besoin de m'occuper de quelqu'un. Lui, il était au bord de la mort et avait besoin de soutien. Il m'a permis, je le crois, de pouvoir me sentir utile, tout en ayant le côté protecteur de l'homme mûr. Il avait aussi une forte structure amicale et familiale, mais même chanceux de tout ça, il était seul et ressemblait à une épave. Toutes ces contradictions me séduisaient et sa naïveté destructrice me plaisait. Plus il sombrait, plus je renaissais. Même si je faisais tout pour qu'il s'en sorte, sa violence inconsciente et son autodestruction innée me fascinaient tout autant qu'elles m'excitaient. C'était un bel homme, mais la fermeture de son bar et l'alcoolisme profond dans lequel il était plongé le rendaient vraiment vulnérable. Il traînait avec son ex qui se droguait et se servait de lui, se servait de sa solitude. Je l'aimais bien d'ailleurs, en soirée, même si c'était une partie de sa descente aux enfers. Le tableau de sa vie était si misérable que ça renforçait mon défi infirmier. Quand Cyprien n'était pas sous emprise, il était charmant, fort et puissant. Il avait des rêves solides qu'il savait partager comme personne.

Il était très créatif et avait le projet de révolutionner le monde numérique, d'être le nouveau Mark Zuckerberg, Elon Musk ou Steve Jobs. Certaines de ses idées ont d'ailleurs vu le jour, mais malheureusement, ce n'est pas lui qui les avait mises sur pied. Il avait inventé le concept d'Uber Eats, une nouvelle messagerie pour remplacer les courriels et permettre de retrouver les contacts de n'importe qui. Son système global s'appelait « Ciamada », ce qui veut dire en niçois aubade. Le concept était de pouvoir interagir plus facilement avec les autres, s'entraider, échanger plus facilement. Il y avait plusieurs volets : Cuba Libre, qui était un système de rencontres de groupe dans les bars ou restaurants locaux. Il y avait aussi le système de messagerie C.O.W., mais je n'ai jamais vraiment compris, il faudrait lui demander, et donc aussi ce fameux système de livraison à domicile bien plus large qu'il ne l'est aujourd'hui. Il pensait que beaucoup de gens sans emploi pourraient rendre service localement aux personnes qui ne pouvaient pas ou n'avaient pas envie de se déplacer, cela aurait été pour les courses, les repas, et bien plus encore. Il s'était lancé dans l'apprentissage de la programmation et voulait tout faire seul. Il m'avait demandé de mettre deux euros dans une enveloppe et que par ce fait, nous étions associés. Moi qui venais de mon petit milieu toulonnais, de ma cité blanche et grise, j'ai tout de suite été sous le charme. Je n'avais jamais vu quelqu'un avoir autant d'idées à la minute. C'était fascinant, comme il y croyait très fort, moi je m'y voyais déjà. Même si je ne voulais pas accepter une évidence, c'est que ce genre de personnage, je l'avais déjà eu dans ma vie : mon père. Malgré toutes ses idées géniales, tout tombait toujours à l'eau. Cependant, à cette époque, je voulais croire que Cyprien était différent. Il n'a jamais réalisé toutes ses idées loufoques, mais tout le reste, il l'a bien

34

évidemment dit et fait. C'est un être contradictoire, à la fois surprenant et décevant. D'ailleurs, son bar à vin et à jazz, il n'avait mis qu'un an pour le monter, convaincre son entourage et les banques d'investir en lui. Il n'a pas fallu beaucoup de temps non plus pour le fermer définitivement et se retrouver lui-même désillusionné. Le problème, c'est qu'il a trop d'idées et que les gens ont du mal à le suivre. Moi, j'ai toujours perdu du temps avec lui, bien que faisant face à une certaine solidité qui me charmait, essayer de le comprendre devenait parfois ridicule.

C'est là, à la fermeture de son bar, que je l'ai rencontré, mais aussi là qu'il a sombré dans son mal-être le plus profond. Plus rien ne semblait vivant en lui, pas même son regard éteint, incapable d'accrocher des étoiles dans ses yeux à la vision du bonheur que je représentais pour lui. Après notre rencontre, les choses se sont sensiblement améliorées. Il sortait beaucoup, buvait encore plus ; il avait perdu sa meilleure amie, Camille, et ne cessait de mentir à ses parents pour leur soutirer un peu d'argent ; pour vivre, mais surtout pour boire. Le reste, c'était à crédit. Il utilisait des cartes à vingt-deux pour cent d'intérêt jusqu'à épuisement du solde. Il ramenait de la nourriture de chez sa mère pour nos repas, revenait avec un billet de vingt euros pour acheter nos cigarettes et son mauvais vin blanc. Je venais de tomber amoureusement dans les bras d'un alcoolique. Quand j'y repense, sans sa famille, il aurait été clochard. Moi qui n'étais attiré que par ce qui brille, je ne sais pas ce que je faisais avec lui. J'avais dix-neuf ans, je sortais avec un homme de trente et un ans, alcoolique, pauvre, et qui vivait au crochet du minimal social et de l'argent soutiré à son clan. Je ne sais même pas s'il avait le droit au minimal social, je ne crois pas. Bref, cet homme était l'opposé de ce que je cherchais. Je voulais un homme jeune, riche et beau. Je n'en avais qu'un sur trois. Alors je croyais beaucoup à ses folies. Je me disais aussi qu'il avait déjà monté une entreprise et que ce n'était qu'un passage à vide. Quand nous sortions, il était tellement saoul qu'il s'endormait partout : derrière un comptoir, chez les gens ; il ne tenait pas longtemps debout, vu qu'il commençait à boire avant midi et finissait de boire au petit matin. Ça n'enlevait rien à sa verve, à son magnétisme. Il savait séduire à son insu. Comme il ne s'occupait plus de son apparence, seules ses qualités ressortaient brillantes. Les défauts étaient tellement visibles qu'une fois oubliés, nous ne voyions qu'un diamant à l'état brut, où les imperfections se gommaient très rapidement par ce qui pouvait rester de lui. Je crois qu'il a commencé à m'aimer quand une de ses amies, Dominique, lui a fait remarquer à quel point je l'aimais moi-même. Je me rappelle la première fois que je suis sorti en boîte avec lui, une de ses autres amies, Yaëlle, m'avait dit : « Si tu es avec lui pour l'argent, tu peux partir tout de suite, il n'a que des dettes. » Peut-être que Domi, sachant tout ça, se demandait ce que je pouvais bien lui trouver, et qu'il avait beaucoup de chance de m'avoir. Quoi qu'il en soit, nous étions amoureux, je crois, assez vite.

J'ai rapidement rendu mon appartement toulonnais et j'ai emménagé avec lui. J'avais pris un boulot saisonnier au Palais de la Méditerranée. Je faisais les chambres, je nettoyais la merde des riches ; j'avais un peu d'expérience dans ce domaine auparavant. Cyprien, lui, avait repris son ancien travail. Il était chef de rang sur la plage du Régence, en face du Radisson. Ses amis avaient eu de la peine pour lui et l'avaient repris à la fermeture de son bar. Tout en le fermant, il avait recommencé à travailler pour eux. Il jonglait entre sa déchéance, la désillusion et le recommencement permanent. La cerise sur ce gâteau écœurant, c'était moi, j'essayais d'adoucir ses premières aigreurs d'homme adulte. Je crois que ce retour a participé à renforcer son alcoolisme, même si ça lui a permis de ne pas s'effondrer d'indignité. Ses amis aussi aimaient bien boire. Moi, je buvais pour accompagner ; je n'ai jamais vraiment aimé ça. Mainte fois, je me forçais. Nous avons eu aussi beaucoup de chance, car c'était toujours Cyprien qui conduisait, que ce soit la Karba mobile (minibus acheté au travail de sa mère, qui avait encore le sigle « ramassage scolaire ») ou son scooter Peugeot 125cc. Dans les deux cas, je crois que je ne l'ai jamais vu les conduire sobre. La Karba mobile devenait de plus en plus une évidence lorsque nos soirées, programmées d'avance, s'achevaient systématiquement aux aurores. Quel policier aurait l'idée de faire un contrôle d'alcoolémie à un bus scolaire à cinq ou six heures du matin ? Nous avons eu beaucoup de chance, et ceux que nous avons croisés aussi. Moi, je n'avais pas le permis. Il disait toujours : « Moi, mes amours passent le permis quand notre relation se finit. Mes amours ont toujours été accessoirement utiles. » Et c'est vrai. J'ai passé mon permis à la suite de notre séparation. Peut-être même que cette anecdote, inconsciemment, m'a poussé à le faire. Il faut dire qu'il a toujours aimé conduire, mais ne m'a jamais incité à passer le permis. Je lui en ai toujours voulu ; à Whistler, nous avions acheté un 4X4 ensemble et je ne l'ai jamais conduit. Je n'ai jamais eu le droit de fumer à l'intérieur du Ford Explorer, je n'ai eu le droit que de participer à son achat, Cyprien en était le chauffeur. Mon agacement est bien entendu irrationnel : il venait tous les jours, tous les soirs, malade ou pas, il venait tout le temps me chercher, il m'amenait partout, même là où je ne voulais pas aller.

Il commence à faire froid, Boss et moi avons trouvé près du lac un banc sculpté dans du bois flotté, un banc un peu en hauteur, surdimensionné pour nos petites pattes, qui ce soir nous offre un siège de choix pour un spectacle d'étoiles et de planètes. Elles font ce qu'elles ont de mieux à faire là-haut. Nous les regardons hagards, sans qu'on puisse les comprendre et elles ne se donnent même pas la peine de nous expliquer pourquoi elles dansent si joliment dans le ciel. Pendant que moi, inconnu de ces astres, je me rappelle ce vieux temps, qui n'a peut-être plus sa place aujourd'hui. Je regarde Boss en souriant, il est temps de rentrer à la maison et d'aller finir la soirée avec notre amour en commun. Nous en avons pour quinze minutes de marche sous les étoiles. Nous sommes sortis nous balader depuis près de quarante-cinq minutes maintenant. La brume est définitivement dissipée. Je pense qu'Hervé est déjà parti, je l'espère. Il est tard maintenant. Je remets la laisse à son cou, que je lui avais un instant retirée, comme pour le soulager du poids qu'il devait sans cesse tirer vers notre réalité. Lui laissant provisoirement le goût de cette liberté à laquelle j'avais, en quelque sorte, renoncé. Nous n'avons croisé ni biches, ni cougars et ni ours ce soir-là. Une famille de ratons laveurs nous a salués sur la route en montant, mais sur le retour, seul le spectacle étoilé nous accompagnera. L'odeur de la forêt pluviale, un mélange d'humidité terreuse, de cèdre odorant aux notes résineuses et d'autres conifères en tout genre, guide nos museaux jusqu'à la maison. La fraîcheur du lac et de la vallée nous a bien refroidis, plus aucune douceur ne semble vouloir nous envelopper. J'ai hâte de retrouver la maison et je crois que Boss aussi vu que sa laisse qui sépare ma main de son cou n'a jamais cessé de se tendre. Nous voilà dominant le paillasson, je lui retire la corde au cou et m'en vais rejoindre la mienne. Tout semble calme. La voiture d'Hervé n'est plus là. Seule la cheminée crépite dans le salon. Je m'attends à trouver Cyprien sur le fauteuil, mais rien. Il n'est pas là.

Est-il parti avec son ami ou s'est-il couché ? La porte de la chambre est bien fermée. Je donne à boire à Boss, ravive le feu et m'en vais voir si mon homme m'attend, s'il s'est endormi ou s'il n'est plus là. Je pousse la porte doucement, j'entends qu'il ronfle un peu. Il est 21 h 32, je n'ai pas sommeil, mais j'ai envie d'être dans ses bras, sous la couette avec lui. Je n'ai envie de rien d'autre. Je me brosse les dents et me glisse dans le lit. Il gémit un peu et cesse ses ronflements. Je me mets en cuillère contre lui, notre manière de dormir, ce qu'on appelle tous les deux, un câlin Koko, pour Koala. Je ferme les yeux, sens un baiser dans mon cou. Aucun mot n'est prononcé. On s'endort tendrement l'un contre l'autre. J'ai déjà hâte d'être à demain pour lui parler mais je vis au présent, car je crois que lui comme moi, nous rappelons chacun de nos câlins Koko. Quand nos peaux se frôlent et ne font qu'un, il y a comme une magie qui s'opère, une chose que même nous ne pouvons décrire. C'est une extase délicieuse, encore plus quand je me sers de son corps brûlant pour me réchauffer. J'embrasse le dos de sa main et, à mon tour, en fermant les yeux, je m'abandonne à la nuit.

Nous avions rêvé de notre chalet, de notre maison au bord du lac pendant tant d'années. Cyprien mettait périodiquement ce vieux film américain où des grands-parents s'occupaient d'un petit garçon laissé par sa mère pour un été. Le film s'appelle d'ailleurs « La Maison du Lac », c'est son film préféré. Il pleure et rit à chaque fois. Je crois que notre maison est en quelque sorte une réplique de ce doux rêve qui l'anime depuis son enfance ; les voisins et le facteur en moins. Nous ne sommes pas aussi vieux que les personnages du film, mais nous allons vieillir tout comme eux, partageant nos défauts et nos qualités, nos souvenirs et nos aigreurs. Nous finirons ce film ensemble, je crois bien que seule la mort pourrait nous séparer aujourd'hui.

Nous ne parlons jamais de la mort, elle est juste présente autour de nous, attendant sagement son tour, comme si elle s'était tout d'un coup éprise de politesse, de délicatesse. C'est comme un certain passé, cette chose dont il ne faut pas parler. Ces derniers temps, Cyprien s'est tellement battu pour la vie que tous ses efforts pour renaître ne doivent pas être entachés par cette pensée qui serait pour le coup contraire. Je ne sais pas ce qu'il a prévu pour nous après notre mort. Nous n'avons pas d'héritiers à part nos neveux et nièces ; personne ne se préoccupe tellement de nous. Nous n'avons jamais parlé de testament et je pense être seul à y penser. Je ne m'aventurerai pas à en parler. Ce sont des sujets que seul lui peut aborder, moi je ne veux pas aggraver mon cas. Il est plus vieux que moi et rien ne dit que je parte après lui, mais lui doit le penser. Moi, j'aimerais partir en premier, car j'ai eu la douleur de le perdre une fois, je ne veux pas revivre ça. À vrai dire, je l'ai perdu bien plus que ça. Je pensais que je ne le récupérerais pas et pourtant à chaque fois que je suis revenu, il ne m'a jamais posé beaucoup de questions, n'a jamais résisté trop longtemps. Il a juste ouvert la porte et je suis rentré dans sa vie de nouveau. Je crois qu'il s'est, depuis le début, toujours dit que je serais sa dernière histoire d'amour. En tout cas, il me l'a souvent dit à Whistler. Je ne sais pas s'il m'aime avec les mêmes sentiments que j'ai pour lui, nous ne pouvons pas avoir les mêmes, mais nous sommes tellement fusionnels que j'aime croire à cela. C'est mon homme de poche ; toujours là, le moulin qui fait toujours tourner les voiles et ne ferme jamais la porte, le moulin dont j'ai la chance de ne jamais avoir eu à garder les clefs sur moi, alors si j'en sors, je sais que je peux y rentrer sans frapper, il n'y a pas de serrure quand il n'y a pas de porte. Mais il lui arrive de me montrer la sortie sans issue, de faire mes bagages, de s'énerver et de me dire des horreurs… C'est très rare, mais ça arrive… Il me dit alors de partir et de ne jamais revenir, qu'il peut vivre seul, qu'il ne m'aime pas, il s'en prend aussi à mon entourage et dit : qu'on reconnaît quelqu'un à ses amis… C'est horrible, car il n'en aime aucun… Je me demande même s'il pourrait aimer les membres de ma famille. Il ne les a jamais rencontrés. Mes frères, c'est compliqué. Une fois, il a fait la connaissance de ma cousine Fortunée, en coup de vent, dans une station-service en bas de sa colline niçoise ; elle venait me chercher à Nice au début de notre relation. Avec ma sœur, toutes deux, le connaissent très bien à travers moi, je leur raconte tout, même si avec ma cousine, on se fâche régulièrement. Mais ça ne dure jamais très longtemps. Le poids de notre culture nous guide vers deux chemins opposés, le sien sait me reprocher ma voie empruntée. Pour ne pas me suivre sur celui de la liberté, elle a préféré demeurer célibataire et presque religieusement condamnée. Elle ne vit rien et ne déçoit personne. Quant à moi je crois que si je pouvais prendre une feuille blanche et redevenir le petit enfant que j'étais, autour de la maison, de l'arbre et du soleil, je dessinerais ma mère, ma sœur, ma cousine et Cyprien. Il y a très peu d'êtres vivants dans mon cœur. Les choses vont peut-être bientôt changer, évoluer.

Ma famille arrive dans une semaine, et ils vont tous se rencontrer pour la première fois. Fortunée sera là aussi. Cyprien a l'air très angoissé. Ma mère n'a vu que des photos de notre maison ; j'ai tellement hâte de lui faire visiter. Elle n'a jamais connu ce luxe, elle a toujours vécu en appartement depuis son arrivée en France. Et toujours plus ou moins en cité. Je sais qu'elle est fière de ma réussite. J'ai un peu d'appréhension à les faire se rencontrer. Mon homme lui, se rejoue un certain chaos du passé. Il appréhende, il se préoccupe de choses dont il ne sait rien.

Avec la famille de Cyprien, ça ne s'était pas très bien passé. Pourtant, j'avais fait des efforts, j'avais pris sur moi. Je ne peux pas dire que je n'aime pas ses parents ; j'ai tout fait pour être aimé, mais rien n'y fait. Ils ne m'aiment pas. Et je crois qu'ils ne m'aimeront jamais. Je suis venu briser une famille française par tout ce que je représentais, sans pouvoir réparer la peine causée dans leur cœur, il y avait quelque chose que je ne pouvais pas effacer de mon visage ou de mes vices et ma jeunesse apparente. Ma présence à elle seule pouvait déclencher la foudre dans leur foyer. Cyprien a toujours cru que j'étais parti pour cette raison. Mais il se trompe, je n'en avais rien à foutre. J'aurais préféré que tout se passe bien, mais ce n'est pas avec eux que je faisais ma vie. D'ailleurs, pourquoi m'inquiéter pour ma daronne ? Si ça se passe mal, ils repartiront à la date qu'indiquent leurs billets d'avion et nous nous retrouverons seuls encore, et ce sera bien. La mère de Cyprien est très particulière ; quand elle fait des efforts, elle peut être charmante, mais ça ne dure jamais bien longtemps. Elle s'épuise tant à donner une fausse image d'elle-même que, lorsque ces efforts s'effondrent, sa nature reprend le dessus, et tout le monde en fait les frais. Il arrive à Cyprien de faire des crises qui y ressemblent ; lui-même avoue que c'est un héritage maternel. Il a subi son hystérie comme une violence depuis son enfance et parfois ça s'invite en lui. Durant ses délires théâtraux j'ai appris à détester cet être qui est en lui, sinon je partirais de nouveau. Il lui arrive même de s'automutiler, de se donner des coups, des gifles. C'est impressionnant à voir, comme s'il était dominé par une force extérieure. Ce qui me rend le plus triste c'est indiscutablement cette perte de soi psychotique, peu importe qui la possède. Quand il me parle de son enfance, je l'écoute, mais j'ai envie d'hurler de colère. Je ne peux rien dire, car seul lui peut parler de sa mère. Une fois, je m'y suis frotté, une fois. Plus jamais ! Il n'accepte pas que l'on puisse dire du mal d'elle ou que l'on critique ce qu'elle est. Même ses plus proches amis ne s'y aventurent pas. C'est peine perdue.

Sa meilleure amie de Montréal, Florence, une fois, l'a un peu guidé vers une possibilité de fin de relation ; j'ai cru que c'était avec leur amitié qu'il allait mettre fin, tellement cette idée l'avait perturbé. Moi, je n'étais pas là, c'était au tout début de notre dernière séparation. Il était parti à Montréal et m'avait demandé de le suivre ; j'avais refusé. Mais nous nous appelions presque tous les jours. À son retour en France, il m'avait dit sur un quai portuaire toulonnais, servant de toile de fond à nos retrouvailles infertiles, qu'il était rentré pour ses études ; mais je sais que c'était aussi pour me revoir.

43

Moi j'étais tout juste content. Nous ne nous sommes revus que deux ou trois fois, mais nous n'avons jamais cessé de nous appeler. On pouvait rester des heures ensemble au téléphone ; je crois que notre record fut de plus de cinq heures. Il n'y a qu'avec lui que je peux parler autant. Ce plaisir, ce souvenir, semble insensé, tant il m'est devenu impossible de lui parler simplement aujourd'hui. Il faut choisir les bons sujets et je ne sélectionne pas toujours les plus mûrs, sur l'étalage de sa complexité. Ça ne change rien à notre relation, à notre bonheur. Enfin, pour lui et pour le couple, moi, ça me détruit. J'ai besoin d'en parler, même si je l'écris aujourd'hui, ce n'est pas pareil et je n'aurai jamais la certitude qu'il me lise, qu'il m'espionne. Je pense que c'est peine perdue. Mais je n'ai plus d'autre choix que de continuer mon histoire. J'ai besoin qu'elle puisse vivre dans le temps. J'ai besoin de la partager. Ce que je dis ici, je ne l'ai jamais dit à personne. D'ailleurs, je ne sais pas si c'est une bonne idée.

Un bruit électrique me réveille. J'ai l'impression d'avoir dormi douze heures au moins, mais j'aperçois tout juste le jour se lever, m'indiquant le contraire. Nous avons fait construire la maison en fonction du soleil : toutes les parties à vivre reçoivent la pleine lumière toute la journée, seules les chambres sont à son opposé. Mais tout de même, les chambres ont vue sur une partie du plan d'eau, et là, je peux voir les reflets de l'aube se dessiner sur l'étendue légèrement ridée aujourd'hui. Ça fait comme de l'or qui brille. Le bruit électrique persiste, mais le poids pesant sur mes paupières n'aide pas à révéler mon regard matinal sur la vie. Bien que ce matin commence délicieusement bien, que l'odeur du café commence à pénétrer la chambre, je n'ai pas envie de sortir du lit. Je prie pour que Cyprien revienne avec un plateau gourmand et que nous nous recouchions. Mais il doit partir au travail ; il a deux heures et demie de route avant d'arriver là-bas. Aujourd'hui, il y va juste pour une réunion à dix heures, il ne sait pas encore quand il reviendra. J'entends des pas, la porte s'ouvre et dans l'obscurité dorée et matinale, il m'envoie un baiser volant en me disant que le petit-déjeuner est prêt, qu'il est en retard, qu'il m'aime et qu'il doit y aller. Je me lève brusquement en criant, « attends », je passe mon cou entre le cadre et la porte, j'atteins difficilement ses lèvres et, sur la pointe des pieds, lui offre un baiser qui ne veut plus se décoller de sa bouche pourtant sèche. Je lui dis que je l'aime et le vois partir en courant, sans un mot de plus que j'attendais pourtant. Je déteste le temps qui passe et qui bouscule les aiguilles. Je méprise les obligations et le fait que le travail déconstruise mon bonheur. Je me veux égoïste de pensées rageuses, même si moi aussi je dois commencer à me diriger vers mes tâches quotidiennes.

Je ne peux pas dire que je travaille, mais je gère tout de même un business de cosmétiques. Je fais des produits de beauté bio et éthiques ; j'ai inventé quelques recettes miracles pour nous redonner nos vingt ans. Ma marque se nomme « Sea to Sky Aroma ». Ça marche plutôt bien dans la région. J'ai une équipe en ville qui s'occupe des expéditions et des relations clients, et la plupart du temps, je confectionne les gammes ici, dans mon atelier attenant à la maison. Je n'aime pas trop aller à la boutique. J'ai un très bon manager qui s'occupe à merveille de la marque. Moi, j'aime rester ici et comme un musicien autiste de passion, faire et encore refaire des gammes dans mon donjon. Demain, je dois tout de même y aller pour la réunion hebdomadaire et faire la partie administrative. J'angoisse déjà d'y aller. C'est une corvée. Moi, j'aime créer, dans mon atelier en rondins de cèdre, avec la vue sur le lac. Ça m'inspire et me décontracte. La ville, ça me stresse et ça me déprime. La seule différence, c'est quand on est sur le voilier et qu'on arrive par la mer ; là, j'aime revoir l'activité humaine, ça me rassure.

J'aime naviguer, mais il ne faut pas que ce soit trop longtemps. Les traversées, si je pouvais les éviter, je le ferais, mais j'aime être avec Cyprien ; ça lui fait plaisir que je l'accompagne. Il n'aime pas l'avion, mais moi, entre les creux des océans et le confort d'un siège d'altitude, j'ai ma préférence. Sur certaines choses, je sais faire des choix rapides. Mais bon, les traversées ont leur charme aussi, quand on choisit bien les fenêtres météo et qu'on écoute sagement sa petite musique de capitaine au long cours. Nous avons passé un marché avec Cyprien : comme je ne voulais pas faire un tour du monde permanent, en contrepartie, j'acceptais la navigation pendant ses congés. Vu qu'il m'est plus facile de partir en vacances, je prends du temps en France sans lui et, quand il est en repos, nous allons naviguer. Parfois, j'aimerais bien que l'on passe nos repos à la maison, ensemble en France ou ailleurs, mais lui, son temps libre, c'est sur son voilier. Même quand il est à la maison, il passe plus de temps sur ou dans le lac que sur terre, hiver comme été, à part égale entre patins et pagaie. J'ai épousé un poisson. Scorpion, mais poison. Les deux sont des signes d'eau, non ? Une raie qui pique et qui nous immobilise à jamais par son venin immortel, inoffensif sur l'instant.

Cyprien ne veut plus aller en France. Ça lui manque je crois, mais même ses papiers d'identité français, il ne les a pas renouvelés. Je ne sais pas s'il parle encore à sa famille ; il n'en parle pas, il ne m'en parle plus. Quand je demande de leurs nouvelles il me répond en bougonnant qu'ils vont bien. Seuls ses neveux et nièces viennent nous voir ici. On a d'ailleurs prévu de se rejoindre à Tahiti durant notre navigation à venir. Il leur a déjà envoyé les billets. J'ai hâte de les revoir. Je sais qu'il ne me parle plus de sa famille depuis la dernière fois où ça s'était mal passé. Mais je sais aussi que sa famille l'aime, même si c'est d'une manière qu'il ne comprend pas toujours. Il me prend parfois, l'envie d'appeler sa mère ou son frère, mais j'ai peur que Cyprien m'en veuille. De toute façon, je ne saurais pas quoi leur dire. Je ne sais même pas si ça leur ferait plaisir et s'ils se rappellent de moi. On n'a jamais vraiment eu de conversation ensemble de toute façon. Je ressentais cette évidence à peine masquée, qu'ils m'écoutaient tout en souhaitant que je me taise ; que je disparaisse à jamais de leur vue atrophiée par tant de mauvais sentiments. La famille c'est l'enfer, presque comme tous les autres. La sienne encore plus selon ma mauvaise foi. Toutes les familles s'aiment tout en détestant profondément ceux qu'elles sont individuellement. Chaque membre d'une famille, voit dans les autres ce qu'il déteste le plus chez lui, rendant insupportable toute cohabitation. Par ce que nous sommes Cyprien et moi, ce handicap sociétal invisible ou non, rend la poussée hors du nid incontrôlée, jonglant entre l'amour et la haine d'un foyer qu'il nous est parfois impossible de quitter. À notre mariage, nous n'avions même pas de témoins ; deux inconnus ont signé pour en faire office : Jake Smith et Carol Dujardin. On ne les a jamais revus, on ne sait même plus à quoi ils ressemblent. Aucunes photos pour se souvenir. À quoi bon ! On aurait pu convier nos amis d'ici, mais il ne voulait personne d'autre que nos deux êtres devenus solitaires. Moi, j'étais d'accord. Aujourd'hui, ce serait différent, j'inviterais plein de gens. Et puis il va rencontrer ma famille maintenant, un mariage aurait rendu les choses plus douces et festives que l'appréhension qu'il s'en fait aujourd'hui. Quand je lui ai dit que j'aurais aimé faire une réception, il me répond que l'argent que ça nous aurait coûté nous a permis de faire construire le spa. Ça ne remplace pas les souvenirs, mais c'est vrai que ça en crée d'autres, plus matériels.

De toute façon, personne ne nous a jamais vraiment rendu visite depuis que nous sommes installés ici, même les amis proches de Cyprien ne viennent plus le voir. Je crois que nous sommes seuls et que sans s'en apercevoir, tout cela a fini par nous convenir. Nous nous aimons, nous sommes mariés et il semble que nous soyons heureux. J'en demande peut-être un peu trop. Je pense que nous sommes tous victimes des films hollywoodiens, de certains romans et de toutes les séries américaines qui nous montrent comment les choses doivent se dérouler, se finir selon leur point de vue idyllique ou irrationnel. Tous ceux qui ont célébré leur mariage autour de moi, façon film « Hammerlock », en forçant la capitulation de leur raison, ne sont pas plus heureux, n'ont pas de meilleurs souvenirs que nous, et souvent même ne sont plus mariés. J'aime ma vie comme elle est devenue ; elle n'est pas meilleure que celles des autres, mais c'est la mienne. Tant de gens ont voulu la réécrire, mais seul Cyprien m'a permis d'écrire mes propres mots avec mon propre vocabulaire. Bien qu'il les ait fortement influencés, j'ai pu, à de nombreuses reprises, fermer le livre de mon histoire à ses côtés, sans qu'il me force à le rouvrir sous la contrainte ou le jugement de mes actes.

Je me suis enfin levé, et sur le comptoir en marbre reposent les attentions matinales de Cyprien, de quoi briser mon jeûne nocturne de la meilleure manière qu'il soit. Ce romantisme béat, berce ma vie à chaque fois que je m'y attends le moins. J'ai enfilé une vieille chemise en flanelle rouge et noire de Cyprien, qui pendait au dos de la porte de la chambre. Ça me fait une sorte de longue robe ; je mesure un peu moins d'un mètre soixante-dix, lui un mètre quatre-vingt-dix. Je suis encore nu dessous, et ces carreaux en quinconces me réchauffent la peau. Je mets tout sur un plateau, me sers mon café au lait, et m'en vais sur la terrasse prendre un bain de soleil. La journée commence bien, voilà une de mes buses pattues qui vient m'accueillir. J'essaye puérilement d'imiter le cheval moi aussi, mais elle semble s'éloigner, m'ignorer comme tous ces regards absents de ma vie. Je profite du silence perturbé par ces appels chevalins. Elle doit appeler son homme qui doit faire la grasse matinée, ou alors c'est peut-être lui qui me tourne autour là. Il faudrait que je regarde comment distinguer le mâle de la femelle. Le spectacle est encore à couper le souffle.

Soudain, un bruit assourdissant vient perturber ma paisible retraite. Ça gronde si fort que j'ai l'impression que les montagnes alentour vont s'effondrer. Ça a fait fuir ma buse aussi. Boss aboie si fort que le mélange de ces deux bruits me donne envie d'aller apprécier le silence de la ville dès aujourd'hui. Tout d'un coup, au-dessus de ma tête, je vois apparaître un engin de la mort, un hydravion jaune pisse que je ne connais pas. Après avoir survolé à ras notre maison, d'un demi-tour sec, il s'apprête à atterrir sur le lac. Le bruit est encore plus assourdissant durant son freinage et son amarrage brouillon. Le lac n'étant pas privé, c'est peut-être un ravitaillement pour les Premières Nations qui sont au niveau de la rivière en amont. Le bruit s'est enfin arrêté, Boss n'aboie plus. Je reprends mon activité intense entre caféine et vitamine D. Je ferme les yeux sous mes Ray-Ban dorées quand, de nouveau, Boss hurle à la mort. J'ouvre les yeux et je vois au loin des silhouettes courbées, accompagnées par une femme en tailleur rose flashy faisant à l'horizon de ma vision courte, beaucoup de grands gestes avec ses mains. Depuis que

49

les Singh ont ajouté un quai flottant pour accueillir leur avion, nous pouvons dire avoir un aperçu de leur propriété, qui avant nous était presque inconnue de toute curiosité. Je crois que j'ai compris ! Je crois que nous allons avoir de nouveaux voisins. Personne ne porterait ces couleurs sans y être forcé, sous la contrainte et la menace, mis à part un agent immobilier. Ou en repensant aux origines excentriques de mon homme, ses couleurs accompagnées de ces grands mouvements bruyants, pourraient me faire penser à une Italienne. Qui d'autre pourrait autant mouliner le vent avec ses mains sans intérêt ? Nous verrons bien.

Ça me rappelle quand nous cherchions la maison. Cyprien voulait être près de l'océan ; son rêve aurait été d'avoir son quai privé, son voilier amarré, prêt à partir, et de pouvoir observer les baleines depuis la terrasse en buvant son café. Nous avons cherché longtemps, sans grand succès, du côté de Saanich Inlet et de Malahat, où il avait vécu une expérience délicieuse avec des amis bretons le temps d'une journée. C'est la voile, la mer qui lui fait rencontrer des gens extraordinaires ; elle seule peut créer de telles connexions.

Quand j'ai rencontré Cyprien, je pensais tout le temps qu'il me mentait. Je ne sais pas si c'était sa manière de raconter les choses ou si ce qui lui arrivait était extraordinaire. Tout est toujours excessif chez cet homme : il n'a pas pratiqué un sport, mais des sports ; il n'a pas suivi une carrière, mais des carrières ; il n'a pas eu un amour, mais des amours. D'ailleurs, je n'ai ressenti de la jalousie que pour une seule de ses amourettes, une toxique qui ne valait rien. Un chagrin d'amour qui me précédait, une histoire de tendresse brève qui ne se termine jamais vraiment. Ce genre de relations sont les pires, car elles reviennent tout le temps. Les autres étaient presque toutes de bonnes connaissances. Il ne leur parle plus aujourd'hui. Juste avant de nous retrouver, il avait coupé les ponts avec beaucoup de gens. Les nocifs, comme il les appelle, j'en faisais partie, je crois, et tous ses ex aussi. Rien n'est jamais gravé dans la pierre avec lui. Il a du mal à ne plus aimer. Et tout le monde peut revenir, dans cette maison irréelle dans laquelle il n'y a ni portes ni fenêtres. Je me demande toujours pourquoi toutes ces personnes n'ont pas essayé de reprendre contact avec lui. Peut-être que je ne sais pas tout, et c'est très bien comme ça. Ils avaient tous l'air de l'aduler, c'était gênant, ça sonnait insincère. Enfin tous... Seulement ceux que j'ai eu la chance de rencontrer. Ce qui pouvait semer le doute dans les récits qu'il me racontait, c'étaient aussi les canulars qu'il m'a faits, nourrissant la défiance envers la véracité de son passé ; de son présent ; ou de n'importe quel temps où il se trouve parfois, tant il nous perd dans son monde irréalisé.

Pour exemple pris au hasard, au tout début de notre relation, il m'avait fait croire que sa mère était une fan inconditionnelle de Claire Chazal et que son père, était devenu avec le temps, le sosie officiel de Johnny. Il m'avait dit que sa daronne ne manquait jamais une apparition télévisée. Elle les enregistrait toutes sur VHS d'ailleurs, sans même savoir se servir d'un magnétoscope. Qu'il s'agisse d'un journal télévisé ou d'une interview de sa star, elle ne laissait rien passer. Elle s'habillait et se coiffait comme elle, et à chaque nouveau tailleur, elle faisait tout pour en trouver une imitation grossière chez Toto ou Tati. Il donnait tellement de détails et d'exemples si précis, que seul un véritable excentrique pouvait en être l'auteur. Comme je ne me doutais pas encore de sa vraie folie, je ne pouvais qu'attribuer la véracité de ses histoires à un homme qui, pour l'époque, me paraissait presque normal. Alors, je le croyais. Très surpris, certes, mais je croyais toutes ses bêtises. Son père, quant à lui, s'habillait comme Johnny Hallyday, et sa mère conduisait de temps en temps des interviews du faux chanteur. Et quand il me parlait de ses parents, il y avait quelque chose de magique, de presque poétique ; ridicule, mais magique. L'image que je m'en faisais me donnait une envie terrible de les rencontrer. Ce récit me fut partagé lors de nos premiers rendez-vous galants. C'était drôle, quand j'y repense. Mais surtout, ce jour-là, je m'étais dit que la vie ne me permettrait jamais de rencontrer deux fois quelqu'un comme lui.

Le temps passa, il passa vite, et si lentement à la fois. Je n'avais jamais rencontré sa famille avant le Canada, mis à part son frère, un être à l'opposé de Cyprien. Je n'avais jamais parlé de ses parents avec lui, et aucun des deux frères ne m'en reparla vraiment. Certains signes étaient toutefois revenus dans des conversations, comme l'amour irrationnel et inquiétant qu'ils avaient pour Johnny Hallyday et qui pouvait parfois raviver l'image que je me faisais d'eux. Et puis, au début de notre aventure canadienne, j'ai eu la désillusion violente de faire la rencontre de sa mère et de son père. Bien moins drôle que le tableau que Cyprien avait peint dans ma mémoire. Il avait oublié de me dire que c'était une boutade ; il ne se rappelait d'ailleurs pas cette histoire improbable. Pour lui, ce n'était qu'une parmi tant d'autres, et maintenant, je me demandais lesquelles de ses fables étaient vraies. Ils avaient quitté Nice pour venir nous voir et me rencontrer presque par force. Ce fut une séquence moins drôle, une scène d'hystérie, sans l'ombre même d'un sosie. Ce conte d'ogres fut souligné de sang par ce fou qui, un jour, roula sur les Niçois. Cet être dérangé venu de Tunisie, comme moi… enfin, comme mes origines. On a tout de même eu le journal télévisé de Claire ce jour-là, ou du moins d'une qui lui ressemblait, parlant en boucle ; comme toutes ces animatrices qui finissent par se ressembler sans jamais être journalistes, sans jamais se taire sur des propos rapportés, lisant des prompteurs, sans jamais témoigner, sans ne rien voir des vrais dégâts sur nos vies, de ce qu'elles nous vomissent à longueur de journée. Cette rencontre fut indirectement marquée par le sang versé de cette promenade familiale, et le sourire que cette fable irréelle m'avait laissé fut remplacé par les larmes ravageuses des informations et par l'ironie de la vie qui se jouait de nous. Moi, je n'ai jamais roulé sur personne. Je m'étais quand même bien fait rouler par Cyprien, et moi qui avais oublié mes origines un moment, je redevenais celui qui vient d'ailleurs, un peu trop basané pour pouvoir rêver encore dans cette utopie qui aujourd'hui se transformait en cauchemar. La mère de Cyprien trouvait que je faisais trop jeune, je crois.

Le jour du drame, nous avions tous oublié nos téléphones cellulaires. Notre cabine, qui nous emprisonnait dans les cieux montagnards, s'était bloquée. Nous étions contraints de tous nous regarder, de nous parler, et nous étions sans nouvelles du monde. Pourtant, nous ne nous sommes rien dit. Nous n'avons même pas fait l'effort de la conversation. Ce jour de juillet, nous étions bloqués dans les œufs du téléphérique de Whistler, ainsi que dans nos jugements, pensifs et inavouables. Nous n'avions pas vraiment peur de la mort ; je crois même que certains la souhaitaient. Suspendus dans le vide, balancés par le vent, les six personnes de cette cabine, dont deux étrangers, semblaient prisonnières des bêtises blessantes et sans intérêt qui sortaient automatiquement de la bouche de sa mère. Des paroles générées par une gêne, sans doute provoquée par ma jeunesse coupable, qu'elle avait l'air de moins en moins supporter. Après quelques heures d'impatience française, notre cabine a été manuellement amenée à mi-station, un endroit où nous avons enfin pu descendre de cet enfer de silence crispé, entrecoupé par un monologue que seul son père semblait acquiescer de la tête, comme pour lui répondre, mais priant intérieurement pour que tout s'arrête. Il avait des airs d'enfant par bribes, c'était curieux pour un homme de cet âge. Quand la dernière personne fut extraite de la bulle, une cabine qui nous précédait, heureusement vide, est venue se fracasser contre la nôtre, fraîchement vidée. Nous avions échappé à un événement qui aurait pu être catastrophique. Le fracas des ferrailles s'écrasant l'une contre l'autre me fait encore dire, aujourd'hui, que le jeu morbide de la vie avait alors commencé à m'envoyer des signes. Nous ne pouvions pas encore y voir un lien avec notre quasi-accident métallique et celui qui allait nous cisailler à jamais.

Nous étions attendus par un chauffeur de la station. Il venait chercher les malheureux bloqués dans les cimes et nous ramener dans le monde réel, au bas des pistes. Il y avait Paul qui conduisait, Cyprien à la place du mort, ses parents et moi à l'arrière. La radio criait des nouvelles en anglais, auxquelles ni eux, qui ne parlaient pas la langue, ni nous, presque bilingues, ne prêtions attention. Puis Paul demanda à Cyprien d'où nous venions en France, ayant compris que notre accent n'était pas québécois. Il lui dit : « De Nice ! » Cyprien traduisit tout, sa mère souriait bêtement au chauffeur et répéta joyeusement : « Oui, de Nice ! ». Puis le silence s'installa. Un silence de secondes qui prenait des airs d'heures… Toujours déconnectés du monde, l'adrénaline de la libération de notre prison métallique encore prégnante, nous observions tout, du détail du cuir de nos assises à la poussière soulevée par le 4x4 sur les pistes de ski dépourvues de neige… Paul expliqua, avec un ton grave, qu'il y avait actuellement une fusillade à Nice, sur la promenade des Anglais. Une attaque terroriste, apparemment. « Il y a des coups de feu, beaucoup, il y a des morts, beaucoup... « Sa mère souriait toujours aussi bêtement et demanda à Cyprien de traduire... Moi j'avais déjà tout compris et m'enfonçais de plus en plus dans le cuir rigide de mon siège... Il traduisit... Un silence... Des cris... De la stupéfaction et de l'inquiétude... Sa mère hurle une multitude de petits soupirs aigus... Son père un peu béta demande à Cyprien de répéter avec des « Quoi ? Quoi ? »

Le frère de Cyprien venait de rencontrer une fille, Ombeline, et ils étaient censés être au feu d'artifice. Le 14 juillet, en début d'après-midi, nous étions passés d'une sueur froide à une autre, encore plus inquiétante. Paul gêné, en nous regardant sortir de cet enfer, nous avait dit « Bon courage ! » et nous commencions, déboussolés, à nous éloigner de la piste pour en rejoindre une autre... Sa mère maintenant poussait des cris d'hystérie entrecoupés par des : « Mon fils, mon fils... Hadrien, Hadrien... » Son père essayait de la rationaliser, lui dire que tout allait bien, mais semblait avoir tout aussi peur... Même si personne ne me disait rien, moi, l'Arabe, même si tout le monde m'ignorait pour ne pas me dire ce qu'ils pensaient, je me sentais quand même visé par tous ces silences inquiets et cette marche rapide qui me laissait volontairement quelques mètres derrière, sans que personne ne se soit jamais retourné. Nous ne savions pas que c'était un Tunisien, un camion fou, une attaque terroriste, mais tout le monde le pensait, même moi. Ce devait être un maghrébin ! J'essayais tant bien que mal de les rattraper et de participer à toutes les bêtises que Cyprien et ses parents disaient sur le chemin, toujours sans rien savoir de ce qui s'était passé. Personne ne me parlait vraiment. Même Cyprien courait vers la maison. Nous avions cette information de fusillade citadine, mais pas de portables ; ils avaient été oubliés par nous quatre.

Improbable ! Comme si nous ne devions pas savoir ce qu'il s'était passé. Être enfermé dans un huis clos de métal, aurait pu à tout jamais nous détruire plus que nous ne le faisions déjà. Poliment, mais un peu déjà. Il nous restait encore quinze minutes de marche pour rejoindre la maison et amorcer la fin du voyage de ses procréateurs, qui venait tout juste de commencer. Une fin de voyage qui allait se transformer en QG de BFM TV à l'étranger, pour toutes les journées suivantes de ce mois de juillet 2016, au lieu d'être une douce balade de ce magnifique coin du Canada. Cet événement ne quittera plus nos discussions. Hadrien, et comme je l'appelle Ombrelle, sans jamais faire l'effort de me souvenir de son prénom, allaient heureusement bien. Ils étaient partis avant la fin du feu d'artifice pour rejoindre un bar dans le Vieux-Nice où l'on jouait du jazz.

Cyprien m'avait fait lire un message qu'il avait envoyé à sa famille avant qu'ils acceptent généreusement de ne pas annuler leur voyage. Tout tournait autour de moi. J'étais devenu un problème, et Cyprien avait écrit une phrase qui m'avait marqué et me marque encore :

« Ne vous inquiétez pas, la personne que j'aime est encore plus française que moi. Vous n'avez qu'à demander à Hadrien, il la connaît bien, il vous rassurera… »

Ce message ne m'avait pas blessé, je l'avais ingéré mais ignoré. Je comprenais enfin pourquoi il avait écrit cette idiotie qui me paraissait absurde lors de sa lecture pour la première fois. Elle m'a heurté en pleine face, coupant même jusqu'à ma respiration, ce mois de grosses chaleurs, ce 14 juillet infernal. De loin, de très loin, ce Tunisien n'avait pas fait que des victimes écrasées par sa stupidité. J'ai entendu dire que la première personne renversée et tuée fut une femme tunisienne. Sans vouloir comparer des souffrances inutilement lointaines, la dernière personne touchée ce jour-là l'était tout autant. Cette personne, c'était moi. Quand j'y repense, ces mots, qui justifiaient l'injustifiable aux yeux de ses parents, me semblent aujourd'hui résonner comme ce qui aurait dû me faire refuser de les accueillir ici, chez moi, chez nous. Ils faisaient entrer sous notre toit une forme de rejet de l'autre, pourtant absent dans nos vies. Ils n'ont jamais accepté notre lit. Cyprien a dû leur payer l'hôtel. Ce n'était pas une question d'argent : ils ont tout payé ici, ils sont très généreux. Ils ont toujours été très généreux, surtout pour s'excuser auprès de Cyprien, s'excuser de toujours lui briser la vie. De rendre compliqué même ce qui est simple. Comme ça. Sans raisons. Par amour, sûrement ! Je me souviendrai encore longtemps de ma rencontre avec Claire et Johnny. C'était un tout petit peu moins glamour que l'histoire que l'on m'avait racontée. Il n'y avait pas de carré blond plongeant ni de veste en cuir cloutée, juste la réalité des autres gens. Je ne me laisserai plus jamais atteindre par des concessions stupides pour conforter la bêtise incurable de ses parents ou de quiconque.

Pour la maison, nous avons dû faire, plus joyeusement, d'autres concessions. Des concessions adultes, loin des bêtises d'un ancien monde qui nous poursuit sans cesse. D'un monde qui veut nous empêcher de tout, au prétexte qu'il y a des codes invisibles à respecter, des lois non écrites. Des codes qui nous immobilisent, qui nous condamnent à nous oublier en permanence pour plaire à une société qui, de toute façon, nous ignore. Revenant dans notre seule réalité. Il voulait une île privée, mais pour moi, c'était hors de question. Je ne voulais pas avoir à prendre le bateau tous les jours, et s'il nous arrivait quelque chose, je ne voulais pas être loin de la route. Mais c'était aussi trop salé pour moi. Rien que cette idée m'angoissait, comme un air, une brise de déjà-vu qui pouvait redevenir cauchemardesque. J'aime conduire maintenant. Il m'arrive de prendre le Bronco pour aller me balader sur les pistes forestières ou tout simplement faire les courses à Pemberton ou Squamish, en empruntant la « Sea to Sky » jusqu'à Vancouver. Même si je n'y vais jamais juste pour me balader, j'aime savoir que je le peux. Et puis, je le dois au moins une fois par semaine pour le travail. J'avais des lignes rouges, et lui, il voulait juste de l'eau autour de lui, pour pouvoir au minimum faire du canoë et se baigner. Et puis les baleines. Il avait été capitaine pour leur observation pendant des années, il pouvait y aller gratuitement quand il le voulait. Et à chaque sortie en voilier, nous en voyions. Comme nous avions vécu de belles années en montagne, à Whistler, près des lacs, ça m'avait semblé être une évidence. Un problème demeurait tout de même pour les évidences de mon homme ; autour des lacs du sud de la province, là où il fait doux, là où il ne gèle jamais, c'est surpeuplé. Nous ne voulions personne pour déranger notre amour sauvage et ça c'était bien en commun. Il nous a fallu des années avant de trouver notre paradis. Mais j'étais déterminé, je ne cherchais qu'au nord et je savais ce que je voulais cette fois.

J'espère que les Singh ne vendront pas à des investisseurs, car ce qui fait le charme de l'endroit, c'est que les seuls terrains qui entourent le lac sont ceux de nos voisins de Vancouver, des Premières Nations et de notre maison. Ils avaient acheté cette œuvre d'art, cette maison d'architecte à un artiste local que les gens appelaient le Zube, et maintenant ils vendent à leur tour. Cette maison semble ne pas vouloir conserver ses habitants. Je vais arrêter d'y réfléchir, car je commence à m'imaginer l'arrivée de touristes venant perturber notre plénitude, dans un hôtel disgracieux qui viendrait remplacer la belle maison de nos voisins. J'en parlerai ce soir avec Cyprien. Peut-être aura-t-il des informations ou pourra-t-il les contacter pour savoir ce qu'ils prévoient. Je parlerai de ça pour éviter de reparler de certains souvenirs qui sont venus aujourd'hui me hanter. Il ne saura peut-être jamais la peur que j'ai éprouvée à cette époque. Les années Hollande auront été, pour moi, marquées par la stigmatisation de mon être, dans toute ma chair et mon âme. Je n'étais ni obsédé, ni terroriste. Je n'étais qu'amour, être d'espoir parmi tant d'autres, sans aucun autre désir que d'aimer et d'être aimé. Je rêvais juste à mieux que rien. Ma vie n'avait pas de grosses prétentions, bien qu'engluée dans quelques contradictions. Mes problèmes anciens ne prennent pas le dessus de mes préoccupations du jour. Je prie pour qu'ils ne vendent pas. Les Singh sont souvent absents. Sans vis-à-vis sur leur maison, nous avons cette sensation d'être seuls au monde. J'aimerais que ça reste le cas, égoïstement. Que personne ne coupe les cèdres qui nous séparent. Et qu'il n'y ait que la vue sur un ponton flottant, dépassant de la rive ciselée, sans trop d'avion amarré à ses taquets ; sans bruits grondants venant perturber ma vie rêvée.

Ma journée n'a toujours pas commencé. Il est maintenant dix heures, Cyprien doit déjà être en réunion et je dois tester un nouveau produit que j'ai confectionné hier : un shampoing aux algues, des algues de l'île de Vancouver. Elles ont un bienfait régénérant pour les cheveux. J'y ai ajouté un peu d'extrait de concombre du jardin et quelques ingrédients secrets pour qu'il convienne à tous les cuirs chevelus et à toutes les qualités de cheveux. Mes histoires de shampoing n'ont jamais vraiment intéressé grand monde ; même lui je crois, mais il essaye de me donner son avis sincère, à sa manière. Il me dit « ça ne me correspond pas, mais ça trouvera sûrement son public » quand il ne veut pas me vexer ou passer du temps à parler de ça. Il n'est pas toujours d'une grande aide, mais il est là, il me soutient. Il lui arrive aussi de se moquer de moi ; il m'appelle Nabila. Il s'en fout des soins capillaires lui, il n'a presque plus de cheveux et je n'ai pas encore le pouvoir de les faire repousser. Il sait arrondir les angles sur tout, mais surtout sur rien. Quand il n'y arrive pas, il utilise la dérision. Il faut dire qu'il me connaît, et je lui ai assez reproché par le passé de ne pas m'avoir soutenu dans mes démarches de création d'entreprise. Pourtant, tout venait de lui : cette passion d'entreprendre, ces produits cosmétiques faits main. Quand il a imaginé son tour du monde à la voile, le premier projet était de réaliser un tour du monde zéro déchet et de partager notre aventure sur YouTube. Mais ni lui ni moi n'avions le talent de parler devant la caméra et bien que nous soyons suréquipés, nous n'aimions pas passer du temps à filmer ou à monter des vidéos. Nous y avons cru un instant, quand le monde entier s'y essayait. Mais je crois que nous aimons surtout le principe de voyager, celui de profiter pleinement du voyage. Ça ne veut pas dire qu'on ne filme pas ou qu'on ne prend pas de photos. D'ailleurs, nos Instagram sont plutôt suivis. Mais il faut que ce soit simple ; nous n'avons pas vraiment la passion du numérique et nous aimons préserver la discrétion de notre vie intime ; comme dans ces lignes ici. Son projet à lui s'est toujours appelé « Sailing Garibaldi » ; son logo est très sympa, je trouve. Moi, je changeais de nom toutes les semaines, ce qui le faisait souvent rire. Il disait que j'étais doué pour trouver des noms de snack ou d'épicerie arabe. C'est vrai que la plupart de mes noms étaient assez ridicules. Je passais plus de temps à créer des logos qu'à développer des produits cosmétiques. Il y avait toujours un jeu de mots simple, un peu comme les mauvais jeux de mots des coiffeurs de quartier. Cette liste de jeux de mots ridicules me reste ancrée dans la mémoire et me fait rire à la demande. Je me suis arrêté à « Sea to Sky Aroma ». Même si je trouve ça un peu long, je trouve que ça représente bien ma marque, et puis ça fait local. Les gens aiment le local.

Quand on vivait à Whistler, on vivait comme des petits bourgeois. On n'en avait pas vraiment le train de vie, mais nos préoccupations étaient très limitées. Nous n'avions presque pas de soucis et, quand il y en avait un, c'est que nous l'avions créé ou qu'il venait de France. Cyprien a toujours été très conflictuel, et moi, je faisais la balance en étant un peu plus calme. Même si, aujourd'hui, il semble que ça se soit inversé. C'était quelqu'un qui aimait le débat en permanence ; il aime toujours ça, mais il est beaucoup plus modéré. Depuis qu'il a fait une croix sur la France, je dois dire que ça me fait une pause bien méritée de ne plus parler de politique. Avant, c'était Marine Le Pen par-ci, Mélenchon par-là, Macron par là-bas. Je n'en pouvais plus, j'avais l'impression de vivre avec un commentateur politique, un expert de tout, donc de rien, comme on le voit sur les plateaux télé. Le jour où il s'est sevré des chaînes infos françaises, il n'en a plus vraiment reparlé. Puis, petit à petit, il n'en a plus jamais reparlé. Ses parents l'avaient intoxiqué avec tout ça depuis son enfance ; à part des discussions de comptoir, ni lui ni sa famille n'ont changé les choses en allant voter. Moi, je ne m'y suis jamais intéressé. Ses grandes envolées lyriques sur la politique me manquent parfois, alors je sais comment le relancer. En revanche, ça fait toujours du bien quand il passe à autre chose. Je sais comment le déclencher, et je n'ai qu'une seule technique pour le faire taire.

61

Je reviens à ma cuisine chimique et je trouve mon nouveau shampoing très satisfaisant. Il faut que je lui trouve un nom ; en général, je m'inspire des noms qui m'entourent. Je vais l'appeler « Suchawp », une déformation du nom d'un lac du continent : « Shuswap ». Mais c'est surtout une tribu indigène du coin. De nombreux noms ou mots des Premières Nations ont été traduits en anglais, ou du moins phonétiquement adaptés, car ces peuples ont leurs propres idiomes qui ne sont pas basés sur l'écriture. Un alphabet a été créé, en quelque sorte, pour transcrire ces langues, mais cela n'a rien de natif aux peuples autochtones. Je ne sais pas ce qu'ils en pensent, s'ils apprécient tout ce charabia ou non. En tout cas, moi, j'aime beaucoup. J'ai énormément de respect et de curiosité pour ces communautés millénaires. J'aime aussi leur art, notamment celui des Haïda, qui est magnifique. Cyprien achète beaucoup d'objets et de tableaux issus de cette culture : un art graphique et incroyablement poétique. La montagne en face de chez nous est, je crois, traduite par ce peuple ami et voisin en Mont des Chèvres. Les occidentaux l'ont appelée Mont Seton, en référence au village situé à sa base, Seton Portage. Peut-être nous laissent-ils, amusés, rebaptiser les lieux qu'ils avaient nommés bien avant nous. Ils acceptent certaines choses, que nous, occidentaux, n'accepterions probablement jamais.

Comme la vie aime m'interrompre par des hasards délicieusement ou amèrement orchestrés, je viens juste de croiser un ami de la communauté des Premières Nations voisine de notre propriété. Je mets mes songes sur pause, pose ma plume et me mets à courir vers lui pour l'interpeler. La population locale, nous inclus, utilise régulièrement le chemin de fer pour se rendre d'un côté à l'autre du lac. Le chemin de fer est situé entre notre maison et le plan d'eau, ce qui pourrait paraître disgracieux mais se révèle utile et charmant. Nous devons le traverser pour aller sur notre ponton, mais le trafic y est rare. En été, nous voyons passer le train touristique plus régulièrement, mais de façon hebdomadaire ce sont ceux qui entretiennent le chemin de fer ou les longs convois de marchandises qui font légèrement siffler les rails. Le bruit envahit la vallée, parfois pendant plusieurs minutes, comme pour nous rappeler qu'il y a un monde au loin, mais très vite le silence revient et l'absence de civilisation redevient notre routine, laissant nos solitudes volontaires dans le sillage de ces longs convois. Je descends mes marches de bois anormalement dimensionnées ; création unique d'un Cyprien paysagiste, plus poète que sensé, dans son art de fabriquer des accès. Je plie inconfortablement mes genoux par paliers de géant, pour m'empresser d'inviter Thunder à venir boire un café. Il m'a demandé une bière, et je l'ai accompagné avec un panaché.

Je lui ai confié mes questions sans réponse sur les premiers peuples du Canada, sur son peuple. Nous avons partagé un joli moment avant le déjeuner. Il n'a pas pu rester longtemps, il était attendu par sa femme, mais il m'a promis de repasser. Nous nous connaissons à travers une autre histoire avec Thunder : il a aussi travaillé avec Cyprien lorsque nous vivions à Whistler. Il sait des choses, des choses dont on ne parle que dans la vallée. C'est un ami fidèle, poétique et cultivé. Mais pour revenir à mes questions, il m'a dit que nous avions besoin de mots complexes, dans un procédé industriel qui l'est tout autant, blanchissant chimiquement des feuilles pour y écrire des choses, qui, la plupart du temps, n'intéressent que celui qui les écrit, nous créant parfois des syndromes occidentaux s'y rattachant, des pannes d'inspiration sur des problèmes d'êtres vivants dans un futur incertain ou construit dans un passé envahissant. Eux ont bien leurs propres façons de raconter les choses d'aujourd'hui et du passé, de célébrer la vie, mais aussi la mort. Leurs récits se dessinent dans le bois des totems, dansent au rythme du tambour, se murmurent de génération en génération comme une prière suspendue. L'art est leur mémoire vivante, un souffle transmis sans besoin de mots. Parfois, le souvenir s'accroche à une branche, dans le silence vibrant d'une robe rouge. Vide, mais habitée. Elle évoque les absentes, les prises, les effacées. Elle dit sans parler l'histoire des viols, des enlèvements, des pensionnats. Cicatrice rouge sur un tronc muet, elle flotte comme un drapeau de douleur douce, celle des colonisateurs venus en amis, mais porteurs d'oubli. Ils se servent de ces moyens visuels pour raconter leurs traditions et leur héritage : la gravure sur pierre, les pétroglyphes sont aussi courants dans leur patrimoine. Ils transforment les choses simples de la vie visuellement, comme nos mots sur le bois broyé, devenu feuille, s'exprimant à plat de nos vies en 3D. Il se moque de moi, il rigole. Je ne me vexe pas. Mais nous avons aussi nos artistes, nos écrivains le sont aussi. J'aime penser l'être. Mais je ne veux pas polémiquer. Pas maintenant. L'écouter me donne du plaisir, et c'est moi qui lui demande ce qu'il pense ; il ne me retourne jamais mes questions. Les gravures qu'ils réalisent avec respect sur l'arbre héroïquement tombé, sur le rocher qu'il ne faut pas déplacer, le choix des couleurs, des symboles, la justesse des formes et la force des éléments : toutes ces beautés visuelles composent un conte de leur histoire. Même si aujourd'hui cela devient parfois de l'artisanat pour les touristes, nous accueillons tous ce patrimoine avec un respect sincère, comme le premier souffle d'une histoire canadienne que nous partageons désormais, dans l'espoir de ne former qu'un seul peuple, métissé de notre amour pour ces terres sacrément belles. J'aime la

64

façon de Thunder de dire qu'il suffit juste d'un petit caillou sur la route de la vie pour retrouver son chemin. Lui est peintre sur totem ; c'est sa façon de parler aux futures générations, il espère que les siens se rappelleront son passage sur la terre. De plus, l'oralité est effectivement plus importante pour eux, au même titre que l'écriture l'est pour nous, pour moi peut-être et pour certains. D'ailleurs, Thunder préfère passer ce temps à échanger avec moi, qu'à prétendre regarder mes pages noircies par ma vie, dont il ne comprend pas la langue. Il me redemande une bière. Je la lui sers, on rigole. Il trouve que mes mots sont trop longs pour décrire une chose courte et marquante. Il n'aime pas du tout mon style, apparemment, mais j'aime son honnêteté. Et puis, mes traductions orales en anglais n'ont pas cessé de le faire sourire ou rire tout du long ; tout doit venir de mon accent texan ou de l'importance que j'accorde à ne pas dire n'importe quoi sur son peuple. Il m'a tout de même avoué que nos deux moyens d'expression respectifs doivent prendre du temps si on les veut sincères. Et finalement, l'oralité de notre peuple occidental est tout aussi importante et respectable à ses yeux, même s'il n'en comprend pas toujours les préoccupations. L'écriture des Occidentaux nord-américains, qui sert à retranscrire la langue des Premières Nations, partage un détail commun à celle que les Arabes d'Occident utilisent pour retranscrire l'arabe littéraire : un mélange de lettres et de chiffres. Je lui montre un mot francisé que j'aime particulièrement pour illustrer mon propos.

« Twahhechtek » ou encore « twa77ashtek » qui veut dire tu me manques ; on peut y rajouter « bezzaf » pour dire beaucoup.

« Skwxwú7mesh » pour désigner le peuple Squamish. Il existe plusieurs langues salishs, mais aussi, partout dans les Amériques, les linguistes ont longuement travaillé pour adapter ces langues aux Occidentaux, qui avaient besoin de lire sans cesse, mais aussi d'écrire ; notamment pour signer des contrats commerciaux lorsqu'ils ont découvert ces territoires. La parole ne leur suffisait pas, contrairement à ceux qui les accueillaient chaleureusement pour la première fois. Quarante millions de morts plus tard, il demeure toujours une part d'incompréhension entre tous ces peuples qui, aujourd'hui, cohabitent et font nation. Un silence s'installe. Je n'ose pas lui demander s'il pense à l'histoire de son peuple. Il a l'air triste tout d'un coup. Je ne sais pas si c'est l'alcool qui fait ses premiers effets ou si c'est la mémoire d'un ancêtre qui le submerge. Je me dis que je vais parler de mes origines ; peut-être pourra-t-il créer un lien plus confiant pour que sa parole puisse se délier. Je lui explique l'invasion arabo-musulmane en terres berbères, et comment elle a contraint les peuples du désert à épouser ses mœurs, ses codes ou encore ses lois. Je lui montre les tatouages berbères, interdits par les islamistes, ainsi que la musique bannie dans certaines parties du Maghreb. Nous échangeons sur nos racines, nous nous sentons proches et apprécions nos partages identitaires. Je lui fais écouter la musique tunisienne que l'on met traditionnellement pour les mariages. Il rigole, comme s'il était gêné, je rigole aussi. Il tape des mains.

Je danse, il rigole, il danse aussi. Il tape des pieds. Nous partageons une joie ou deux, qui, de son côté, s'alcoolise encore un peu. Thunder doit y aller. Il tangue un peu et moi, je n'ai plus de voix. Il a aimé le nom de mon shampoing et m'a donné une idée brillante : mettre mes produits dans des totems à mon image, qui me racontent et ouvrent sur mon monde, plutôt que dans des boîtes d'aluminium réutilisables qui enferment uniquement le produit. Ainsi, les gens pourraient collectionner les contenants et faire entrer l'art dans leur salle de bain. J'ai trouvé cette idée rafraîchissante et me suis imaginé toute une collection conçue de cette manière, en réduisant les mots et en expliquant tout par des symboles forts comme le fait Thunder sur ses totems. Je ne voulais pas m'approprier une culture qui n'est pas la mienne, même s'il ne voyait aucun problème à ce que je souhaite leur rendre cet hommage. Mais je pouvais certainement créer mes propres symboles, m'inspirer de leur culture tout en décrivant la mienne. Plutôt que de toujours graver mes blessures sur le papier, je pouvais peut-être essayer de dessiner mes joies, mes rêves, sur le bois. Ma journée prenait une nouvelle tournure, portée par l'excitation suscitée par ce projet. Cette énergie nouvelle me permettait désormais d'aborder ma réunion de demain avec mon équipe sous un angle différent. Le plaisir d'aller en ville renaissait en moi et semblait vouloir m'accompagner durablement.

Il commence à faire faim et il est presque midi. Je vais me faire une truite arc-en-ciel au barbecue. C'est une truite que l'on a pêchée l'automne dernier. J'en avais décongelé quelques-unes hier. C'est la dernière qui reste. Celle-ci se fera au gril avec un peu d'anis étoilé, du sel et du poivre, rien de plus. Il reste des pommes de terre de la veille ; je vais les faire réchauffer en même temps. Il m'arrive de me perdre en pensées méditerranéennes et de fabriquer des odeurs de Provence quand je vois la vue, le soleil et l'atmosphère qui règnent chez nous, poussé par le fumé de mes étoiles anisées. Je trouve regrettable de ne pas avoir des amis de France plus fréquemment à la maison. Je suis heureux que ma famille vienne la semaine prochaine. J'ai envie de partager ce lieu avec eux. Thunder et sa femme seront invités ; j'en parlerai à Cyprien ce soir.

Il n'a jamais aimé mes amis. Je redoute qu'il n'aime pas ma famille non plus. Sera-t-il capable de faire les mêmes efforts que moi ? Le problème avec lui, c'est qu'il ne sait pas faire semblant et qu'il dit souvent tout ce qu'il pense, sans filtre. Même s'il s'est calmé, je crois que c'est en lui : un autre héritage maternel, et il ne sait pas faire autrement. Nous verrons bien. Il y a aussi une effrayante réalité dont je n'aime pas parler, celle du rejet et, pourquoi pas, du racisme que je cache au plus profond de moi. Pour Cyprien et moi, nous ne nous posons que très rarement la question de nos origines, rien n'est tabou, même si parfois nos deux cultures s'affrontent. Il est plus facile de me dire victime d'un

68

soi-disant racisme que j'aurais pu vivre de la part de ses parents, même si aujourd'hui je parlerais plutôt de rejet, de non-dits. Cependant, ma famille, mis à part ma sœur, n'était pas vraiment dans l'acceptation et la joie que je partage ma vie avec un Français, un gouère, un gouaron.

J'ai envie d'écrire ce que nous ne nous disons pas, ne nous disons plus, de donner les vraies raisons qui m'ont poussé à partir et à ne plus lui donner de nouvelles. Nous étions très fusionnels. Nous partagions tout, ensemble, et quand nous n'étions pas collés l'un à l'autre, nous nous écrivions ou nous nous appelions pendant des heures. Nous avions cette connexion spéciale que peu de gens peuvent comprendre. Chaque petit soupir devenait un souvenir précieux, que ce soit un simple café le matin ou une longue discussion jusqu'à tard dans la nuit. C'était comme si le reste du monde n'existait pas quand nous étions ensemble. Mais je me répète. Je radote avec le temps, car personne ne m'écoute et ne me comprend. Je suis autocentré sur mes décisions passées, sur mes choix de vie, sur la possibilité d'une vie meilleure sans lui, sur tous ces désirs qui ne se sont jamais réalisés. Je me bats jusqu'à pouvoir me convaincre de toutes mes contradictions. C'est sans fin. Cette intensité électrique entre nous a rendu la séparation encore plus difficile, mais elle a aussi fait de chaque instant passé ensemble une expérience inoubliable, gravée à jamais dans nos vies. Il me faut remettre de l'ordre. Il me faut alors recommencer, là où tout s'était terminé.

Je lui avais souhaité joyeux Noël et il ne m'avait pas répondu. Ce furent mes derniers mots. On s'était vus peu de temps avant, à Vancouver, en octobre 2022, pour le concert de Stromae. Juste avant qu'il parte en France pour des vacances ; c'était super. Je ne l'oublierai jamais. Il avait l'air heureux dans son infinie tristesse. Mon plan machiavélique était de le dégoûter de tout ce que je pouvais incarner de positif à ses yeux, de me rendre si laid qu'il ne voudrait plus de moi. Je pensais même lui faire croire que j'avais viré ma cuti. Je me disais que je pouvais tout avoir : le bonheur de le revoir et la satisfaction de le détruire. Mais son détachement espiègle, son sourire béat, sa fausse bonne humeur et sa résilience à mon égard me dégoûtaient, bouleversant tous mes plans vicieux, les rendant impossibles. Il s'est même permis de chanter et de danser toute la soirée, sans que j'y sois invité, comme si lui seul avait de la valeur et de l'intérêt à ses yeux. Il a même osé me dire qu'il ne savait pas à qui donner son second billet, faisant de moi une roue de secours désabusée. J'en arrivais même à me demander s'il m'aimait encore, si je n'avais pas voulu y croire tout ce temps. Comme pour me rassurer que je puisse compter dans le cœur d'un ex, au moins une fois dans ma vie. Il m'avait invité, et nous avions passé la soirée ensemble. Il m'avait même proposé d'aller vivre chez lui pendant deux semaines durant son séjour en France, durant son absence. Moi, j'étais dans une auberge de jeunesse. Perdu. Cherchant où aller, sans aucun plan, mis à part ses rêves qu'il m'avait laissés, injectés et qui m'infusaient violemment. Ça faisait déjà un bail que nous n'étions plus ensemble. Je repartais à zéro, parfois même sous ses encouragements et ses conseils que j'ignorais. J'étais avec le mec dont on ne peut pas prononcer le nom. Lui, je ne l'aimais plus depuis longtemps, mais il était encore fou amoureux de moi. Je le savais. Lui faisait semblant du contraire. Comme si de rien n'était. Je lui racontais même mes peines avec mon copain. Ce devait être une torture pour lui, moi j'y prenais presque plaisir, je ne me refusais rien, même pas l'indignité. Alors j'attendais au moins des râles ou des pleurs. Mais Cyprien est incapable de partager sa souffrance, de dire à quiconque, même à moi qu'il a mal. Il sait que de tout raconter de ses peines ne le soignera pas et qu'il lui faudra après affronter nos regards aguerris, forts de toutes nos connaissances sur ses plus grandes faiblesses. Je sais aussi que l'amour apaise, l'apaise, mais ça ne suffit pas à soigner ce qui nous ronge depuis les entrailles, alors c'est dans le centre de son cœur que je voulais anéantir tout cet amour qu'il gardait pour moi, car je ne voulais plus qu'il souffre ; je ne voulais plus qu'il fasse semblant de ne plus m'aimer pour pouvoir être en permanence à mes côtés ou bercé par le son de ma voix, qui ne voulait définitivement plus de lui. Il se mettait des pansements imaginaires à croire que je l'aimais encore et que je ne pouvais pas ne plus l'aimer. Je l'avais compris. Mais il continuait à feindre la joie, à jouer le plaisir. Il m'écoutait et me conseillait. Ma nouvelle idylle restée en France en attendant que je lui ouvre la voie, ne savait pas que je voyais Cyprien ce soir-là. Il m'a conseillé de tout lui dire, pour que cela ne me cause pas de problème dans notre relation plus tard. Il m'avait dit que tout finit par se savoir. C'était bizarre. Je ne comprenais pas. Il renforçait ma relation. Bien que mon plan fût de l'envahir de désillusions, j'avais tout de même imaginé un petit rapprochement. Il avait loué, le temps du concert, une chambre sur Airbnb. Avant le spectacle, il est allé chercher une veste et moi, j'étais censé l'attendre dans la voiture. Au moment où j'allais sortir pour l'accompagner, il m'a dit qu'il en avait pour une minute seulement. Je lui ai lourdement fait comprendre que je voulais le suivre. Il m'a dit non, attends-moi là. Même si je ne cherchais que de la frivolité, je voulais m'offrir à lui. En pensant que ça lui ferait plaisir et en croyant qu'il n'attendait que ça. Mais il a refusé. Je me dis encore aujourd'hui que c'était une armure qu'il s'était forgée. Je savais qu'il me désirait tout autant. Je ne voulais pas croire que j'étais en train de le perdre.

Le même scénario, quelques mois avant, s'était déroulé, quand il était venu me voir à Squamish, quand je vivais chez l'une de mes amies. Ou alors c'était peut-être l'été précédent ou celui d'avant, je ne sais plus. Je lui faisais encore lourdement allusion à mes envies de rapprochement, mais il restait de marbre. Maintenant je me rappelle une chose importante, il m'avait dit qu'il ne faisait l'amour que sous sentiment. C'est quoi ce stupéfiant ? Pour moi, cette drogue était inutile pour ce que je voulais faire avec lui. Mais rien n'y faisait : toutes mes tentatives pour l'attirer dans ma chambre restaient ignorées. Quand nos corps se rapprochaient un peu trop, il y avait chez lui comme un recul autistique, une peur d'être touché. Je me dis que tout ceci était une tactique chez lui pour que je revienne dans sa vie. Je savais qu'il était toujours amoureux de moi, mais ce qu'il voulait, c'était aussi mon amour, et ça, moi, je ne pouvais pas le lui donner. Je ne pouvais plus. Le temps avait passé et m'apprenait alors avec toute sa sagesse, que celui qui chante vouloir faire l'amour pour se dire adieu ne peut être que celui qui part. Mon cœur appartenait à mon jeune étalon et Cyprien n'était que l'ex qui insistait toujours un peu trop pour me voir. Alors, si mon corps ne lui suffisait pas, il pouvait toujours attendre pour retrouver mon cœur. Cet espoir en lui était ridicule, même si ce n'étaient que des suppositions de ma part. Je restais persuadé que je pouvais lire en lui. Je lui avais clairement dit que nous deux, c'était terminé. Mais il ne semblait pas vouloir le comprendre.

Il m'avait dit un jour qu'il n'était pas prêt, après toutes nos années d'amour, à m'enterrer placidement. À ne plus tenir compte de ce que notre histoire signifiait pour lui. Il me reprochait la cruauté de prétendre qu'elle n'était, pour moi, qu'un souvenir. Alors, j'avais capitulé et adouci toutes mes brutalités. Il ne voulait pas que toute notre histoire se termine par une séparation monotone et sans saveur, un éloignement définitif et insignifiant, sans se donner de nouvelles. Il refusait la réalité de beaucoup de couples de nos âges, il refusait d'être dans la norme, même le temps d'une rupture. Il voulait que notre histoire compte plus à nos yeux que toute cette fatalité qui nous entourait de son évidence de fadeur, de médiocrité et de renoncements. En me disant ça, il m'avait inconsciemment glissé la recette de ma cruauté excessive à venir. Je ne savais pas qu'un jour j'allais m'en servir. Ce fut l'année de Stromae, un de ses derniers concerts je crois. Tout ce qu'il redoutait, je me suis acharné sans raison à le lui faire subir.

Rien, pour moi, ne nous reliait l'un à l'autre. Je lui laissais la garde entière de nos souvenirs et ne comptais pas réclamer des droits de visite à ce que lui croyait éternel. Je devais le marteler encore et encore pour le croire car un nouveau sentiment d'amour s'était emparé de moi, et Cyprien représentait le passé, même si, au fond de moi, je ne voulais pas le perdre. Chaque interaction avec Cyprien était un mélange de nostalgie et de confusion. Nous partagions encore des épisodes forts, mais je savais que nos chemins s'étaient séparés de manière irréversible. C'était douloureux, mais aussi nécessaire pour avancer. Je ne supportais plus de le garder sous perfusion de moi. Il me fallait tuer le père. C'était très égoïste. Je voyais qu'il souffrait, et j'abusais de son amour. Quand il me souriait en m'écoutant, ses yeux renvoyaient une tristesse que je n'avais jamais vue en lui. J'avais l'impression de voir son frère ou son père. Même quand il était en crise ou qu'il en voulait à sa mère, il n'avait jamais eu ce regard triste et soumis commun aux mâles désillusionnés de sa famille.

Cyprien m'avait toujours dit que je serais le dernier, et il ne mentait pas, apparemment. Il ne m'a d'ailleurs jamais menti, contrairement à moi. Il ne m'a jamais trompé, mis à part une fois au début de notre relation, mais ce n'était pas vraiment tromper ; et puis c'était avec son ex, à qui je venais tout juste de prendre la place. Il s'en était quand même pris une bonne dans la tête, même plusieurs gifles bien claquantes. J'avais cassé quelques bols aussi, pour la dramaturgie de mon acte. Ces souvenirs me ramènent à une époque où nous étions à la fois vulnérables et passionnés. Malgré les erreurs et les trahisons, il y avait toujours une part de moi qui l'aimait profondément, même si notre amour avait pris des chemins différents. Cyprien a eu beaucoup d'amours et d'aventures dans sa vie, contrairement à moi. J'en ai eu aussi, mais pas autant. Avant lui, je n'en ai eu qu'une seule qui ait vraiment compté. Avec ma jeune recrue cette année-là, ça faisait seulement trois hommes importants dans ma vie. Lui, depuis l'âge de douze ans, n'a jamais été célibataire. Je crois que c'est pour ça qu'il sait vivre seul ; moi, je ne le peux pas. Toujours est-il que j'ai été sa dernière relation, et je ne sais pas s'il a eu des aventures après moi. Je sais qu'il m'a repris dans sa vie, comme si on ne s'était jamais quittés. Le reste, comme toutes mes indiscrétions, il n'y répond pas et ne veut pas en parler. C'est très perturbant. La constance de notre relation, jamais perturbée par nos hauts et nos bas, me laisse parfois perplexe. Souvent, je me demande si notre lien est plus fort que toutes les ruptures et les séparations, ou si c'est simplement une habitude enracinée. Quoi qu'il en soit, cette situation me pousse à réfléchir sur ce que je veux vraiment et sur la nature de notre relation aujourd'hui.

Je veux raconter mon histoire, car il ne veut pas l'entendre. Il ne veut pas comprendre pourquoi je suis parti, pourquoi je suis revenu, tout comme il n'a jamais voulu savoir la peine, la douleur et la souffrance dans lesquelles j'étais plongé durant notre première séparation. Il est difficile de parler sincèrement de ces moments sombres, mais c'est nécessaire pour avancer. Peut-être qu'écrire permettra de mettre des mots sur ce qui me hante encore, de libérer les émotions retenues, et de trouver une forme de paix intérieure. J'espère qu'un jour il pourra lire ces lignes sans retenue et comprendre ce que j'ai traversé, et pourquoi j'ai pris ces décisions. J'espère qu'il sera tout aussi curieux que j'ai pu l'être dans le passé, qu'il ouvrira tous les tiroirs pour essayer de me comprendre. Tous ces mots resteront mon seul moyen d'expression. Ce ne sera alors qu'un journal intime si tout ça ne provoque pas la discussion et j'emporterai mes doutes dans la tombe.

Je pense qu'il a détruit une partie de cet amour fou que j'avais pour lui. Il m'a en quelque sorte ouvert les portes, et je suis sorti. Cette libération a été à la fois douloureuse et nécessaire. J'ai ressenti un mélange de soulagement et de tristesse en réalisant que l'amour que je croyais éternel s'était éteint. Cette ouverture m'a permis de découvrir de nouveaux aspects de moi-même, de grandir et de comprendre ce que je voulais vraiment dans une relation. Sans m'épargner la douleur, cette expérience m'a rendu plus fort et plus conscient de mes propres besoins et désirs. Mais je mélange tout, car j'ai envie de lui faire reconnaître ses fautes, même si lui ne me reproche rien. Il a tout de même le beau rôle. Il est tellement plus confortable d'être quitté que de partir.

C'est aussi vrai dans la mort : il y a quelque chose de lâche à vouloir partir en premier ou à se faire quitter, comme si c'était mieux de ne pas choisir ou de le provoquer. Ou alors c'est moi qui n'ai jamais rien compris. Peut-être m'avait-il donné trop de liberté. Il

75

avait de l'expérience, et je n'étais pas sa première relation avec un écart d'âge aussi important. Je me demande si cette liberté était une bénédiction ou une malédiction. Elle m'a permis de grandir et de découvrir qui j'étais, mais elle a aussi créé une distance entre nous. Il est possible que je n'aie jamais su apprécier ce qu'il m'offrait, et que mon besoin de liberté imposé par Cyprien ait masqué mes véritables sentiments.

Maintenant, avec le recul, je réalise à quel point ces dynamiques ont façonné notre relation et mon parcours personnel. Je ne sais pas si je peux dire que j'étais comblé. Je pensais que l'amour était plus fort que tout dans notre relation et que rien de négatif ne pouvait l'atteindre, l'égratigner. Mes deux meilleures amies savaient qu'avec Cyprien, nous partagions une histoire solide. Sur certains aspects, elles étaient envieuses. Même si parfois elles essayaient de jouer contre nous, de détruire notre unité ou nos projets par jalousie maladive ou malveillance, elles n'y arrivaient pas. Cyprien redoutait tout de même le jour où ça allait m'atteindre personnellement. Cette appréhension me faisait réfléchir sur les fragilités de notre relation et sur la manière dont les influences extérieures pouvaient la perturber. De toute façon, tout le monde attendait ou désirait notre séparation. Cette réalité s'impose quand personne d'un côté ou de l'autre ne cherche à recontacter l'être éloigné. Ce silence profond et la plénitude créée par l'absence d'un visage qui s'efface pour le bien de tous ceux qui souhaitaient ce divorce. Mes amis ne l'ont jamais contacté ni je n'ai contacté les siens et ce de manière réciproque. Comme si notre histoire n'avait jamais existé, comme si nous demeurions dans l'ombre de leur reconnaissance et du respect qu'ils auraient pu avoir de notre amour dans leurs cœurs morts. Laissant nos peines ou nos joies ignorées, insultant en permanence notre apparente solidité en voulant l'éborgner. Je ne voulais pas voir les fissures que tout le monde voyait. Quant à mes chères amies de Squamish, il ne m'a jamais empêché de les voir, bien au contraire. Lui, ne voulait plus avoir à faire à ces drôles de dames ou en entendre parler. De toute façon, je n'aurais pas accepté qu'il me l'interdise. Quoique, ça aurait pu me plaire. Je ne sais pas comment le dire, mais j'ai besoin, en quelque sorte, de certaines limites et que mon compagnon soit un peu spartiate pour pouvoir le défier et mettre à rude épreuve son autorité. Il se foutait de savoir si j'aimais ses amis qu'il m'imposait et j'aimais qu'il déteste les miens, d'ailleurs masochistement j'aimais entretenir cette division entre eux. J'aimais me plaindre des horreurs qu'il proférait à leur encontre et l'interdiction qu'il me donnait de dire du mal des siens ou ne serait-ce que d'imaginer pouvoir les critiquer quand il se plaignait d'eux à moi. Selon l'un de ses ex, Cyprien avait une jalousie et une possessivité maladives plus jeune ; ils se battaient en permanence l'un contre l'autre. Avec moi, il n'a jamais été violent, même pas une seule fois. Pourtant, j'ai tout essayé. J'aurais aimé le rencontrer à ses dix-huit ans, mais ma perversité inconsciente me rappelle alors que j'en avais que sept ou huit en ce temps-là. Nous ne jouions pas aux mêmes jeux et il ne se serait pas intéressé à moi, mais j'aurais aimé connaître sa fraîcheur juvénile, son espoir intact en la fidélité, j'aurais aimé n'être qu'à lui, ne serait-ce qu'une minute, mais il ne m'a jamais offert ce fantasme. Quant à la violence physique, elle venait toujours de moi. Pourquoi Cyprien, qui avait montré des traits de possessivité dans le passé, était-il si différent avec moi ? Peut-être avait-il appris de ses erreurs, ou peut-être que notre relation était fondamentalement différente, voire inférieure. Cette absence de jalousie a créé un terrain de jeu émotionnel où mes propres insécurités se sont manifestées de manière inattendue.

J'aimais aussi qu'il soit viril et coquin dans nos actes d'amour, je l'aimais entreprenant, guerrier. J'aimais voir son corps s'épuiser en moi, contre moi. Je n'ai jamais eu aucune pitié, ni ne l'ai laissé se reposer entre deux prises. Il me fallait le voir se donner jusqu'à la mort de nos désirs respectifs, se vider de toute énergie sexuelle. J'étais très à cheval sur ses capacités d'étalon imaginaire. La vérité étant plutôt que j'acceptais toutes ses faiblesses, que je finissais toujours par l'aimer, quoi qu'il rate dans ce pacte. Je n'étais pas non plus très porté sur la chose, ce qui était bien dans notre relation, c'est que l'on pouvait se surprendre. Si l'un était suffisamment d'attaque, l'autre suivait la marche et ne faiblissait pas. Nous avions trouvé notre rythme. Mais ça n'a jamais été la base de notre relation. Dans toutes nos séparations je voulais couvrir son amour pour moi, par tout ce sexe que j'aurais aimé être la base de nos rapprochements. Seulement nous, notre drogue c'était l'amour, alors quand notre sexualité voulait le souligner, le rapprochement de nos corps était une explosion, une douce explosion, inévitable, la conclusion violente lorsque nous ne trouvions plus assez de mots pour nous dire je t'aime. C'était encore plus puissant et fusionnel quand nous cessions de nous aimer. Alors là nous baisions ! Et très vite, nous retrouvions la parole et tout le vocabulaire de notre amour partagé. Je ne crois pas que nous ayons eu de longues périodes de calme. Il y a eu quelques tempêtes polaires, qui ont glacé quelque temps nos ébats, mais l'amour n'a jamais pris froid et encore moins la tendresse. Il a toujours été très emmitouflé dans nos cœurs. Nous ne les laissions jamais face aux éléments extérieurs, nous prenions soin de notre amour. Nous savions que des démons voulaient élargir nos failles.

Mais Cyprien a préféré devenir son propre diable et encore une fois, tout détruire avant que les autres ne nous y aident vraiment. Il a tout fait pour détruire mon éducation amoureuse qu'il m'avait enseignée. Comme si tout ce qu'il m'avait appris sur nous n'avait été qu'un mensonge pour lui. Faisant de mon seul grand amour, une relation sexuelle comme les autres pour se laisser après surprendre de mes dégoûts pour lui.

Il est arrivé un jour que je n'attendais pas. Nous venions de devenir résidents permanents du Canada, c'était en 2017, nous étions heureux et ambitieux dans notre nouveau chez-nous. Moi, j'étais dans une bulle et lui voulait un peu en sortir, la percer. Nous vivions dans les montagnes déjà. Sur ces cieux que j'aime tant et qui me font perdre la raison. Un de ses nombreux jours de désillusion, il a fait allusion aux bus de Whistler : ces bus n'allaient jamais au-delà de la limite de la municipalité, comme si nous étions morts, au paradis, et que nous ne pouvions en sortir. Nous n'avions pas encore la voiture quand il m'a dit ça. Mais il avait cette impression que rien ne se produisait dans nos vies, sinon le bonheur. Venant d'un pays en conflit permanent au niveau sociétal, Whistler était pour lui lisse et blanc comme neige, sans aspérité ni défi du quotidien, sans débats ni lames de fond. Tout était trop calme, sans tempête et sans nuages. Son métier de serveur au Caminetto et chez Christine l'enfermait dans une routine. Il gagnait bien sa vie, mais ne savait plus comment la dépenser. En d'autres termes, il s'ennuyait. Et ce, pour la première fois. Ça prenait parfois des proportions tellement énormes que ça venait m'affecter. Il pouvait partir dans des crises d'angoisse flippantes, il sortait tellement de lui-même que je ne le reconnaissais plus. Moi, j'en avais peur au début et puis après, je me suis lassé. C'était tellement récurrent que je finissais par l'ignorer, par ne plus le supporter. Un jour, il prit la décision de tout arrêter. Il ne voulait plus être serveur, il voulait faire le tour du monde à la voile. Oui, mais avec quel argent ? Je voulais bien avoir dans ma vie un marginal, un rêveur, un inventeur ou un entrepreneur, mais là, c'était une vie de clochard qu'il me proposait. Encore. Clochard sur l'eau, voilà le tableau. Mais des clochards de luxe, au vu du prix des bateaux. Il m'a peu à peu emmené dans sa folie ; pour survivre, nous allions devenir youtubeurs.

Il avait acheté une GoPro. Il dilapidait son peu d'argent dans des conneries bio, de commerce équitable, de produits zéro déchet. Il avait vu des jeunes faire le tour du monde à la voile et il voulait en être. Ces jeunes s'étaient lancés dans ce projet qui s'appelait QOVOP, « Quand on veut, on peut ». Ces jeunes l'avaient définitivement influencé. Il ne pensait qu'à ça. Matin, midi et soir. Plus rien d'autre n'existait, même pas moi. Et puis il y a eu Sailing for Change, Sailing Uma… Il repassait leurs vidéos en boucle et il voulait toujours qu'on les regarde ensemble. Il me noyait dans des eaux profondes ne sachant même plus si je savais nager.

Tout a commencé à tanguer pour moi sur le parking LOT 5 de Whistler, il faisait froid ; nous étions en mars, il y avait plus de verglas que de neige ce jour-là. Comme à notre habitude, à la sortie de mon travail, Cyprien vint me chercher et nous nous étions mis sur le parking pour fumer notre cigarette avant de rentrer à la maison. Nous avions nos petites habitudes. Ça sentait le moteur chaud du 4x4 qui refroidissait et métalliquement crépitait, comme pour battre la mesure. Il y avait aussi du silence, parfois coupé par les gens qui passaient sur le sentier ou par la rivière qui coulait au loin et qui accélérait sporadiquement son mouvement. Il me regardait dans les yeux, comme par amour, mais avec un air enfantin. Il gesticulait ; ce n'était pas le froid, il était bien habillé.

Il avait ses grosses bottes noires Sorel et la grosse veste canadienne de même couleur de la marque Eddie Bauer, veste que je lui avais offerte ; nous avions tous les deux la même. À y repenser, c'était mignon mais ridicule. Couramment, je faisais ça : je nous offrais les mêmes vestes, dessous polaires, pantalons ou chaussures. Je crois que ça lui plaisait, cet apport symétrique dans notre couple. Une fois, j'avais ramené des pantalons africains et des babouches, eux aussi similaires et de mêmes couleurs. Je les avais achetés au souk lors d'un voyage familial au Maroc. Il ne les avait jamais mis ; ça m'avait beaucoup vexé, car moi je les adorais et les mettais tout le temps. Il m'appelait « la Roumaine » de façon péjorative mais humoristique, quand nous sortions fumer dans la rue et que je me laissais vêtir ainsi par l'Afrique de mes voyages. C'est sûr que la pression du regard des autres, qui nous avaient vus grandir en Côte d'Azur, avait totalement disparu ici. Nous nous laissions volontairement aller. Nous étions devenus Canadiens sans nous en rendre compte. Nous étions presque prêts à faire nos courses en pyjama au supermarché, comme on peut le voir en Amérique du Nord. Ça fait partie de la carte postale de nos vies maintenant.

Sur le parking Lot 5 de Whistler, il m'annonce pour la première fois son projet de tour du monde à la voile, comme s'il demandait quelque chose à sa maman. Toujours depuis son regard enfantin et son dandinement ridicule, il ne me laisse pas parler et me vend son projet comme il sait y faire. Je ne comprends pas son engouement ni sa folie passagère. Je veux juste finir ma cigarette en paix et rentrer à la maison. Je suis crevé de ma journée. Mais il continue, il gesticule encore plus, sautille même, jusqu'à me poser la question, jusqu'à ce que je lui dise oui. Pour qu'il se taise, je lui ai dit oui. Mais je n'avais pas compris que cette histoire allait à jamais me priver de la douce vie que j'avais ici avec lui. C'était la même intensité qu'une demande en mariage, mais sans le plaisir que j'aurais pu avoir à y répondre.

Je repense à notre laisser-aller, qui si esthétiquement était discutable, mon insouciance retrouvée était des plus délectables. Ça représentait une forme d'ennui pour Cyprien, mais n'était-ce pas le but de la vie de se laisser aller ? Pourquoi être nostalgique des chaos, des problèmes familiaux et sociétaux ? Même s'il cherchait une évasion à notre bonheur certain, le voilier représentait à lui seul de nouvelles contraintes, comme si la douceur de vivre était insignifiante et dérangeante pour lui. Comme si à moi seul, je ne lui suffisais plus, comme si je représentais l'ennui dans sa vie. Il avait éloigné tous ses problèmes français et voulait en créer un plus gros, comme s'il se sentait orphelin du malheur et de la pauvreté. Je ne comprenais plus ce qu'il lui fallait, ce qui pouvait lui suffire. Cyprien n'a jamais vraiment tenu longtemps dans ce laisser-aller ambiant au Canada, dont je jouissais des plaisirs associés à chaque seconde ; il lui fallait sa dose quotidienne de magasins et d'achats de vêtements en ville, comme s'il planifiait d'être en représentation permanente, comme si le regard jugeant des autres lui manquait. Il avait une belle garde-robe comparée à la mienne.

Puis, il y a eu le déclin. Il est devenu jardinier. Pauvre et jardinier, retouchant presque du bout des doigts sa condition autochtone de ce pays qui lui manquait tant. Il fallait bien payer le loyer et mettre de côté ses rêves de voilier en aluminium à plus de huit cent mille euros. Alors que je ne comprenais plus rien de lui, je me demandais même s'il se comprenait. Cette désorganisation, cette non-stratégie le plongeait dans la frustration, l'impossibilité de donner naissance à ses rêves faisant danser sa silhouette sur des parkings de station de ski désertés. Le laissant face à ses impuissances qu'il provoque et finit par chérir, le clouant seul face à sa nostalgie et sa tristesse permanente. Il mène une résistance ancrée contre lui-même, sabotant tous les ponts pouvant le mener là où je croyais que nous étions, dans le bonheur que beaucoup nous envieraient. Il est passé d'un salaire très confortable pour très peu d'heures par jour à un travail physique, mal payé, qui lui prenait toute la journée.

Il n'a pas seulement modifié son quotidien mais le mien aussi. Avant, il travaillait le soir, de dix-sept heures à minuit, puis il sortait boire des coups avec ses collègues et rentrait parfois plus tard. Il était vivant. Ça me laissait quelques soirées peinards à ne rien faire la plupart du temps, mais à prendre plaisir de son absence. Moi, je finissais mon premier travail à seize heures, travail que j'avais commencé à neuf heures, et je prenais mon deuxième job à dix-sept heures trente et finissais vers une heure du matin. C'était dur, mais c'était mon seul moyen d'avoir un pouvoir d'achat satisfaisant. Nous partagions tout avec Cyprien : le loyer, les courses, l'électricité, les dépenses du quotidien, la voiture ; la liste est longue. Il payait toujours un peu plus, mais il gagnait vraiment bien sa vie quand il était serveur.

Jusqu'en 2019, même si la vie était chère à Whistler et en Colombie-Britannique, avec nos deux salaires, nous étions assez riches pour ne pas trop compter. La première chose que tu apprends ici, c'est ce que veut dire B.C., originellement pour British Columbia. Pour les immigrants, les touristes ou les Canadiens d'autres provinces, cela veut dire « BRING CASH ». Alors, quand Cyprien a quitté son emploi bien rémunéré pour ce job d'été, je n'ai pas compris. C'est vrai qu'il avait besoin de changement, mais nous avions déjà connu la pauvreté à Nice. Nous vivions dans un quartier chic qui me faisait penser à la série « Desperate Housewives », par ses choix que je trouvais stupides, il allait nous faire replonger loin de mon conte de fées. En cinq heures de travail durant cinq jours par semaine, il faisait deux à trois fois plus d'argent que moi avec mes seize heures de travail quotidien. Je trouvais que c'était une insulte qu'il me faisait, en se plaignant dans cet emploi, mais aussi en l'ayant quitté. En France, il pleurait toujours sur les salaires médiocres et les horaires à coupures difficiles. Là, en seulement cinq heures par jour, il faisait en deux semaines ce qu'il faisait en France en un mois et demi. Incroyable, mais vrai !

Il me disait qu'avec le système de pourboires, il se sentait comme une prostituée, qu'il devait aller au turbin même s'il n'en avait pas envie. Ayant mon histoire personnelle, même cette comparaison était à vomir. Ça lui coûtait apparemment de répéter la même chose tous les soirs, de servir les gens, d'être en représentation permanente :

« Hi, I'm Cyprien from Nice, and I'll be your server tonight. Would you like to begin with some water ? »

Blablabla, donne-moi ta thune, oui !

Il se sentait au spectacle, mais n'avait plus vraiment envie de jouer la comédie. Et puis, il y a eu cette fausse compassion qui le dégoûtait sur la fin. Dès qu'il disait qu'il venait de Nice, les gens penchaient la tête et disaient un long « ohhhhhh soooooorry… » pour faire référence aux récents attentats de la promenade des Anglais. Parfois, il changeait de ville, mais c'était de plus en plus dur d'en trouver une où il n'y avait pas eu d'attentats ; et faire croire qu'il était québécois n'était pas très crédible. Un jour, il a dit Saint-Pierre, de Saint-Pierre-et-Miquelon, mais la femme était une compatriote née là-bas et le mari de Terre-Neuve. Du coup, il a dû expliquer son mensonge et s'est senti honteux. C'était compliqué à expliquer sans les insulter involontairement. Il me disait toujours : par respect pour les gens qui viennent pousser la porte et payer l'addition, il faut réussir son entrée en scène et sa sortie. Tu n'as pas le droit à l'erreur. Les clients d'un restaurant pardonnent l'erreur plus facilement à un médecin, un chirurgien ou un dentiste qu'à un serveur. Ça c'est son ami Bertrand qui le dit toujours. Il fait le même métier, enfin il faisait, je crois qu'il est agent immobilier aujourd'hui. Il m'en a tellement raconté que je veux bien le croire. Mais mon métier me paraissait bien pire.

Je nettoyais comme une boniche les chambres des estivants, des skieurs, des randonneurs ou des fêtards à longueur de journée, pendant que les mois qui se succédaient à toute vitesse effaçaient ma jeunesse et ma beauté. Je ne dis pas que ce sont les raisons qui m'ont fait quitter Cyprien. Il avait gagné en muscles, ses fesses et ses abdominaux étaient devenus fermes et m'excitaient. Il devenait négligé vestimentairement parlant, mais il devenait de plus en plus beau et viril. Il se laissait enfin aller. Sa barbe était devenue encore plus longue et plus touffue ; même ses poils de torse brillaient un peu plus. Il n'y avait pas que du mauvais. Il avait aussi arrêté de fumer, avait repris le Minoxidil et refaisait du sport. Il essayait de pallier tout ce qui n'allait plus avec la prise irréversible d'âge, comme la perte de cheveux, les rides et la prise de poids au moindre coup de cuillère de Nutella. Il se battait accompagné de toutes ses incohérences. Son humeur était bizarrement et paradoxalement un peu meilleure ; il n'a pas vraiment eu de crise de manque, et il y avait comme une certaine sérénité dans son comportement. Malgré tous les changements rejoignant mes simplicités, il voulait partir, s'enfuir et tout briser. Je n'étais pas trop fan de ce nouveau mec au fil du temps.

85

Il s'arrêtait un peu de vivre ; tout ce qu'il aimait excessivement se raréfiait. J'avais même peur de me trouver sur la longue liste de ses abandons. Il me donnait l'angoisse de vieillir et d'affronter mes trente ans. Seule la crise de sa quarantaine à venir pouvait à mes yeux justifier toutes ces folies le faisant renoncer au présent. Il ne vivait plus que dans la douleur d'un futur qui lui échappait. Il avait aussi réduit les alcools forts comme le gin ; il buvait un peu plus de bière, mais n'avait plus le cerveau ramolli par cet alcool qu'il aimait tant. Sans gin, il n'écoutait plus Mylène Farmer. Il ne chantait plus tristement jusqu'au matin sa mélancolie qu'il chérissait tout autant. Il y avait aussi du bon. Son existence était devenue un mélange immiscible de son passé le détruisant et l'espoir d'un futur fantasmé réconciliant un présent dans lequel il ne voyait rien, dans lequel il ne vivait plus depuis longtemps. Son gin préféré était le Monkey 47, qu'il accompagnait du meilleur des tonics, le Fever Tree. Quand il était un peu plus fauché pour du bon vin de Naramata ou du gin de qualité, il prenait du Hendrick's ou du Tanqueray à quelques centimes un peu moins chers pour se donner bonne conscience face à des regards absents qui jamais ne le jugeaient. Moi j'attendais toujours dans la voiture qu'il achète ses poisons, ses hésitations pécuniaires n'ont jamais retenu l'attention de mes yeux, n'ayant que faire du prix de ses dépravations que je subissais, peu importe le montant. Quand il était festif, c'était généralement du champagne de France, sous les étoiles, dans la nuit de Whistler. Il n'était plus vraiment l'alcoolique que j'avais rencontré à Nice, mais il conservait en réserve certains de ses instants de folie que j'aimais bien. Je dois avouer que je m'étais mis à les chérir, ces petites fenêtres d'évasion où tout devenait fou. Il se laissait emporter par le jeu et moi aussi, alors au lieu de le subir je m'en faisais le spectateur privilégié par l'absence d'un plus grand public. Nous n'avions plus les pieds sur terre, nous parlions fort, nous débattions avec passion, optimistes dans nos discussions les plus pessimistes et je m'autorisais même un verre ou deux pour l'accompagner. Nous riions, dansions, chantions. Le temps s'effaçait, suspendu, tout s'arrêtait. C'était le show, le show must go on de Cyprien. Il m'entraînait avec lui, comme un Peter Pan m'invitant à voler et à croire aux merveilles d'un festin imaginaire. Puis, il me vendait ses rêves, ne reprenait jamais son souffle, mentait comme un arracheur de dents qui m'épargnerait le temps de pouvoir finir ses fables excentriques. Il me transportait sur la planète plaisir, il m'embrassait comme personne. Il était beau, il était puissant, mais finissait par tomber, l'œil vibrant, gluant, vitreux, balbutiant des mots épars. Il finissait par s'endormir, et moi, déçu, épuisé, roulé, je finissais par le coucher et ne plus croire à ses tribunes nocturnes. À y repenser, je suis vidé. J'ai tout de même hâte qu'il rentre. Mon regard sur lui va-t-il changer ce soir, m'ayant forcé à repenser à tout ça ? J'ai presque eu envie de partir, comme si ce vieux démon revenait me poursuivre, m'emprisonner. Je vais devoir entrer dans un sas de décompression avant qu'il rentre.

Je n'ai toujours pas cuisiné pour ce soir ; je ne sais pas quoi faire. Je me suis oublié à écrire la vie que nous n'avons plus. Je me suis perdu et je ne sais pas si c'est un bon exercice de repenser à tout ça. Je ne suis même pas arrivé là où je voulais en venir et j'ai déjà envie d'hurler de douleur mentale. Je me détruis à parler de ces choses qu'il évite. Je commence à comprendre pourquoi. Mais je ne suis pas comme lui ; je ne vais pas pouvoir faire comme si de rien n'était toute ma vie, et on le sait, la vie est courte.

Je rouvre les yeux sur notre paradis. Je savoure notre chance de vivre dans un tel lieu. J'ai besoin d'un verre de rouge, même de plusieurs. Je décide de me changer, d'enfiler ma tenue la plus légère et de me jeter, guilleret, à l'eau. Je passe par le bain nordique, je lance une flamme sur le bois encore chaud de la veille. L'odeur du cèdre brûlé se mêle enfin à de fraîches bûches bien sèches, tout juste enfournées. Je trempe de nouveau mes lèvres dans ce délicieux breuvage qui détend. Je pose ma serviette, mon peignoir et mes pantoufles. Je prends une douche froide, fais couler l'eau du toboggan grâce à la pompe attenante, et je glisse jusqu'au lac. D'un plouf franc, et de rires enfantins et nerveux, mais proches de l'orgasme, je rafraîchis la brutalité faite préalablement à mon cerveau, tout juste inondé par ces souvenirs blessants, mais maintenant marinés dans un mauvais Côtes du Rhône qui traînait un peu trop près de mes envies. Avant de nager, je coule, je me laisse couler. L'hydravion n'a toujours pas redécollé. J'ai oublié de poser la question à Thunder. Je coule pour remonter à la surface ; la fraîcheur de l'eau me détend, sa douceur rend mon âme plus belle.

Je ne sais pas si je dois poursuivre mon histoire ou si je dois l'emmener avec moi. Je dois encore y réfléchir ; je ne sais pas si je veux en reparler. Tout se floute, y compris mes certitudes. Cyprien a souvent raison, mais je veux lui prouver qu'il a tort. Je veux lui parler de mes blessures, je veux lui parler de ce qui s'est brisé dans ma vie, je veux lui dire pourquoi je suis revenu, mais surtout pourquoi je suis parti.

Je nage maintenant, je me rapproche de la villa des Singh. J'ai envie de jouer à la loutre, d'écouter radio ponton, de savoir si je vais devoir vivre avec un hôtel à cons près de chez moi. Je n'ai, heureusement, pas de moustaches, mais la joue fine comme la loutre finaude ou plus ficanasse de chez nous. La meilleure façon de se détendre est sans nul doute de se mêler de la vie des autres. Je veux ma part aujourd'hui, mon roman-photo, ma télénovela mexicaine mal jouée. Je veux des infos croustillantes mais pas contrariantes. En bref, je ne veux que des ragots sans importance dans ma vie. Le bonbon rose montre à nouveau son museau et les deux vieux blancs courbés sortent du manoir indien. J'attends, silencieusement, j'attends. Une branche d'arbuste près du rivage, cache ma curiosité mal éduquée.

Je commence à avoir froid, sans fourrure et sans mouvement de queue, mais ça vaut le coup. Pour un petit ragot à raconter ce soir, je prends le risque de friser l'hypothermie. J'attends et n'entends rien. Je vis le présent. Je suis heureux de rien. Je dois à tout prix m'interdire toute préoccupation, je déteste les futurs créés par des peurs injustifiées et imaginaires. Pourquoi des nuages viendraient assombrir nos vies, sachant que seuls nous, sommes capables de tels orages ? La vie nous protège depuis notre premier je t'aime, elle a toujours été généreuse avec nous. Nous sommes régulièrement coupables de dire merde au bonheur.

Je ne sais pas si c'est la fraîcheur du lac ou l'absence de raison qui me fait attendre là. Les pieds glacés par l'eau, l'âme vagabonde, le fessier mouillé par le ponton, éclaboussé de quelques vaguelettes précipitées par le mouvement saccadé de mes jambes réfléchissantes… Mais comme un éclair s'abattant sur moi, j'ai ressenti le besoin de rentrer immédiatement à la maison. Non pas pour la chaleur des feux d'automne, mais parce que j'avais cette envie folle de recoucher quelques mots sur les feuilles patientes de mon secrétaire. Je ne pensais plus qu'à ça. Je ne sais toujours pas si c'est une bonne idée de raconter mon histoire ; notre histoire. Mais quelque chose avait changé en moi depuis que je m'exprimais librement. J'avais envie d'aller plus loin et encore plus violemment sur ce chemin. Je n'avais pas envie d'oublier le moindre détail. Ma mémoire allait sans cesse chercher ce que je m'efforçais chaque jour d'effacer. Je ne veux plus faire machine arrière, mais avancer sur ce territoire de vérité, redécouvrir nos histoires de jeunes adultes que nous avions vécues, là où l'insouciance nous berçait, nous faisait croire à un futur authentiquement parfait.

En nageant, je me rappelai certains moments de colère qui pouvaient parfois m'animer. J'avais besoin aujourd'hui de les évacuer de mon âme malfamée. Comme celui du braquage que Cyprien avait commis. Ce fut le départ de mes tourments amoureux. Cette rencontre qu'il m'arrive de regretter si fort et que je n'aurais jamais aimé vivre, mais dont je ne peux malheureusement me passer. Ce qu'il a détourné n'a pas de prix ; il n'a pas pensé à moi. Il est allé explorer tous ses désirs, ses envies charnelles, consommant un corps imberbe, en utilisant l'attraction qu'il exerçait sur moi. Je ne sais pas s'il s'en rendait compte, mais je ne pouvais pas m'échapper de ses regards pervers qu'il me lançait dès qu'il me voyait apparaître. Il faisait les choses consciemment selon moi, il jouait, il prenait plaisir à manipuler mes ardeurs pour lui. Notre histoire était un piège dans lequel j'étais tombé par naïveté, par l'incandescence de ma jeunesse, par cette envie folle de vivre à ses côtés, peu importe le prix, quitte à me brûler.

Ce vol, c'est celui de beaucoup de jeunes hommes et femmes perdus comme moi. Des jeunes qui se font dérober leurs vingt ans. Cyprien est le stéréotype de ces personnes attirées par l'innocence et la candeur. Leur force, c'est qu'ils sont toujours dans la légalité, car ils utilisent leur pouvoir de maturité, d'expérience, de sagesse et de liberté contre leurs proies, afin de les attirer de leur plein gré. Ils sont de grands enfants, qui se mettent à la hauteur de ceux et celles qu'ils piègent. Ces victimes sont généralement à peine majeures ; là où leur plein potentiel physique s'exprime aux yeux de ces bourreaux des temps. Qu'ils aient vingt, trente, quarante ou cinquante ans, ils te séduiront, tu ne pourras rien y faire et tu en redemanderas, car c'est toi qui t'es constitué offrande. Ils se comportent comme s'ils étaient riches du moindre rien, érudits de la plus basse inculture en miroir, ils te font croire à une vie passionnante, tellement ils rêvent d'un quotidien qui n'existe pas dans le monde adulte ; qui ne peut exister pour personne. Créé sur mesure pour eux, où ils invitent les personnages de leur choix. J'étais l'un d'eux. Je suis entré dans ce monde merveilleux, qui ne ressemblait à rien que j'aurais pu connaître auparavant et que je n'aurais sûrement jamais connu sans l'avoir

91

rencontré. Il me sortait d'un monde chaotique et terne, où seule la vengeance de langues de vipère apportait du délice à mes conversations familiales. Mes amitiés se comptaient sur quelques doigts, et je passais plus de temps à faire leur psychothérapeute d'oreiller qu'à confier mes propres problèmes, me suivant depuis l'enfance que je venais tout juste de quitter. Je ne soignais pas mes angoisses et je cultivais tous mes secrets. Ma vie était alors tournée vers la fuite.

J'avais, dans cet horizon brumeux, trouvé le bateau qui pouvait supporter le poids, pourtant léger, de ma jeune vie vierge de folie. Mais une vie encombrante de possibilités et d'incertitudes. Ce bateau, c'était lui. Il était le premier à m'écouter, à me considérer, à me respecter, à me demander ce que je voulais faire plus tard, comme si c'était normal, possible et autorisé de rêver à mieux que rien, à me donner le goût des voyages, de la vie, de l'histoire, de la géographie et de tout ce qui n'intéressait pas les jeunes gens de ma génération. Il pouvait me traiter comme son égal, comme sa muse, sa chose, son jouet, me faire des spectacles de danses débiles, de mimes, de trappe-trappe et de guili-guili ou, plus sérieusement, devenir tribun, un jour politique, le lendemain littéraire, lever la voix, aligner les mots un à un, ne rien dire dans de longues phrases et en bâtir des cohérences. Il avait des visions et des avis géopolitiques sur tout. Il m'apprenait qui j'étais à travers ses questions bienveillantes. J'étais le seul et l'unique dans son regard, j'étais la statue qui sortait de la pierre brute, j'étais devenu la perfection incarnée à ses yeux. Le piège s'était alors refermé sur moi. Je serais pour toujours sa dernière jeunesse, sans le savoir au moment de sa prise braconnière. De façon aléatoire, au petit matin, il me dévisageait, jouant l'amnésie à la perfection, au point que j'y croyais, en me demandant tout à coup : « Mais qui êtes-vous ? ».

La peur me figeait, je le priais de bien vouloir arrêter. Il en abusait, me glaçait, me figeait, me faisant croire que, par sa décision, dans un désir soudain et instantané, tout pouvait alors s'arrêter. Je ne voulais pas devenir un jouet cassé, je voulais être l'éternité, je voulais encore, au petit matin, me faire vouvoyer. Je m'étais alors offert jusqu'au bout de toutes mes intimités. Qui aujourd'hui peut assumer une telle folie et prétendre séduire plus jeune que lui ?

Et en réalisant que ma jeunesse commençait à se dessiner dans une encre que l'on ne trouvait plus, quand j'ai retrouvé la vue et découvert ses rides se peindre en fine couche, par pointillés sournois et malveillants sur son visage ; j'ai sauté à terre un jour, juste avant qu'il ne se mette à tanguer, bien avant de remonter à bord de ce bateau dont j'étais sûr qu'il avait dû couler. Mais me revoilà à repenser à tout ça. Je suis bien remonté, encore, lourdement, sur le pont délaminé de mon passé, j'en ai redemandé ; oh que tout ça me manquait ! Je vivais une sorte de syndrome de Cyprien, Dieu de la forêt ou presque, ne venant pas forcément de Chypre et se faisant passer pour un autre, pour devenir Dieu de quelque chose, changeant ses éphèbes en cyprès afin de les garder jeunes à jamais. Mais aujourd'hui, je sais que mon analyse était faussée. Il m'a bien volé ma jeunesse, mais je lui ai aussi volé la sienne. Il n'avait que trente ans et des brouettes et moi presque vingt. Je faisais très jeune et lui, de toute façon, a toujours fait très vieux jeune, toute sa vie. Il paraît qu'à quinze ans, il rentrait déjà en boîte et qu'aucun videur ni portier ne lui a jamais demandé sa carte d'identité. Sans comprendre pourquoi, c'était une fierté qu'il aimait raconter durant nos réceptions ou soirées. Ce que je n'avais pas compris, c'est qu'il m'offrait une part de sa vie, comme je devais lui offrir cette part de la mienne. Ce juste échange n'avait d'autre nom que l'amour. Je n'ai jamais

93

rencontré quelqu'un qui s'animait autant de ma présence. Si la différence d'âge que nous avons a pu, et peut encore, me plonger dans la colère, c'est à cause de ceux qui me jugent en permanence, rendant laid le moindre de mes songes, bien que leur condamnation soit silencieuse. Alors, je m'en veux. Je suis sous leur influence constante et n'assume pas mes préférences, par peur de déplaire à des gens qui ne m'ont jamais rendu heureux et qui m'ont toujours jugé, même quand j'étais célibataire. Mais j'oublie vite tous ces regards insistants, qui d'ailleurs nous regardent sûrement pour bien d'autres choses. Quant à Cyprien, le simple contact de ma peau sur la sienne lui faisait perdre cet air triste que j'avais retrouvé à mon retour. Il n'avait pas toujours été heureux avec moi, mais je savais qu'il était moins malheureux quand j'étais là. J'étais revenu, et cette fois, je savais pourquoi. Plus question de vol ; à moins qu'il m'empêche d'avoir les pieds sur terre. C'était beaucoup moins charmant que mon premier envoûtement, mais cette fois, je revenais sans date de péremption. Je voulais laisser à la vie le choix de notre séparation.

C'est étrange de se donner pour la vie, d'en avoir le sentiment, même si l'on ne peut pas le promettre. En parlant de séparation, mon secrétaire au style vintage, bien que charmant, ne peut remplacer le sourire de mon amant. Je me lève courbaturé d'une vie de papier froissée et me dirige vers la cuisine pour commencer mes recettes aléatoirement réussies. Je veux qu'il me découvre, moi l'amour de sa vie, tablier à la taille, ayant concocté un repas qu'il va critiquer. À la maison, c'est lui le cuisinier. Je vais faire quelque chose de simple, car moi, ce sont les viennoiseries et le pain que je réussis bien. Le reste n'est qu'approximation, essais chimiquement osés, de mélanges insensés. Comme nous n'allons pas manger de la boulangerie ce soir, ni de gratin de poires aux concombres panés ; je vais faire rôtir un peu de bœuf au four, piqué à l'ail et au thym, accompagné de haricots du jardin, cuits au beurre et à l'ail comme il aime, comme sa mère lui faisait. On met de l'ail partout, car on en a encore de l'année dernière et il en pousse encore dans le jardin. Et puis il paraît que c'est très bon pour le sang et la santé. Il faut bien que je prenne soin de mon petit vieux, je n'en ai qu'un. Durant cette pause culinaire, avec le temps qui passe dans la tête, j'ai l'impression que les dernières choses que j'ai couchées sur le papier à son propos n'étaient pas très honnêtes. Surtout, elles le font passer pour un gros pervers qui n'aime que les jeunes. Il est bien entendu aussi bouffi que moi de concupiscence, mais nos deux désirs opposés se sont rencontrés et retrouvés à multiples reprises. Je ne crois pas que Cyprien soit plus pervers que tous les autres hommes ; je crois juste que la vie lui a permis de réaliser beaucoup de ses fantasmes, même ceux auxquels il n'avait jamais pensé. Bon, il faut dire que tous ses ex avaient la vingtaine jusqu'à moi, ce détail faisait peut-être que j'avais l'impression qu'il changeait de jeune comme de chemise ou qu'il y avait une date limite de consommation sur ma nuque, à l'abri de mon regard insouciant. Ça me rendait jaloux, mais nous avions tous l'âge en commun, seul lui s'autorisait de vieillir, nous paraissions alors interchangeables quand lui ne changeait rien dans la structure de ses désirs. Dans la rue il ne regardait passer que ce qui était beau ; et selon lui, la beauté a vingt ans, si elle ne devait avoir qu'un âge, un seul, ce serait celui-là ! Aujourd'hui, au café, en ville ou dans le ferry, il regarde ses pieds, épargnant aux passants, aux passagers, son regard de vieux garçon qui pourrait dégoûter les belles âmes s'il était pris les yeux dans le sac. Pourtant il n'y a rien de vicieux à contempler la beauté du monde. Mais le monde a changé. Quand je suis revenu dans sa vie dernièrement, il m'a repris, il m'a dévisagé de désir. Je ne suis plus très jeune. Ça me rassure ! C'est un vieux. Un peu moins ! C'est un vieux jeune, comme je dis. Il n'a que cinquante ans. À chacun de mes passages, il me reluque comme pour me dire qu'il n'y a que moi dans ses regards insistants.

C'est un sujet, la jeunesse ! On reproche toujours à tous ces vieux de préférer les jeunes, comme un signe de corruption, de vice ou d'anormalité ; mais on ne pense jamais aux gens qui aiment les peaux un peu plus matures, enfermant parfois des esprits un peu plus jeunes que nous. On les juge comme s'il y avait quelque chose de louche ou une fortune à leur dérober. J'aurais pourtant aimé qu'il ait de l'argent. Mais si ce n'est pas ça qui m'a attiré ? Ne serait-ce pas tout simplement l'amour ? Et puis, suis-je encore jeune à la veille de mes quarante ans ? Il m'offre la possibilité d'être plus jeune. Plus jeune que lui, éternellement. Jamais je ne pourrais le rattraper, le dépasser et devenir premier dans cette discipline sans victoire à la fin. Je crois que ça nous convient, comme la plupart des gens qui se fichent du regard jugeant des autres. C'est eux qui collent le vice à nos peaux. Quoi que nous fassions, surtout de vivre ! D'avoir ce culot qu'ils aimeraient nous interdire ! Je crois qu'il a toujours été amoureux de moi, c'est partir gagnant, ça efface mes colères, mes regrets et construit d'autres espoirs. Je m'autorise la fierté qui fait qu'à chaque fois avec lui, je puisse avoir la certitude d'être aimé. C'est confortable, rassurant. Je pense même que je lui ai manqué et m'invente mes propres fables de désirs incertains.

Je ne sais toujours pas quand il va rentrer. Cette semaine, il est du matin, il ne devrait pas tarder. Il commence à cinq heures et il finit vers quinze heures. Le temps qu'il rentre après, s'il n'y a pas eu d'incidents à bord, il lui faut un peu plus de deux heures trente pour remonter depuis Horseshoe Bay. Ça lui arrive d'avoir du retard, surtout le dernier jour de son quart. Malgré la fatigue, il ne refuse jamais une bonne conversation avec son équipage ou son capitaine.

Ça fait maintenant plusieurs années qu'il est chef officier. Il a passé tous ses examens, possède les heures de mer nécessaires et attend maintenant de devenir capitaine à son tour. À mon avis ça devrait être pour cette année, je nous le souhaite. Quand il a eu son diplôme de chef officier, il a voulu acheter un appartement près de Vancouver, pour avoir un pied-à-terre près de son travail, pour ne pas avoir à faire la route tous les jours. Comme ses rotations sont de cinq jours de travail et cinq jours de repos, il nous arrive de ne pas nous voir pendant son quart. Quand le temps qui nous sépare me semble trop long, je descends le rejoindre et passe un peu de temps avec lui, mais il est souvent épuisé par sa journée. Il y a trois ans, avant d'avoir trouvé notre hutte citadine, il dormait sur le voilier. Je crois qu'il préférait ça à l'appartement, mais il a trouvé ce petit bijou avec vue sur la marina et l'océan. Il râle sur ce bien, comme si c'était aussi inconfortable qu'un pull qui gratte un soir d'été, mais moi ça me permet de le voir jeter l'ancre rassurante de mes désirs terre-à-terre s'opposant aux siens voyageurs. Lui s'inquiétait de cette normalité, de ce quotidien oppressant et de l'enterrement d'une partie importante de ses aventures fantasmées. Quant à moi, tout tourne autour de l'argent et de la peur d'en manquer, je m'inquiète et dérape, quand je crie et m'épuise contre lui, quand il dépense jusqu'à mes sous. C'était un peu cher, et la banque nous faisait les gros yeux, mais il disait que c'était un bon investissement. Je craignais aussi que ce nouveau toit ne devienne sa garçonnière ; mais ç'aurait été un peu bizarre que ce le soit… La première chose qu'il fit fut de me donner les clés, et la deuxième, d'inonder l'appartement de photos de nous deux. Ça ne fait pas très crédible pour un lieu de perdition. Sa fidélité fait légende, du moins c'est ce qu'il prétend ; alors ce n'est pas aujourd'hui, avec ses désirs qui ne se pointent que vers moi, qu'il va commencer une carrière d'Apollon. Le fait que je puisse en avoir peur me permet aussi de toujours contribuer à renouveler notre désir et notre tendresse l'un pour l'autre. Si la vie devait se venger de moi, alors il y aurait une âme plus jeune, plus belle qui passerait par là ; alors pour lui, ce renouveau, cette beauté passagère destructrice, pourrait encore m'éloigner de lui. Je me défends que cela puisse arriver je m'en donne l'ordre. Mon retour dans sa vie est définitif, je me le promets, même si je ne peux l'affirmer, je fais tout pour que de mon côté ce soit le cas, pour que ses désirs soit désordre. Quand il est là-bas, il dit que c'est son temps pour la réflexion, que c'est beaucoup plus bruyant que chez nous à D'Arcy, mais que cette solitude est saine. Je dois sincèrement admettre que je l'apprécie tout autant. Quand il est présent trop longtemps, sans distraction, c'est comme si le monde entier ; parfois l'univers, chaque recoin de la vie, devait être changé ou repeint. Ces instants peuvent être délicieusement épuisants, me redonnant l'amour irrationnel du silence.

Hier au téléphone, il a voulu jeter une plus grosse ancre à la mer, l'éloignant définitivement d'elle. Il cloue sa vie un peu plus auprès de moi, voulant m'offrir tout ce qui nous avait séparés auparavant. Il y a un petit atelier en bas de l'immeuble de West Vancouver qui s'est libéré, il m'a demandé si ça m'intéresserait pour installer ma boutique. Il a eu l'information par le concierge avant que l'annonce soit publiée et la pancarte accrochée sur la vitrine désertée depuis quelques jours. C'est apparemment une belle opportunité même si le prix du loyer doit être astronomiquement et ridiculement cher, comme tout ici. Je confectionne des produits cosmétiques avec des ingrédients locaux. La marque commence à décoller sur la toile, mais je rêve de pouvoir la tisser plus concrètement. J'ai toujours rêvé d'avoir mon commerce. Pour Cyprien cela représente le début des emmerdements, son expérience de commerce niçois me donne à chaque fois tous les arguments pour me faire renoncer à cette envie qui va à l'encontre de ses désirs nomades. Je dois aller le visiter demain, nous verrons bien si ça peut me convenir. Dans mon souvenir, c'était bien trop grand pour moi. L'emplacement est à rêver et le potentiel est énorme grâce à la marina, au tourisme qui en découle, mais aussi aux gens fortunés qui vivent aux alentours et se baladent sur le front de mer. Cyprien semble être encore plus excité que moi, ça ne manque pas de m'étonner. Il retrouve un peu de la folie qu'il avait à l'ouverture de son bar à Nice. J'accepte son soutien avec amour, mais je ne veux pas qu'il prenne des décisions à ma place. Je me refuse à lui demander conseil, car à chaque demande, toute ma vision des choses se réduit comme peau de chagrin. Il a beaucoup de facilité à monter des projets, mais il voit toujours trop gros, trop cher et sur le court terme par ses rêves inaccessibles et irréels. Cependant, je ne veux pas dire non à ce local par envie et par égo de m'opposer à lui de facto. Je dois prendre sur moi. Je l'imagine déjà me dire comment il voit les choses, la couleur des murs et comment il voit mes étalages. Je ne veux rien qui vienne de lui de ce côté-là. Quand nous avons eu le voilier, l'appartement et la maison, j'ai dû me battre pour exister, pour mettre ma pierre à l'édifice, mon bibelot sur l'étagère. Comme nos voitures, il veut tout choisir, dès notre arrivée au Canada et depuis que nous sommes ensemble dans la vie, il décide de tout et sait toujours trouver le moyen de refuser mon investissement personnel dans tous les domaines matériels. Même si c'est moi qui paye, il se donne toujours le droit de donner son avis, il m'a fait dernièrement acheter une voiture que je ne voulais pas du tout, lui, s'est pris le Bronco qu'il voulait, qu'il trouvait « sexy » selon ses termes. Moi j'ai eu le droit à la voiture des vieilles ! Comme toujours, il me faut jouer du sourire dans le rétroviseur pour m'habituer à avaler des couleuvres sans bouger les lèvres, mais tout en souriant. Il va jouer de sa manipulation innée et de sa capacité à mentionner tous les avantages qui l'avantagent en étant sûr que son processus égocentrique soit certain de m'oublier. J'ai toujours reproché à Cyprien son peu de soutien dans mes projets entrepreneuriaux, mais ces derniers temps, il semble qu'il s'y intéresse et me montre des signes d'investissement personnel qu'il n'a jamais eus auparavant. Il y a quelques années, j'ai refusé de faire le tour du monde à la voile. Je lui avais dit que je voulais me réaliser personnellement. Il savait qu'en grande partie, nous nous étions séparés aussi pour ça. À notre retour de navigation au Mexique et avant d'aller découvrir les côtes de l'Alaska, je lui avais fait comprendre qu'il fallait que j'avance dans mon projet. C'est peut-être pour ça, ce grand changement, ce local. Nous avons rencart demain vers quatorze heures. Ça va lui faire de la route s'il revient ce soir, il aurait dû rester là-bas et je l'aurais rejoint.

Le dîner est prêt, je l'attends. Nous allons passer une soirée courte, mais les retrouvailles sont toujours très importantes ; c'est une sorte de rite. Nous avons un rendez-vous galant, romantique. Le repas est toujours très simple, mais c'est un rituel où l'on se parle, où l'on échange, où il n'y a rien pour nous distraire, mis à part

le désir que nous avons l'un pour l'autre. Seule l'envie
irrésistible de se rapprocher peut nous couper la parole.
Nous parlons de tout, de rien, de nous, de nos projets et
de nos rêves. Nous mettons nos musiques, nous
dansons, nous chantons, sous l'effet des retrouvailles
ou de l'alcool. Nous sommes bien tous les deux et nous
en profitons, loin du regard des autres. Chaque seconde
est importante ; ces petites piqûres de rappel du passé
sont précieuses et nous ont tellement manqué qu'elles
sont comme des bonbons dont on ne perd jamais le
goût. Je vis dans cet amour une chose encore plus rare,
qui en un clin d'œil peut disparaître, où la peur de
remonter en selle fut réelle, mais qui ne s'oublie pas.
Alors je laisse rouler librement ce sentiment. Il ne
m'appartient pas. Une chose qui me paraît certaine
aujourd'hui, c'est que plusieurs amours sont possibles
dans une vie, mais seulement un parmi eux marque à
jamais notre existence. En bien ou en mal. Et tout ce
qui suivra après cet être, nous paraîtra fade, manquera
de sel, même si c'est mieux, plus reposant, équilibré ; il
nous manquera cette chose qui nous contrôle, ce repère,
cette boussole. Je suis parti pour plus jeune et plus
beau, mais en me comportant comme Cyprien, j'ai pu
croire que je vivais la même chose, mais différemment.
Je voulais tellement être lui, jouer son rôle. Le bon !
Mais je n'étais qu'une pâle imitation et mon amant de
vingt ans n'était pas moi, même si je lui donnais son
texte, qu'il n'a jamais voulu apprendre, celui de
découvrir tout ce que j'avais découvert avec mon vieux
par le passé. Nous ne pouvons pas revivre ce qui était
fort, juste en le voulant. Certaines choses ne peuvent
naître que de deux êtres à part, ravagés par la vie, avec
pour seul désir le bonheur de tout partager ensemble, le
moindre petit rire, sourire, souffle de vie, main dans la
main et les yeux dans les yeux. Ce sont des odeurs, des
gestes, des défauts que l'on trouve addictifs et dont on

101

se plaint chez les autres, ce sont tous ces détails anodins qui forment ce que l'on appelle deux âmes sœurs, et ça, ça n'arrive qu'une fois dans une vie. Je le crois. Le reste n'est que comédie ou peur d'une solitude idiote. Être avec n'importe qui revient à vivre seul ; à devoir toujours tout réexpliquer plusieurs fois, à toujours être incompris et à se perdre.

L'impression de l'avoir déjà vécu avant s'appelle la réincarnation. Le souvenir probable de notre vie antérieure permet que nous puissions reconnaître cette personne quand elle se présente à nous. Le jour où nous la perdons, on sait que jamais nous ne la retrouverons et qu'il nous faudra attendre notre nouvelle existence, pour la rencontrer de nouveau. Il nous faudra mourir de mort naturelle, pour rejouer notre meilleur rôle, sans séquelles de cette vie vécue comme nous le pouvions. Lorsque l'on perd ou brise ce miroir de soi, peu importe comment, on ne met jamais fin à sa vie, non pas que j'y aie déjà pensé, mais je mentirais à dire que l'idée n'a jamais essayé de s'imposer à moi. On ne précipite pas les choses, on se doit de prolonger son destin à son maximum, même dans les bras d'un autre, car chaque vie est une pièce du grand puzzle, que notre propre souffle ne fait qu'enrichir pour son prochain passage sur terre. Si on pense tuer le corps, on ne met jamais fin à l'esprit que nous sommes et que nous serons pour des millénaires. Les êtres torturés qui se suicident pour des amours perdus, selon moi, le font pour de mauvaises personnes, car notre alter ego ne nous incitera jamais à le faire, même si son départ est volontaire, même si son absence nous détruit.

Rester sur terre est une évidence, car on passe son temps à espérer son retour, même si on continue à vivre, l'idée de penser à l'être aimé peut être tout aussi douce dans les souvenirs qu'elle a pu l'être au quotidien dans le passé. On met fin à ses jours sous la pression du regard des autres qui ne nous regardent déjà plus, pour des gens qui ne comptent pas et ne compteront jamais. Qui ne comptent plus quand nous crions notre désespoir auprès de ceux qui nous regardent encore, quitte à nous ridiculiser. Le chagrin d'amour que l'on a parfois à l'adolescence ou durant nos successives crises d'existence, ce chagrin est le plus puissant et le plus destructeur, car nous donnons tant d'énergie à essayer d'aimer des êtres qui ne sont pas faits pour nous, mis à part de passer dans nos vies pour nous en donner la preuve. Ces questions me sont très souvent amenées par des tristesses passagères qui m'éloignent de la vie ; mais le goût de vivre est toujours plus fort. Même si ce n'est que pour une seconde, même sans jamais naître, toutes les âmes sont importantes sur cette terre, même les plus détestables pour lesquelles je n'ai que de mauvaises pensées.

Pour pouvoir apprécier chacune de ses vies, il faut se donner les moyens de les vivre jusqu'au bout. Quand elles seront au fond du chemin, là où il n'y a plus de lumière, alors il sera temps de nous choisir une nouvelle famille, pour se réincarner en paix et retrouver l'amour d'un nouveau foyer et tout recommencer, tout réapprendre.

Je pense qu'il y a aussi des vies pour rien, des vies pour se construire, se reconstruire, des vies où l'on ne retrouve pas son autre, des vies où l'on n'a pas le temps de naître, des vies trop courtes, d'autres trop longues, car ce sont des vies à vivre comme ainsi. Des vies où le suicide n'a jamais sa place. Vivre c'est toujours ce qu'il y a de plus important. Nos âmes recyclées se trompent alors d'adresse, mais retrouvent toujours leur route, leur chemin et leur destin qui les attendent. Alors il faut se concentrer sur autre chose, partager avec d'autres gens, vivre d'eau fraîche plutôt que d'amour, ne pas se poser trop de questions, vivre pour soi et apprendre de nouvelles choses qui pourront nous préparer à une nouvelle incarnation de ce que nous pourrions être de mieux. Je crois que tout cela s'appelle l'instinct.

Parfois on se trompe de famille, on choisit mal ses parents, ses frères ou sœurs ; dans d'autres vies il n'y a que la fratrie qui compte et à d'autres moments on doit être l'unique enfant à supporter ou à aimer ses géniteurs. Longtemps, je croyais que l'on ne choisissait pas sa famille, mais je me suis trompé. Il faut juste prendre le temps de comprendre ce choix ou de reconstruire la sienne. Tout cet incroyable mécanisme à créer la vie est sans fin. Les esprits se baladent dans des corps différents, cette simple enveloppe qui nous conditionne mais ne nous définit pas. Il ne faut jamais trop prendre au sérieux nos apparences, elles sont toujours trompeuses.

Il faut vivre sa vie comme un jeu, qu'il soit sérieux ou qu'il fasse sourire ; la vie ne doit jamais être prise à la lettre, car c'est en se souciant de son soi profond que l'on peut donner du temps aux autres, de l'honnêteté sans jamais être soucieux de son entre-soi d'apparence, je le crois. Il ne faut jamais être factice, même si tout ce qui nous entoure semble l'être. J'ai appris aussi grâce à Cyprien à n'être que moi et seulement moi. Je crois que notre âme sœur nous permet d'être nous-même, mais jamais elle ne nous demandera d'être un autre ou d'y ressembler et ça, ça n'a pas de prix. Ce qui aujourd'hui me fait accepter un vol incompris, qui a accroché des ailes si grandes à mon dos, pour que je vole dans cette vie, cette vie de bonheur auprès de mes balbuzards pêcheurs.

Nous sommes fin septembre, le mois d'octobre et les premières neiges approchent, notre mois préféré, où tout redevient comme avant, tout meurt ou s'endort, avec la promesse que tout pourra renaître au prochain printemps. Les couleurs dessinent encore l'un des plus beaux paysages. Quand le vent sera faible ou bien absent, le miroir que deviendra le lac offrira par deux fois ce spectacle aux mille couleurs qu'on ne trouve qu'au Canada. Il n'est toujours pas rentré, le dîner est prêt. Je vais ouvrir un chardonnay ou un sémillon du domaine Mont Boucherie, l'un de ses vins blancs préférés ici. L'odeur du bon vin le fait toujours bien arriver dans mes bras impatients. Mon obsession pour sa présence près de moi ne rassure pas les plus terribles songes que je peux me faire d'un futur sans lui. Comment puis-je aujourd'hui m'inquiéter de son absence après l'avoir provoquée pendant tant d'années ? L'évidence de Cyprien dans ma vie fait que je ne comprends toujours pas ce qui m'a poussé à m'en éloigner ; mais savoir qu'il approche, entendre le bruit du gravier chassé par des roues surdimensionnées, me fait comprendre à quel point Boss est plus sincère que moi dans ses hurlements et dandinements d'excitation canine ; au moindre son que Cyprien laisse entendre par son arrivée tant attendue. Moi, bêtement, bien qu'armé de baisers tendres, je montre toujours un peu d'agacement pour ne pas tout lui donner à son arrivée, mais je finirai bien par réclamer mes caresses, et je n'ai hâte que de lui en donner. Les dernières minutes d'attente sont toujours les plus insoutenables. Je me demande toujours si les rôles étaient inversés, si Cyprien devait attendre mon retour. Aurait-il la même excitation que nous ? J'ai toujours peur qu'il n'ait plus la violence qu'il me témoignait quand je tardais trop à répondre quand plus jeune nous étions séparés ? Puis je repense à mes dernières vacances en France où mes appels prenaient moins d'une seconde pour être décrochés. À ses traversées en ferry de dix heures, où il n'en laisse pas une passer, sans m'appeler ou m'envoyer un petit message d'amour qui n'est jamais économisé ou calculé. Toutes les images romantiques que seul lui sait créer dans ma mémoire me reviennent aussi, je pense à tout ce temps où il est resté seul, où je suis sûr qu'il m'attendait ; même s'il ne fait que prétendre le contraire. Je crois que s'il ne pouvait pas me dire tout ça au quotidien, il en écrirait un livre pour me le déclarer. Aussi, même s'il m'a laissé partir, ce n'est pas lui qui s'en est allé ; je crois que mes peurs fantômes sont le fruit de toutes mes décisions passées. Il est là. Je repose ma plume, prépare mes lèvres qui vont se jeter contre les siennes, engueule Boss qui hurle, le pousse comme un enfant égoïste, prends la place de ses dandinements et fais jouer les miens.

Je regarde l'heure par hasard. Il n'est pas 22 h 22, comme toujours dans ma vie superstitieuse, mais quinze heures pile, ou 3 pm comme on le lit ici. Il fait encore jour, et j'aimerais que le soir soit déjà là, ne plus être seul avec d'imbéciles pensées. Les détails les plus anodins, comme le temps qu'il est ou le temps qu'il fait, sont soulignés par mes agacements périodiques. Tout se range dans les tiroirs de ma mémoire et ressort aléatoirement.

Dans mon attente insoutenable, je fais jouer mon petit théâtre intolérant où mes pires pensées jouent mes personnages les plus ignobles. La voisine du dessous tousse à en perdre un poumon. Elle écoute les informations à tue-tête, comme pour couvrir le silence de sa vie assourdissante. Le mélange désagréable des deux sons graves me questionne sur le plaisir de vivre en ville et me rappelle le sinistre appartement de Nanaimo. Pourquoi ces gens qui n'y ont plus rien à faire dépensent-ils des fortunes pour imposer leur bruit, leur solitude et leur tristesse permanente à ceux qui s'obligent à être là ? Comme pour avoir le sentiment de faire partie de cette comédie eux aussi, alors que tout le monde pourrait faire autrement. Je ne pense pas que nos générations successives d'après-guerre entreront dans l'histoire, ni pour leur courage ni pour leur paresse, mais je suis convaincu que, de notre vivant, ceux qui ne seront pas morts d'ennui et d'oubli vivront un exode rural inversé, timidement amorcé depuis l'ère Covid. De toute façon, il arrivera un temps où nous ne pourrons plus nous payer le luxe de vivre dans ces appartements, peu à peu avalés par la quête de profit de ceux qui ont la chance de trop posséder, tandis que la majorité des gens n'a plus rien.

Les grandes villes sont devenues une énigme pour moi. Dans les embouteillages, observant les autres voitures voisines de mon cauchemar inutilement matinal, je me disais que la vie était trop courte pour passer tout ce temps dans cette cage de fer, censée se déplacer à une certaine vitesse pour garder tout son intérêt de transport moderne. Les vieux comme moi, qui s'entassent dans ces mêmes bouchons et qui râlent à grosse gorge muette, se rendent tout aussi esclaves que les retardataires, en presque route pour un travail qu'ils n'aiment pas ; nous regardant derrière nos fenêtres nous déformer le visage de rage et de colère. Notre résilience peut aller parfois jusqu'à vivre ces bouchons deux fois par jour sans savoir pourquoi nous avons fait tout cela ou quel en était le but. J'ai trouvé le lien qui réunit tous ces gens en file indienne : la soumission, l'espoir d'une vie meilleure au mieux. Certains appellent ça les impératifs. Alors, moi qui n'en ai pas vraiment, je me demandais pourquoi je partageais avec eux cette mauvaise comédie. Je me trouvais bête, en trop, prenant de la place sur ces routes déformées par le poids de nos passages insensés. Rien ne donnait de sens à vivre ici en permanence.

Le réconfort se fit ressentir à mon arrivée, le Bronco enfin garé, loin du chaos, quand dans l'entrée de l'immeuble, je ne vis pas mon nom inscrit sur la boîte aux lettres. Tout ici est à Cyprien, même le courrier de la ville. Ce lieu n'était pas le mien et c'était tant mieux. La ville, de toute façon, me rappelait trop d'errances partagées avec Elliot où j'avais l'impression de construire des contradictions permanentes, des choses qui se voulaient sérieuses par l'échange commun que l'on se fait ici. Si vivre en ville se veut socialement plus désirable qu'à la campagne, alors pourquoi les gens qui m'entourent sont-ils de plus en plus seuls ? Même se saluer sans se connaître devient gênant, suspect et effrayant.

Il y a aussi tous ces vieux que la ville rejette par la froideur d'un regard qui balaie le sol, ces gens à tête rampante qui ne veulent plus croiser celui des autres. Tous ces citadins moins vieux, qui les croisent avec mépris involontaire et qui ne répondent jamais à leurs sourires inquiets, qu'ils, d'ailleurs, ne voient même pas en cherchant à se cacher, tels des autruches, la tête dans le sable mouvant et hypnotisant de leur téléphone.

Tous ces jeunes ou presque, que les vieux exècrent ou plaignent sincèrement de n'avoir pas connu des jours meilleurs. Les vieux, frustrés d'un temps passé, qui, entre eux, ne se regardent pas plus ; ils ont peur de se contaminer de cette solitude aujourd'hui tant partagée et n'échangent même plus l'aigreur et la nostalgie de ce qui pouvait, avant, les rendre heureux. Ces jeunes et ces vieux qui ne s'affrontent même plus dans leurs contradictions en arrivent parfois à compter leurs sourires, tellement ils sont peu nombreux.

Les vieux ne veulent pas vendre leur bien qu'ils ont acheté trente mille dollars il y a cinquante ans et qu'ils peuvent revendre trois millions cash à des investisseurs chinois invisibilisés par leur absence. Sans jamais rien retransmettre aux gens qu'ils croisent vraiment et qu'ils ignorent chaque jour un peu plus. Ces gens qui s'agitent autour d'eux pour désespérément trouver un toit raisonnablement bon marché, sans jamais y parvenir. Ils craignent de s'éloigner de la seule ligne de bus qu'ils connaissent, celle qui, d'un éclair, peut les accompagner à l'hôpital pour mourir seuls ou entourés d'enfants impatients. Ils ont peur de s'éloigner de ces numéros d'urgence aimantés sur le frigo, qui pourront,

109

au cas où, leur sauver la vie en cas de confusion. Ils attendent ou redoutent cette fatalité avec une certaine impatience, car ils y ont toujours été prêts. Ils y ont pensé, ils y pensent en permanence, du troisième étage à la pharmacie, de la pharmacie à l'hôpital, de l'hôpital au bord de mer, du bord de mer au retour à leur troisième étage. Ce rectangle parfait, ces lignes droites forment la cage de farfadet dont ils ne s'éloignent jamais. Pour rentrer par eux-mêmes avant la nuit tombée dans leurs mini-clapiers hors de prix et emmerder ces jeunes travailleurs qui n'attendent que de les voir caner. La foudre ne peut même plus tomber sur leurs antennes. Il n'y en a plus pour les animer.

La symphonie des emmerdeurs est en marche. Pour se venger, lors de soirées bien méritées, le jeune épuisé de sa semaine, jusqu'au petit matin, s'abandonne à faire plus de bruit que la vieille du troisième. Alors là, l'affrontement générationnel peut enfin renaître. C'est à coups de canne intolérante, pour lui faire oublier sa jeunesse, que, toute la nuit, elle tapera sur le plafond réduit qui la sépare du quatrième. S'occupant à plein temps, entre appels à la police et maniement du bâton, de faire comprendre à ces futurs vieux que vivre ensemble, c'est accepter seulement le bruit des autres tout en refusant d'en faire.

Le privilège des bruyants est revendiqué par ceux qui imposent et invoquent en permanence le silence. Cyprien avait cette phrase à la sortie de notre première expérience de partage de loyer exorbitant : « L'art de la colocation, c'est de devoir accepter sans rien dire, le confort envahissant des autres. »

Avec trois millions de dollars, on peut s'acheter tous les silences et se payer tous les bruits du monde. Renouer avec les gens silencieux par leur éloignement et même nous offrir le luxe de l'hélicoptère pour rejoindre l'hôpital si besoin ; et pourquoi pas mourir en vol avec classe et panache, tel un aventurier moderne. Plus nous réduisons la taille de la population, plus les gens se parlent, se sourient, s'entraident et se considèrent, selon moi. Alors moi, envieusement, détestablement hypocrite, avec tout cet argent, je me réconcilierais avec ces enfants haineux qui n'attendent que ma mort pour hériter. J'irais à la campagne et épargnerais ma présence vieillie par la vie à tous ceux qui ne veulent pas la voir. Je ne suis pas dans une certitude totale en m'exprimant ainsi, et je n'ai pas d'héritiers qui attendent ma mort ou la redoutent, mais la ville ne me permet plus de voir le beau, même quand je me concentre. Je ne vois que des gens tristes, qui se soumettent aux rêves vendus par les grandes villes où, pour moi, tout le monde s'ignore tout autant qu'à la montagne.

Alors je préfère le silence et l'espace pour croire que c'est l'isolement qui m'éloigne des gens et non pas la proximité forcée quand rien ne nous y oblige, à part nous. Les gens s'entassent dans les villes, même s'ils n'y ont plus rien à faire, jusqu'au point de ne plus se supporter. Peu importe la richesse de notre banquier qu'il entretient avec nos petits sous ; notre argent entre ses mains ne nous offrira jamais le confort ultime de diviser par deux l'argent dépensé pour se loger, là où personne ne veut vivre, là où moi j'aime vivre, loin des gens.

Je crois que j'exprime mes plus profondes inepties car au fond, aujourd'hui, je ne suis plus de nulle part. À force de mélanger mes cultures, je n'en ai plus et je ne me sens jamais vraiment appartenir à un lieu. Même ma chair ne sait plus où elle veut s'enterrer, et je me retrouve évaporé dans un monde sans structures, fragile, ne reposant plus qu'auprès d'un seul être, ne comprenant plus ceux qui m'entourent. J'aime m'éviter cette pollution permanente : de lumière, de bruits constants, de voisins tuberculeux, de voix régulières nous annonçant toute la journée les mêmes informations à travers les murs, des informations qui ne sont plus des nouvelles. D'odeurs en tout genre venant des dessous, de petites bêtes noires apprivoisées, se baladant entre nos appartements et le voisin sale du premier, un souvenir ici, bien plus européen. Des pots d'échappement fumants ou, pire, des klaxons de Tesla, que l'on n'entend jamais vraiment foncer sur soi. Et il y a, pour moi, ce symbole ultime qui me fait vomir la ville : ce camion qui ne peut plus reculer sans « bip », pour prévenir les néo-automates morts-vivants que le camion recule. Ce bruit en particulier est à nous rendre marteau, il m'appelle à chaque « bip » au suicide social des champs.

Je suis venu voir mon homme à Vancouver. C'est une belle ville, paraît-il, mais j'aime autant y venir que de vite en repartir. Il m'est arrivé de ne pas m'y rendre pendant plus d'une année, presque deux parfois, où il a fallu me traîner de force. Comme pour m'obliger un lien avec cette réalité. Alors oui, dans les villes, il y a de bons restaurants, des cafés branchés et bruyants. Des feux rouges pour nous faire croire que nous sommes protégés par le piéton vert qui clignote ; tout en faisant des bruits d'oiseau métallique : des chirp chirp, comme on dit ici. Deux sons de cui-cui différents pour nous indiquer le sens ; des feux verts d'espoir pour nous dire de passer et des sanguins pour nous arrêter. Que d'évolutions ! Pour moi, la ville, c'est le burlesque de Tati, le muet bruyant du ridicule grondant. La ville te broie entièrement si tu ne sais pas te dépêcher. Il faut y aller, mais sans savoir où ; il faut choisir une direction. Prendre son temps est une expression qui n'a pas beaucoup de sens en ville, à moins de dire prendre son temps à son coup. Je prends pourtant mon temps. J'ai dix heures à attendre que mon bellâtre retrouvé rentre, épuisé de ses traversées, où je l'ai perdu pour la journée. Je l'attends sans rien avoir à faire, alors j'en cherche à faire ou à refaire, je cherche ma direction. J'aime flâner à Stanley Park, j'aime aussi aller sur l'île de Granville, j'aime faire le tour de False Creek, de Yaletown à Olympic. J'aime aller sur Broadway, à Mount Pleasant, et faire semblant de ne pas parler la langue de Molière pour qu'on me dise : « Ah ! Mais tu parles français ? » car mon accent ne ment jamais.

Je ne déteste pas la ville, je l'aime plutôt bien, mais si je n'avais pas de porte de sortie, alors là, je craquerais. Je ne hais pas le béton armé des grandes tours qui nous étirent, car je me paie le luxe de ne plus y vivre. J'ai vécu à Vancouver. J'y ai vécu avec Elliot, quand je n'étais plus avec Cyprien et maintenant j'y reviens. Tout m'y ramène. Nous dépensions tout notre argent à essayer de vivre au plus près de lui, de ne le dépenser que si besoin, tout en nous créant quotidiennement de nouveaux désirs inutiles. Nous ne le dépensions jamais pour rien, mais toujours pour des choses dont on n'avait pas besoin. Je devais travailler encore plus pour permettre à Elliot de jouer à sa console et à moi de pouvoir vivre la ville à cent pour cent. Le fait de vivre dans le luxe aujourd'hui, dans l'appartement que l'on vient tout juste d'acheter avec Cyprien, me rappelle à quel point c'était mon rêve avec Elliot. Mais il n'aimait pas trop travailler. Il aimait bien la console, le pétard, la drogue en soirée et faire des métiers qui ne demandaient aucun effort, aucune responsabilité. Elliot était pire que le pire que pouvait produire Cyprien lors de ses grandes dépravations. Je m'étais trompé en le quittant. J'avais choisi plus jeune, plus beau, mais tellement plus ennuyeux et beaucoup moins vivant. Il avait des côtés un peu foufous au début. Ses angoisses attiraient ma vocation d'à peu près infirmier, dont je

113

détenais le diplôme amical et amoureux depuis le jour où j'ai commencé à fuir mes propres problèmes.

Je ne sais pas pourquoi on quitte les gens qu'on aime. On dit toujours que l'herbe n'est pas plus verte ailleurs, que l'on sait ce qu'on a, mais pas ce qu'on va avoir. Bref, ces phrases nous emmerdent, car quand on souhaite faire nos conneries, on se jette la tête la première, et surtout on se doit d'y aller jusqu'au bout. J'y suis allé. Car sans boire cette vie dans ce verre qui déborde, on peut répéter cela, cent fois. Parfois, on fait même les deux en même temps, les deux amants, pour se convaincre de notre bêtise permanente, même si nous sommes les seuls à la créer. Nous sommes victimes de notre génération, de notre société nouvelle, de cet étalage de vies meilleures et de toutes ces belles opportunités. Nous sommes ingrats de ce mandat de vie que l'on ne respecte plus, car il n'y a aucune conséquence. Même la vie se fatigue à nous punir. Je pense que nos existences ont pitiés de nous, qu'elles ne veulent plus essayer de nous faire comprendre, tellement il est normal de consommer de la tristesse, de l'envie, de la jalousie, de vouloir toujours mieux, de refuser le moins bien en étant de plus en plus médiocre, de se forcer à ne plus profiter des choses, de ce que l'on a, des autres et de soi. Nous devenons ridicules un peu plus chaque jour. Les gens, par le passé, pouvaient encore se retenir, mais aujourd'hui, presque fièrement, nous nous tuons à la tâche en nous ridiculisant. Combien de baisers non donnés pour un short scrollé ? Combien de minutes et d'heures passées devant les écrans pour se moquer de la réalité ? Combien de fous rires manqués pour rigoler devant un chat tout mignon ? Comment se respecter, quand, seul chez soi mais accompagné, on ressent toutes ses émotions derrière ces écrans de fumée ? Nous prenons tous la pandémie en faute, mais elle a révélé en nous ce que

114

nous avions de pire. Moi, elle m'a éloigné de la seule personne qui me faisait vivre, vibrer, rire. La seule personne qui me détournait de toutes ces distractions de lobotomisés. Mais moi, Cyprien, je l'avais quitté bien avant. Je n'avais même pas la chance, comme tous les autres, de pouvoir utiliser la carte joker du Covid, pour me dédouaner de mes irresponsabilités amoureuses.

J'ai eu cette histoire avec Elliot, j'en parle régulièrement à Cyprien. J'essaie de lui faire comprendre que j'ai eu tort, que je n'aime que lui. Il ne dit rien et m'écoute toujours avec respect. La dernière fois, il a changé de sujet, mais je suis revenu à la charge. Je lui disais à quel point Elliot était moins bien, à quel point je l'aimais et ressentais du bonheur de l'avoir retrouvé. Il me demande de ne pas lui parler de ce type. Il me le demande presque poliment. Il me supplie la larme à l'œil.

Cyprien aime mettre des films, il a toujours aimé ces moments de cinéma. Sans lui, je n'en regardais plus trop, même si je compensais tout de même avec des séries. Elliot aimait, comme mes amies Aziza et Alice, les choses qui détendent, pourtant il ne faisait pas grand-chose de sa vie. Il fallait bouffer des séries et des films américains bien bruyants, ça détend. Cyprien, lors de notre toute première soirée cinéma de retrouvailles, nous a mis La Femme du boulanger. J'ai bien aimé, même si je me suis senti un peu visé. Ce n'est pas grave, avec lui, j'ai cette chance de voir des choses que je ne penserais même pas à regarder. Il regarde des choses de son époque, comme j'aime à le taquiner. Mais ces choses-là, qui sont, je l'avoue, bien plus vieilles que lui, sont si belles et si pures, que je découvre de belles histoires à ses côtés. Un peu moins bruyantes, mais tout aussi scénarisées. Cyprien m'a toujours dit que j'avais bien plus de poésie et d'humour

115

que lui, que c'était naturel chez moi. Il aimait aussi mon ouverture d'esprit et il m'en complimentait fort souvent.

Moi, je lui parle d'Elliot. Peut-être devrais-je arrêter de lui en parler, mais il ne me dit rien. Jamais rien. Je crois qu'il s'en fout et, à moi, ça me fait du bien. Alors je lui parle d'Elliot. Il pourrait me traiter d'Aurélie, il me dirait alors des choses que l'on ne dit qu'aux chattes. Il ne serait pas l'Aimable boulanger, je reviendrais la queue entre les jambes. Je dirais pardon sans le penser ; il me le donnerait pour me faire mal. Le bonheur accompagnera mon retour dans sa vie par des larmes, du regard bas mais heureux d'avoir trouvé cette porte ouverte. Des larmes chaudes continueront de couler pour souligner la joie de retrouver, sur la table, le couvert dressé, entouré par la chaleur de notre foyer, même si les larmes rendront la soupe bien trop salée.

Accompagné de ces souvenirs, je me balade à présent dans la rue Robson, j'ai envie de dépenser un peu d'argent. Là où nous vivons, il n'y a pas de magasin. Un peu plus bas, à Pemberton, il y a quelques commerces, mais rien de plus que le minimum ; ça nous dépanne bien. Je n'ai besoin de rien, mais la ville, c'est comme ça : elle nous en crée, des besoins ! Quand l'hiver s'installe et apporte ses tempêtes de neige, nous ne descendons que pour le travail de Cyprien. Il peut nous arriver de rester en ville pendant plus de deux semaines, mais, bien que la généreuse douceur de Vancouver nous inondent à l'année, le ciel est toujours gris et il pleut bien trop régulièrement, faisant déborder mes agacements citadins. Je crois que je préfère la neige et les soleils en quinconce qui la suivent. Ce que j'aime dans la rue Robson, c'est de commencer par mes petites viennoiseries de chez Paul. Ils se sont installés il y a quelques années, et c'est un plaisir de retrouver ce bout de France ici. Cela se veut bien plus chic qu'au pays, mais de temps en temps, ce genre de petits

116

plaisirs nous réconcilie avec la vie. Je ne sais pas si Elliot est toujours à Vancouver. Quand je l'ai quitté pour revenir avec Cyprien, il m'en a sévèrement voulu et je me suis fait insulter avec violence. Il n'a jamais essayé de me recontacter. Je pense qu'il est rentré en France. Malgré les quolibets me dégradant lors de sa courte fougue haineuse, mon départ n'avait pas semblé le contrarier plus que je m'en inquiétai. Il vivait déjà depuis bien longtemps dans son métavers, se déconnectant chaque jour un peu plus de moi et de la réalité. Je me demandais même si son monde virtuel ne lui permettait pas des infidélités. Tout ceci est loin de moi maintenant, mais je crois que d'avoir voulu être avec quelqu'un de mon âge, ou juste un peu plus jeune, a été la pire chose que je me sois infligée. Enfin, ça c'était avant. Aujourd'hui, en nous regardant côte à côte dans le miroir, je serais incapable de dire qui de nous deux est le plus jeune et ça aurait été pareil avec Eliott. Le temps passe et nous dégrade, nous devons l'accepter. Parfois, Cyprien a plus de jeunesse en réserve que moi. Mes côtés terre à terre m'éloignent d'une certaine folie que lui cultive par ses rêves. Je l'envie sur certains aspects, car moi, j'ai des rêves plus accessibles. Lui, tout est toujours dans l'excès. Si je le suivais les yeux fermés, Dieu seul sait où nous serions aujourd'hui. Lui se laisse porter par le destin, alors que moi, je veux pouvoir l'influencer. Les Arabes appellent le destin « mektoub ». Pour moi, cela ne représente pas grand-chose. Pour Cyprien, c'est un livre de chevet ; il lui arrive même de poser des questions à cet étrange ouvrage. Je trouve ça ridicule. Il lui arrive de prendre des décisions importantes, juste en interprétant une page lue, à la suite aléatoire de ses questions. Il prend « Maktub, de Paulo Coelho », entre ses mains, le serre alors contre ses jambes, il ferme les yeux, pose une question, ouvre une page au hasard, choisit la gauche ou la droite, et l'histoire qu'il lira sera la réponse à sa question. Ce rituel sectaire qu'il s'est inventé me laisse toujours un sourire gêné aux lèvres. Et sa façon de dire Maktub m'insupporte, tout autant que ses « hamdoullah » à la suite d'un rot dégoûtant. Depuis quelque temps, il a, par ma faute, une autre variante : « hamdoulillah ». C'est ridicule, mais je cesse de le lui faire remarquer, car plus je lui témoigne mon agacement, plus il en remet une couche. Cet être est épuisant.

Quant à Elliot, j'y repense au fil de mes pas vagabonds sur les trottoirs de Robson. Je ne le vois pas ne rien faire à longueur de journée, avec un loyer de trois mille dollars. À moins qu'il y ait des mines d'or dans son métavers, ce dont je doute, je me demande quel choix il aura fait. Certains coins de la rue où je me trouve me rappellent quelques baisers volés lors de nos balades endimanchées, et je ne peux m'empêcher d'avoir pour lui une pensée émue et tendre. Tout comme pour Cyprien durant notre séparation, je ne lui souhaite que du bien. J'espère même que sa vie le traite bien en amour. À mon départ, il m'a dit qu'il allait trouver un colocataire, mais mille cinq cents dollars pour vivre dans un studio avec un drogué qui ne fait rien, je ne sais pas si c'est très vendeur. Je n'ai pas la curiosité malsaine de me rapprocher de notre ancien quartier pour tenter de l'apercevoir. Je ne ressens aucune tentation espionne, commune à mon histoire avec Cyprien. Je lui souhaite tout de même de s'en sortir et d'être heureux. Que puis-je lui souhaiter de plus ? Puisqu'il ne me demande rien !

Je viens de passer devant un dépanneur, je vais tenter ma chance au Lotto Max, ne sait-on jamais. Je vais même jouer un Big Jackpot à dix dollars. Je ne joue jamais et on a plus de chance de gagner au 6/49 qu'au Lotto Max. Je ne sais pas pourquoi j'ai pensé à jouer, cette addiction n'est pas la mienne et je me la refuse habituellement. Nous ne sommes pas très riches, mais nous avons tout ce dont on a besoin. Encore ce désir de vouloir toujours plus.

Il faudrait que je me relance dans mes produits de cosmétiques et fasse quelque chose à moi durant mes journées. Quand nous étions à Whistler, j'avais commencé des produits de beauté. Je devrais m'y remettre, j'étais doué et j'aimais cette créativité. À la maison, nous avons récemment fait un chalet en rondins, il pourrait me servir d'atelier. J'ai toujours rêvé d'un atelier à moi. Je demanderai ce soir à Cyprien si ça ne le dérange pas et s'il trouve que c'est une bonne idée. Il n'a jamais vraiment soutenu mon projet. Lui, il ne pensait qu'à naviguer, acheter un voilier et faire le tour du monde. J'ai réussi à le convaincre qu'on pouvait aussi être un peu sédentaire sans s'abandonner.

Cet été, nous allons faire une petite croisière dans le Golfe de Géorgie. Nous allons remonter jusqu'au Détroit Desolation, faire la boucle autour des îles du nord, puis redescendre tranquillement jusqu'aux îles du golfe, près de Nanaimo. Il vient de changer les voiles. Il a mis beaucoup d'argent dans un nouveau gréement courant et dormant. Il a aussi effectué des modifications sur les barres de flèches. Pour moi, tout ça c'est du chinois, mais je fais toujours mine de comprendre et de m'y intéresser. Il a hâte de pouvoir partir seul avec moi. Cela fait si longtemps qu'on attend son moment. Il m'en a tellement parlé quand nous étions un jeune couple à Whistler et que je vivais ses rêves en oubliant les miens. Grâce à ses connaissances, Cyprien a pu trouver une marina près de Vancouver, ce qui est pratiquement impossible habituellement. Je ne sais pas comment il a fait. Nous payons un peu cher, mais nous avons l'avantage de pouvoir aller de la maison au voilier en marchant. C'est très pratique et rassurant. Je crois qu'il voudrait être plus souvent sur son voilier que dans l'appartement, mais je pense aussi que nous avons bien fait d'investir dans la pierre, vu comment les prix s'enflamment, surtout à l'Ouest de Vancouver. Vancouver Ouest est une ville qui abrite beaucoup de gens fortunés. C'est un peu excentré du centre-ville, mais il est préférable d'en être éloigné. Dans Vancouver Downtown, le seul endroit que j'aime, c'est autour de la rue Bute, ou encore English Bay ; les deux se touchent presque pour ne jamais se croiser.

J'aime, quand je suis en ville, avoir l'impression de faire partie d'une petite communauté. J'aime les villages dans les villes. Là où on habitait à Nice, c'était sur les collines. Enfin, c'était l'appartement de Cyprien, moi, j'y étais venu m'installer. On avait un aperçu sur la mer et une piscine partagée. Ce n'était pas le grand luxe et ce n'était qu'un studio, mais nous avions toute la beauté de Nice à nos pieds sans en avoir les inconvénients. J'aime pouvoir être exfiltré par mes refus désurbanisants, pour habiter dans de très beaux endroits qui nous excentrent de tous ces tumultes envahissants.

Là où nous vivons, près de Pemberton, à D'Arcy, il fait bon vivre. C'est une toute petite communauté, mais, une fois que nous sommes chez nous, nous sommes au paradis, car loin de ces cités un peu trop animées par l'enfer d'un vivre ensemble impossible.

Le lac est immense et nous ne voyons personne d'autre autour de nous. Il y a une maison à vendre près de chez nous, cela fait déjà quelques mois qu'elle est inhabitée. C'est une sorte de palais d'architecte forestier. C'est très beau, mais beaucoup trop cher. Je ne sais pas si elle trouvera preneur.

Il s'est passé quelque chose de très violent dans cette maison. Je ne sais pas si je dois en parler. Il y a une sorte d'omerta dans la vallée, de Whistler à Lillooet ;

tout le monde y va de son couplet et en parle encore. Il y a autant de ragots que de possibilités, mais personne ne connaît la vérité. C'était en 2018. Nous étions presque partis. Nous allions nous séparer, mais nous étions en train de tout vendre, car Cyprien ne voulait plus rester. Nous étions en fuite pour le soleil, nous allions quitter notre bulle dorée pour des pays inconnus que je n'avais pas souhaités.

Pour moi, c'était la pire année de ma vie. J'étais en train de tout perdre, j'étais dépossédé de mon bonheur, tout allait alors s'effondrer. Je me sentais le pied lesté, jeté au milieu du lac, par celui qui avait juré de me protéger, de m'aimer. Je n'avais le droit que de dire oui à tout ce qu'il voulait. La décision fut prise le quatre novembre de l'an dix-huit de ce second millénaire, le jour de son anniversaire. Pour premier cadeau, il s'était remis à boire et à fumer. Pour son deuxième, il avait obtenu le départ programmé de Whistler et du Canada. Notre nouvelle destination était la Martinique. Coin de France que je n'avais jamais visité.C'est un garçon intelligent, je crois, mais ce jour-là, c'était la personne la plus décevante que je n'avais jamais rencontrée. À sa demande, j'ai dit oui à tout, sans même analyser mes pertes. À quoi bon rester ici avec ce fou !

Un terrible fait divers est arrivé près de chez nous. C'était bien avant que nous achetions notre terrain, sur lequel, à l'époque, il n'y avait qu'un tout petit cabanon. Moi, je n'avais jamais entendu parler de cette histoire dans mon cercle protecteur. Nous vivions encore à Whistler au moment des faits, c'était encore l'été 2018, et ce drame n'arriverait qu'après cette saison, qui pour nous fut la dernière.

Cyprien travaillait comme paysagiste-jardinier. Sa patronne, qui se disait son amie, mais qui lui en faisait voir de toutes les couleurs, l'avait promu au titre de chef d'équipe pour célébrer sa deuxième année au sein de l'entreprise. Je crois que, pour quelques dollars d'augmentation, il a pris l'une des plus mauvaises décisions de sa courte carrière verte en acceptant. C'était le seul employé à être revenu travailler avec cette folle ; promu maréchal des logis-chef nauséabond de facto, par désertion de tout le reste de la troupe, qui avait redouté d'avoir à choisir entre l'internement volontaire ou la mutinerie. Mais grâce à ce nouveau grade des champs, il était, de ce fait, au courant de tous les ragots de la vallée, dont celui qui nous aura à jamais marqués par la peur et la fascination qu'il continue de nous procurer : celui de l'assassinat du Zube. Cette information glaçante nous avait tous pénétrés de multiples émotions, pourtant nous ne le connaissions pas, je ne savais même pas de qui Cyprien me parlait quand il était rentré ému, me donner le scoop des montagnes, le jour de son atroce disparition. Moi j'aurais préféré ne rien savoir, à quoi bon ?

Mon homme travaillait pour les personnes les plus riches du coin, mais, étonnamment, avait aussi quelques contrats moins reluisants à honorer dans les HLM de Whistler, de cette célèbre station de ski qui fut notre bercail durant trois merveilleuses années. La diversification de ses contrats faisait qu'il côtoyait toutes les personnes les plus bavardes de la région, ce qui n'était pas pour lui déplaire, commère comme il l'est.

Dans un égoïsme plus positif, Cyprien avait changé de corps avec ce métier modelant, d'odeur et de mentalité depuis qu'il avait rompu avec la restauration et s'était transformé en une sorte de bûcheron canadien. Il avait cette barbe épaisse et longue, qui commençait à grisonner et frôlait mon visage à chaque baiser. Son corps était sec et puissant, celui sur lequel je me reposais et qui m'étreignait tendrement. Et il sentait toujours bon, l'herbe fraîchement coupée, me rappelant en permanence l'été dans lequel nous baignions, la période des furieux amours et de l'amour dans les champs, même si les rideaux étaient tirés en plein jour et que ma dépression passagère me clouait au lit, sans laisser passer aucune lumière dans ma vie galopante, il rallumait sur son passage toute ma sensualité étouffée.

Ce n'était pas un Cyprien plus beau, mais je le trouvais très séduisant, différent, comme un nouvel homme à la maison.

C'était une de ses périodes de reconstruction, où il tentait de mettre la poussière de sa vie passée sous le tapis, d'évacuer tout ce qu'il trouvait de plus mauvais en lui ; ses rêves se décuplaient et devenaient bien trop immenses pour réellement exister. Alors il s'interdisait de petites choses pour commencer son chemin vers un succès fantasmé qu'il pensait plus vertueux, comme ne

123

plus fumer, tandis que moi c'était tout l'inverse : bien qu'attiré par la beauté torride de son nouveau corps, sa fausse bonne humeur me détruisait, je fumais de plus en plus mais surtout de bons gros joints. Je fumais de l'herbe avant, j'ai toujours fumé à vrai dire. Mais depuis que le Premier ministre Justin Trudeau avait légalisé le cannabis récréatif dans tout le Canada cette même année, j'avais augmenté la fréquence de mes fumettes crépusculaires et mes rêves, de jour en jour, se ratatinaient un peu plus.

Contrairement aux Canadiens, qui ne mettent pas de tabac dans leur pétard, moi, je renforçais également ma dépendance à la nicotine. Je me procurais aussi des friandises au cannabis, ce qui me défonçait encore plus, surtout le chocolat. Cyprien détestait que j'en prenne, il trouvait que leurs effets sur moi paraissaient encore plus puissants.

Il voulait que je sois libre ; mais du fait de cette contradiction, de vouloir me laisser ma liberté de choix, il ne me disait plus rien, il me regardait rentrer stone et désorienté, le regard idiot et figé par mes THC puissants, l'évitant au maximum et m'enfermant dans des mondes que je ne pouvais, avec lui, plus partager. Je me sentais abandonné, moi qui l'avais sauvé tant de fois de ses plus grands démons. J'aurais peut-être préféré qu'il m'interdise mes vapeurs chamaniques pour me protéger ou qu'il me fasse mieux comprendre là où je me rendais, dans cette impasse sans issue. Je n'ai ressenti aucun amour de sa part dans cette période, tant il était occupé par des broutilles qui ne nous concernaient pas et par la meilleure version de lui-même qu'il était en train d'inventer. Cette dernière année à Whistler n'en finira jamais de me hanter, elle qui résonne encore en 2029 comme un écho brisé dans ma mémoire. Tout était si beau les trois années la précédant que les destructions successives de ce que nous étions avec Cyprien auront condamné à jamais mon espoir d'une vie plus réglée, plus normale, et loin des abandons répétés que l'on s'est offerts tour à tour dans le temps.

Beaucoup de gens fument des roulées qui détendent en Colombie-Britannique. Ils te jugent très mal en te voyant fumer une cigarette ; tu es, à leurs yeux, un pestiféré et, tout en te jugeant, ils te crachent leurs herbes vertes au nez, tous les cent mètres sans jamais s'en soucier.

En C.-B., O.C.B., pas C.B.D., la province faisait un essai avant que l'autorisation ne devienne nationale. Il fallait une sorte d'ordonnance délivrée par le vendeur lui-même pour en acheter, et remplir quelques critères, comme l'âge.

Il suffisait d'entrer dans le commerce, dire que vous étiez dépressif ou que vous n'arriviez pas à dormir, et le faux pharmacien, embué de sa propre fumette, vous vendait le cannabis de votre choix : sativa, indica et toutes sortes d'hybrides aux noms presque gastronomiques, Girl Scout Cookies, Wedding Cake, Blueberry, Pineapple Express, et j'en passe…

Aujourd'hui, c'est plus simple : les « cannabis stores » sont provinciaux ou privés, mais il est choquant de voir que c'est comme d'aller chercher une bouteille de vin à l'épicerie. En tout cas, moi, j'en suis ravi, quand Cyprien, qui était plutôt pour, a changé d'avis. Bien qu'il soit pour les libertés individuelles, ce qu'il redoutait le plus est arrivé : maladies mentales en augmentation, odeur de pétards partout et tout le temps.

Quand on ne fume pas, c'est apparemment insupportable. Moi, ça ne me dérange pas.

Il me dit que c'est impressionnant le nombre de dangers qu'il évite quand il charge les véhicules et les passagers à bord des ferries : le nombre de voitures qui empestent l'herbe, les conducteurs aux petits yeux, en mode automatique, qui ne respectent pas les consignes ou ont des réflexes absents. Plus de dix ans de légalisation de la drogue aujourd'hui et la société canadienne ne s'apaise toujours pas des détentes qu'elle était censée prodiguer. Tout semble échapper à tout contrôle avec le temps, à moins que ce ne soit le plan ; la société capitaliste n'ayant plus rien à proposer à ses enfants.

Il a failli à plusieurs reprises se faire écraser ou renverser par tous ces yeux plissés de fumettes incontrôlées faisant des va-et-vient sur cette autoroute maritime dont il devait réguler le trafic. C'est apparemment plus grave que l'alcool ou la cigarette pour cette raison. Ici, conduire sous l'effet de la weed semble être toléré.

Si je devais donner mon avis sur la légalisation du cannabis en France, j'y serais opposé.

Même si j'en abuse un peu trop ici et que j'en fais pousser, je ne pense pas que tout le monde devrait être invité à en consommer. À choisir, j'aurais préféré ne jamais commencer.

Là où Cyprien a raison, c'est sur les désordres mentaux : il y a beaucoup de gens qui souffrent ici. Parfois, je me demande si je devrais arrêter, bien que j'aie déjà considérablement réduit ma consommation.

Je crains de ressentir, avec le temps, des troubles irréversibles. Mais pour me rassurer et poursuivre ma marche enfumée, je préfère me dire qu'il est déjà trop tard pour moi.

Quant à ma santé mentale aujourd'hui… qui suis-je pour juger ma propre folie ?

Le Zube, et non pas le zeub en bon arabe de France, était un architecte de talent, très réputé dans l'ouest canadien. Sa première œuvre est même exposée au musée de Whistler, et il est aussi possible d'aller la voir physiquement du côté du quartier « Emerald », au-dessus de « Green Lake ». C'est dans ce quartier que nous habitions au tout début.

D'ailleurs, quand je suis arrivé de France en 2015, quatorze ans déjà. Une éternité qui me paraît pourtant si proche, comme si tout avait commencé hier. Quand Cyprien est venu me chercher au bus, nous sommes passés devant cette maison étrange. Cela faisait partie du tour d'accueil de l'endroit où j'allais m'installer, à la base, pour un an de PVT.

L'accueil fut plutôt froid. Je n'avais pas du tout aimé la façon dont Cyprien se comportait pour nos retrouvailles.

Il faisait comme si de rien n'était, comme si on s'était vus la veille. Il parlait très vite et avait l'air de se ficher que je sois là, me laissant loin derrière parfois, traînant la patte, assommé par le décalage horaire et croulant sous le poids de mes trop lourds bagages, qu'à aucun moment il ne m'aiderait à porter.

Pour moi, c'était très violent après plus de dix-sept heures d'avion et trois heures de bus. Je ne savais pas où je mettais les pieds, je ne parlais pas bien anglais, voire pas du tout. J'étais en colère contre lui et lui avais crié dessus pour qu'il se calme et pour qu'il me considère un peu. Pourquoi m'avait-il fait venir ? Pourquoi semblait-il ne plus vouloir croiser mon regard ? Pourquoi tout ce cinéma sans baisers et sans joie, alors que la veille encore, au téléphone, il m'avait dit je t'aime et qu'il avait hâte de me voir ?

J'étais traumatisé par mon arrivée. J'avais peur ; cette peur me paralyse encore, rien qu'à y repenser. Le soleil au zénith nous aveuglait de tous ses faisceaux lumineux, traversant les arbres immenses qui nous entouraient et nous protégeaient gentiment de la canicule menaçante. Nous étions en juillet 2015. J'avais chaud. Le goût amer de mon doux passé, lié à cette arrivée chaotique, restera à jamais l'odeur des conifères brûlants, suintant de toute leur sève débordante, entourant mon entrée en scène dans cette nouvelle vie qui allait être la mienne. Je me rappelle aussi ce bruit permanent entouré de grands silences, des bruits qui tapotaient les montagnes immenses qui m'accueillaient, elles. Un bruit étrange qui n'avait pas sa place sur ces si hauts sommets, mais qui était bien présent. J'allais participer à tout ce vacarme insensé, bousculant les marmottes de la vallée par nos présences imposées par l'amour qui m'avait étrangement téléporté à ses côtés fuyants.

Le Zube avait donc sa première œuvre architecturale sur « Emerald Drive », dans la même rue que nous. Notre grande demeure était la « Tree House », faite de rondins de bois. Nous ne pouvions pas faire un choix plus canadien pour notre première maison.

Nous étions en colocation avec quinze autres personnes, notre chambre donnait sur la cuisine et le salon. La demeure du Zube était en forme de champignon, la « Mushroom House ». Tout le monde la connaissait, c'était une attraction dans le village. Moi, quand je suis passé devant, j'ai juste dit : « OK, c'est une belle maison, originale, mais je ne vois pas ce qui est si épatant dans cet amas de bois. »

Par la suite, je serais émerveillé par de bien plus jolies maisons que celle-ci. Pour moi, la nôtre était la plus belle, tout était si nouveau. Tous les gens qui m'entouraient parlaient anglais, à l'exception d'un couple de Québécois, Anouk et Elliot, ça ne s'invente pas, mais ce n'était pas le mien.

Ce couple était vraiment sympa et m'a permis de m'intégrer. Elliot était plus vieux, mais moins que Cyprien, et Anouk avait mon âge, peut-être un peu plus jeune. Quand Cyprien commençait à souffrir de cette colocation, moi, je commençais à l'aimer de tout mon cœur. Ils étaient tous, à leur façon, un peu ma nouvelle famille. Cyprien n'avait besoin que de moi, ou que de lui, je ne sais pas.

Tous les autres personnages de cette maison avaient leur façon d'apporter de la vie ou du silence ; mis à part celui qui gérait les lieux, il n'y a jamais eu personne qui ait fait d'esclandres, tout était serein dans le plus grand joyeux bordel, inimaginable pour le commun des mortels n'ayant jamais expérimenté les plaisirs impossibles de la colocation. Celui qui gérait cette maison, Randy, était complètement fou, drogué, alcoolique, dépressif et sous stéroïdes pour prendre de la masse musculaire. Il n'était pas méchant et nous avions souvent de la compassion pour lui, mais il devenait de plus en plus dur de supporter ses crises d'hystérie, hurlant de douleurs psychiques entre minuit et six heures du matin. Cela devenait de plus en plus récurrent ; je les ai supportées plus que mon homme, même si nous avions parfois l'impression d'être hébergés en hôpital psychiatrique. Nos colocataires partaient les uns après les autres. Puis ce fut nous.

Toujours est-il que, dès le début, cette maison étrange en forme de champignon faisait partie de ma vie et allait même créer un lien dans le futur.

Nous n'avions pas rencontré le propriétaire, lors de nos tours répétés du pâté de maisons et de nos balades digestives. Nous ne savions même pas qu'elle avait été vendue pour quelques millions et que son créateur s'était lancé dans un nouveau projet près de D'Arcy, là où nous vivons aujourd'hui.

Là où le terrible meurtre a eu lieu.

Car oui, l'histoire du Zube, sans trop briser l'omerta, c'est l'histoire d'un assassinat sanglant. Il est rare qu'au Canada nous entendions des histoires qui semblent d'habitude ne se passer que dans le nord de l'Europe ou la Savoie.

Ce meurtre fut à tel point sauvage que la gendarmerie montée n'a jamais partagé ses informations sur la manière dont il a été tué, mais aussi sur comment les événements auraient pu se dérouler. Une sorte de secret d'État, partagé entre les habitants de la vallée.

Cyprien, ayant donc beaucoup de connaissances et d'amis à Whistler et travaillant dans les propriétés au sud de ce fait divers, entre Pemberton et D'Arcy, était au courant de tous les ragots. Ça semblait le passionner, ou du moins retenir suffisamment son attention pour qu'il en parle souvent en rentrant à la maison. Une riche propriétaire, Solange, artiste au caractère bien trempé, avait souvent cette discussion avec lui. À l'heure du thé, sous le saule pleureur des Meadows de ce corridor verdoyant, les approximations s'enchaînaient. C'était toujours à peu près la même rengaine qui se jouait dans les endroits où il posait ses râteaux, quand les propriétaires étaient là, ils se demandaient à l'unisson quelles nouvelles avaient pu leur échapper sur cette terrible histoire.

Le fait de partager des secrets qui n'étaient pas les siens le rendait un peu plus d'ici, lui donnait une identité qu'il voulait se créer au fond de lui. Il voulait remplacer Nice dans son cœur, et le fait que les gens l'acceptent comme l'un des leurs lui donnait cette sensation de pouvoir se dire Whistlerite d'adoption.

Il avait aussi sa théorie. Tout le monde s'était fait un peu enquêteur, puisque la police ne communiquait rien. Il paraît qu'à l'époque, le rôle des autorités était simplement de s'assurer que les gens aux alentours ne risquaient rien et que ce meurtre était ciblé et isolé.

Peut-être le savaient-ils déjà depuis le début. Ils n'interrogeaient pas les gens d'eux-mêmes, mais les avaient invités à venir se présenter ou à les appeler s'ils avaient vu ou entendu quelque chose sur la route et souhaitaient le partager.

Les gens du coin savaient que le Zube plantait beaucoup de pieds de cannabis ; il en avait une centaine. Le marché noir persistait, narguant l'autorisation du Premier ministre fédéral, de pouvoir légalement en acheter et en consommer.

Il existait aussi, pour ce nouveau marché légal, des paysans accrédités par l'État pour cultiver cette nouvelle denrée, cet or vert pour le gouvernement canadien.

Il suffisait d'avoir un projet solide, un moyen de protection pour la plantation, et de s'engager à fournir exclusivement le marché encadré par le pays.

De drôles d'investissements ont commencé à voir le jour : participatifs à rémunération d'intérêts et de style boursier, avec achats de parts dans l'entreprise.

J'avais une amie française de Vancouver qui avait mis beaucoup d'argent dans ce nouveau modèle d'investissement et qui voulait me faire croquer dans cette opportunité.

Moi, j'avais investi dans une compagnie de covoiturage qui avait fait faillite. J'étais un peu refroidi de dépenser mon peu d'argent là-dedans, même si ça semblait attractif.

Cyprien travaillait aussi avec un gars, Charlie, très gros fumeur de chanvre indien, de type hippie, qui vivait en colocation avec un autre stéréotype de même genre et faisait aussi pousser du cannabis pour la revente sur le marché noir. Ils étaient en quelque sorte voisins du Zube, mais aussi concurrents.

C'était un gars simple, même un peu simplet, qui n'aurait jamais fait de mal à une mouche. Quant à son colocataire, la patronne de Cyprien en avait déjà entendu parler. Je crois même qu'elle le connaissait ; elle connaissait tout le monde. Mais cet homme était une sorte d'icône dont on parlait, mais que jamais on ne voyait. Bien que son collègue de travail l'ait déjà invité sur leur domaine, Cyprien n'y est jamais allé, ou alors je ne le sais pas.

Un jour, il m'avait ramené de l'ail, mais aussi quelques têtes énormes à fumer. Ça m'avait étonné de lui. Pas pour l'ail dont il raffolait.

Ils avaient fait leur demande d'accréditation pour devenir une culture d'État ; je crois qu'ils l'avaient obtenue. Du coup, moi, je testais un peu la marchandise en avant-première. C'était vraiment bizarre que Cyprien m'en ramène.

Mon homme commençait à se dire que c'était un marché juteux pour les hippies de la région. Est-ce que le Zube, en s'installant, leur faisait de l'ombre ? Est-ce qu'il commençait à être trop gros ? Cyprien les a un temps soupçonnés, sans la moindre preuve, enfin, l'accusation s'était faite à mon oreille agacée par toutes ces suppositions qui continuaient à m'ennuyer profondément.

Les rumeurs de la vallée semblaient plus sérieusement se tourner vers les « Hells Angels », un groupe qui, en Colombie-Britannique, détenait le marché du cannabis et d'autres drogues nord-américaines. Les murmures abondaient, mais rien n'était jamais confirmé.

Nous parlions là de la mort d'un homme qui n'a eu que pour écho le silence et la violence. Pourquoi la police protégerait-elle les Hells Angels ? Pourquoi la rumeur la plus fréquente concerne-t-elle le marché noir de la drogue ? Pourquoi parle-t-on aussi du fait que tout semble s'être accéléré suite à l'autorisation du Premier ministre de rendre cette drogue légale ? Ce labyrinthe d'hypothèses devenait ridiculement inextricable.

Je sais que mes amis Premières Nations savent la vérité. Leur silence est aussi étrange, bien que les langues se délient quand la bière est échangée. Mon ami le plus cher de la communauté voisine m'a tout raconté, et il m'est aujourd'hui très difficile de passer une journée sans y penser. De voir l'horreur s'illustrer en pensées. Mais quel crédit accorder à l'une ou l'autre de ces soi-disant certitudes ? Je me sentais accablé en permanence par cette histoire dont je n'avais que faire et qui gâchait la douceur de ma vie limitrophe à ce lointain souci.

Même si ce terrible conte n'a aucun lien direct avec nous aujourd'hui, mis à part notre adresse, il faut avouer que c'est une histoire digne des meilleurs polars, une intrigue dans un cadre idyllique, là où jamais rien d'autre ne se passe que le silence. Une sorte de Cluedo, violent, de plein air, sans savoir pourquoi ce jeu macabre trottait en permanence dans l'esprit de Cyprien et m'était constamment imposé. Quand j'ai trouvé le lieu où nous allions nous installer, je ne savais pas que c'était là où le crime avait été commis. C'est avant de signer que Cyprien m'en a parlé.

Je pensais qu'il disait cela pour éviter de venir vivre ici, qu'il trouvait cet endroit trop isolé.

Cette maison voisine était devenue après le meurtre une sorte d'Airbnb où les clients ne savaient pas ce qu'il s'y était passé.

Nous n'avons jamais rencontré sa veuve. Je sais qu'elle s'appelle Pat et que Cyprien a parlé avec elle au téléphone lorsque nous nous sommes installés, avant de commencer les travaux. Il avait des questions de voisinage, savoir si notre caravane de chantier allait la déranger ; mais il ne lui a rien demandé d'autre, ni ne l'a invitée à nous rencontrer. Sa discrétion m'étonnait, car je savais qu'il voulait savoir ce qu'il s'était passé. La veuve du Zube savait tout, nous en étions certains.

Je crois que Cyprien n'a jamais été très enchanté de venir ici. Je pense même qu'il avait un peu peur. Moi je m'en foutais !

133

Aujourd'hui, il n'en parle plus, mais la mise en vente de la maison du Zube semble avoir ravivé son intérêt glauque pour cette histoire.

Hier, nous avons eu cette discussion étrange, où il semblait me dire que personne de la région n'achèterait ce palais, même si on le leur bradait. Je lui ai posé la question de savoir si ça pouvait l'intéresserait, et il m'a marmonné que non, mais ce n'était pas vraiment clair. J'avais tout autant peur qu'il achète la maison du crime que je développais une certaine attraction pour cette idée.

De son côté, je crois qu'il établissait un lien avec l'un de ses films préférés, « La Maison assassinée ». Dans le film, ce n'est pas le Zube qui est assassiné, mais l'assassin est le Zorme.

Des histoires de Z, presque signées par la pointe d'une épée de sa pensée tourmentée. Parfois, la vie, avec ces détails abstraits que l'on se crée, nous ramène près de nos films d'enfance ou de ces souvenirs qui nous inondent, sans que l'on ne sache pourquoi, sans que l'on n'ait rien demandé.

Il faut dire que la propriété est belle et immense. En l'achetant, nous serions un peu seuls au monde dans cette partie du lac. Moi, cette histoire me glaçait le sang. Le pire, c'est que quand on ne connaît pas le déroulement d'un crime ni comment la victime est morte, on s'imagine toujours le pire. Je m'efforce de ne croire à aucune des théories qui m'ont été rapportées et m'invente des crimes plus doux et moins barbares, des coups de couteau infligés avec compassion par des criminels s'excusant.

Si la police n'a pas communiqué dessus, c'est peut-être aussi que ça ne devait pas être beau à voir. Je sais que ce n'était pas beau. Mais peut-être que c'était encore plus dégoûtant.

La veuve du Zube a une partie des réponses à nos questions voyeuristes ; mais elle garde le silence. Elle va avoir du mal à vendre cette propriété avec un tel passé.

Son mari est mort dans d'apparentes souffrances, elle s'est enfuie ou a été poussée à fuir le jour du meurtre, lorsque les intrus se sont infiltrés dans leur demeure. Elle a pu s'échapper et a alerté les autorités, mais quand elles sont arrivées, elles n'ont pu que constater l'horrible assassinat.

J'avais envie de demander à Cyprien s'il voulait la visiter, s'il avait au moins pensé à agrandir notre domaine, mais je n'osais pas. L'idée d'aborder le sujet en profondeur me dévorait de plus en plus intensément, et la conversation devait tout de même être engagée, sous peine de m'empêcher de dormir. Je lui en parlerai ce soir.

Je commençais à regarder dans le jardin combien de cèdres il me faudrait abattre pour pouvoir connecter les deux maisons entre elles. Je pensais même faire un caprice pour enfin avoir mon tracteur et pouvoir cultiver de plus grandes parcelles.

Je me voyais déjà ouvrir des filiales organiques dans tout le Canada. On aurait même de la place pour créer un gîte, une retraite comme un cloître, un restaurant et loger des employés. Créer de la vie, là où il y eut la mort. On pourrait même, glauquement, imaginer un musée du Zube. Je dis ça, mais moi qui n'aime pas travailler, tout ce labeur créé par mes rêveries cyprienne me donne déjà des sueurs incontrôlées ; je ne sais pas pourquoi je me suis toujours imaginé dans l'agriculture et je ne me vois pas en tenancier de musée d'architecture, faisant dégouliner du touriste sur mes terres bien cachées. Encore une idée qui m'échappe. Surtout au pied d'une montagne rocheuse et en pente où rien d'autre ne pousse que le chanvre, le silence, les meurtres et la paix.

Moi qui connais les lieux maintenant et les observe encore plus aujourd'hui, j'imagine l'horreur que ça a dû être pour elle, de marcher de longues minutes. Probablement des heures. À travers la forêt sur cette route endommagée de « BC Hydro », que seuls les 4x4, la levrette et moi empruntons.

Des images me viennent alors à l'esprit : Sous les lignes d'Hydro, sur Highline Road, il y a ce bourdonnement permanent qui ajoute à l'angoisse de la situation, comme un vieux néon qui grésille dans un motel désert, dans ces films de l'Ouest américain ou les road trips australiens. L'acteur principal se rejoue alors le fil de sa vie, incapable de trouver le sommeil. Il enchaîne les cigarettes qu'il finit par jeter et écraser au sol, et ce bruit perdure sans jamais lui apporter de réponses aux pensées les plus tourmentées ou à son exode forcé, traqué par la police du comté. L'ambiance de mon drame cinéphile s'installe en moi pour décorer l'histoire tragique de la disparition de mon défunt voisin.

J'imagine Patricia, fraîchement vêtue, en train de dormir, ou prête à s'endormir, réchauffée par leur belle cheminée, façonnée par son artiste d'époux. Loin de s'imaginer que des bêtes atroces allaient venir troubler cette quiétude.

Nous sommes dans la soirée du 12 octobre 2018.

Il fait froid, mais il ne neige pas encore. Les nuits sont glaciales, bien que nous ayons un bel été indien qui, comme à son habitude, colore les arbres voisins des conifères en tout genre.

Nous n'avons pas autant d'érables que dans l'Est, mais les couleurs détonnent tout aussi bien au milieu de ce vert intense des cèdres et Douglas millénaires.

L'air était saturé d'humidité, la brume envahissait souvent nos réveils incertains et nos crépuscules angoissants. Il devait en être alors de même.

De notre côté, c'était une belle soirée, l'ambiance était, comme à son habitude, très relaxe. Cependant, je ne supportais plus la présence permanente de mon homme à la maison.

Sa patronne, qui était aussi hystérique que sa mère, mettait une pression quotidienne sur Cyprien qui s'en faisait le relais. Ça le bouffait de travailler avec elle ; il s'en plaignait parfois, mais ne le disait pas trop, car bizarrement il l'aimait bien. Il aimait son boulot aussi, il aimait être en extérieur et se dépenser tous les jours. Il aimait être loin de son ancien métier qu'il avait pourtant tant aimé, loin des pourboires qui l'avaient asservi sur la fin de ce parcours si tumultueux.

En nous rapprochant peu à peu de décembre, mois de notre départ, l'attention était égoïstement penchée sur nous. Je me rapproche du quotidien sanglant de nos voisins, car je leur imagine au préalable la même quiétude que la nôtre ce soir-là. Je ne sais pourquoi je songe à la nôtre, dérangée comme la leur aujourd'hui. Sûrement pour comprendre ! Cela doit être très effrayant à vivre, quand tout bascule en une seule seconde. Quand plus rien ne retient notre destin.

Même si ça a dû être une horreur pour le Zube, je me demande ce que cette femme a dû vivre, penser et ressentir lors de sa fuite. Ces incertitudes peut-être étaient anesthésiées par la peur. Sa recherche de secours, son appel à l'aide, son refuge dans le premier abri et ses premiers mots angoissés aux autorités me semblent familiers tellement je me suis rejoué cette scène dans ma tête, sans avoir d'images précises de l'horreur. Comment leur expliquer cette situation dans le calme, au moment de s'évanouir devant les premiers regards trouvés, étonnés de ces essoufflements inquiets ? Probablement que ses premiers mots devaient sembler confus pour les premières oreilles bienveillantes à son malheur. Je ne sais pas si elle s'est dirigée au nord vers Seton Portage ou au sud vers D'Arcy. Quoi qu'il en soit, les deux villages sont assez éloignés de leur maison. Nous sommes voisins aujourd'hui, mais nous sommes tout de même plus proches de Seton.

L'isolement de leur maison est encore plus important pour eux que pour nous, et je ne pense pas que notre cabanon était habité en octobre 2018. Il n'y avait rien quand nous avons acheté la propriété. Même pas des traces de vie.

Il lui aura fallu marcher jusqu'à l'un des villages pour trouver quelqu'un.

Le peuple de la Première Nation qui vit à Seton s'appelle les Tsal'alh. C'est sûrement l'un de leurs membres qui a dû lui venir en aide. C'est en tout cas ce qui m'a été raconté, enfin l'une des versions propagées. Il y a plusieurs moyens de s'y rendre, le plus rapide étant par bateau, que ce soit à D'Arcy ou à Seton. Mais la nuit, je l'imagine mal utiliser ce mode bruyant, connaissant le silence du lieu, à moins d'utiliser un canoë. Mais tout est possible lorsqu'on est armé d'adrénaline. Non ?

Par la voie ferrée qui longe le lac : tout aussi long, mais plus rapide. À pied ou en voiture par la piste des lignes à haute tension : je doute qu'elle ait choisi cette option. Il lui aurait fallu remonter toute la pente de sa propriété sans être vue, et rien que ça l'aurait essoufflée dans la suite de son exfiltration endiablée.

Je ne connais pas son âge, mais le Zube avait dans les soixante-dix ans le jour de sa disparition. Je ne vois pas cette femme, même si elle était présumée sportive, comme tout le monde ici, prendre le risque de s'épuiser dans cette montée infernale pour rejoindre la piste.

Il m'arrive parfois, lors de mes balades avec Boss, de développer des angoisses par procuration, à l'idée de croiser de tels monstres autour de notre propriété. Peut-être que les tueurs sont toujours dans le coin. Peut-être que Cyprien les connaît. Peut-être que je leur parle sans le savoir. Peut-être que je sais la vérité et n'ose la croire.

Tant de choses qui perturbent mes balades crépusculaires laissant toujours un souvenir amer derrière chacun de mes pas.

Je me dis que si les coupables ne sont pas en prison, c'est que la police n'a pas trouvé que ces barbares pouvaient de nouveau représenter un danger.

Personne ne rôde autour de notre propriété depuis que nous sommes installés, mais cela ne m'enlève pas l'idée de le croire quand mes portes sont fermées. Quel intrus pourrait fouler notre terrain alors que nous dormons tendrement l'un contre l'autre, bercés par ce quotidien redondant que j'ai su nous imposer ? Je devrais acheter des caméras-pièges ; cette protection vidéo pourrait me rassurer, ou alors m'inquiéter à jamais. Je pense même qu'il vaut mieux ne rien savoir. Ne pas voir les ours ni les loups rôder.

Peu importe la voie de son évasion, faire ce chemin dans une course contre la montre anxieuse, en ayant peur de ce que ces truands pourraient faire à son mari, ce moment amplifié par le doute a dû être horrible. Peut-être devait-elle prier pour que ce ne soit qu'un cambriolage, mais alors, pourquoi fuir ? Étaient-ils préparés à cette possible intrusion ? Le Zube avait-il prévu des moyens secrets dans la maison pour se cacher ou s'enfuir ? Pourquoi est-il resté ?

Toutes les hypothèses, même les plus folles, sont autorisées, vu qu'on ne sait rien. Y penser me donne maintenant envie de visiter cette maison maudite, cette maison assassinée. Mon voyeurisme me dégoûte tout autant que je le sais commun au genre humain, justifiant mes plus horribles pensées.

Une personnalité de la vallée s'en est allée, dans le plus grand des mystères. Certains y voient : Un complot d'État ou de politicien. Un frère qui se venge, par jalousie ou autre. Un héritage qui tarde un peu trop, un héritier qui s'impatiente. Une histoire d'amour, de tromperie, la découverte d'une maîtresse, une dispute qui tourne mal.

Des Premières Nations qui l'attaquent. Un tueur en série, un cambriolage, une soif d'argent, un voisin jaloux. Et ce pompier volontaire ? Ce pompier qui a été le premier à parler d'argent. Pourquoi ?

Pourquoi a-t-il mentionné le fait que le Zube avait de l'argent ? Pourquoi les gens sont-ils allés compter le nombre de plants de cannabis qu'il faisait pousser ? D'ailleurs, je n'ai jamais vu ce pompier et encore moins tout ce chanvre ici pousser.

Toutes ces questions, ces fausses pistes, ces suppositions, les habitants de Whistler à Lillooet se les posent, se les sont posées. Le coupable est peut-être parmi les hypothèses partagées. Il y a ceux qui en sont sûrs, ceux qui imaginent le pire, ceux qui pensent savoir, ceux qui prétendent savoir. Tout le monde donne son avis dans des discussions de comptoir ou à table entre amis. Moi je préfère dire que je ne sais rien, même si ça me plonge de complicité dans l'omerta déjà bien installée.

Toutes les familles de la région ont abordé le sujet au moins une fois, soit par peur qu'un tueur en série rôde dans le coin, soit parce qu'elles connaissent quelqu'un qui connaît quelqu'un, qui leur a dit quelque chose.

Personne ne sait rien. Je l'affirme ! Tout est si contradictoire.

La police prétend être au courant de toutes les rumeurs, mais personne ne fait rien.

Il n'y a pas l'air d'avoir d'enquête, il n'y a jamais eu d'arrestations. Mais peut-être que la vente de la maison va réveiller certaines langues liées ou certaines passions enterrées.

Cyprien est là, me coupant dans mes réflexions les plus secrètes, lui me croyant désintéressé de tout ça. Nous allons faire quelques courses et manger une glace sur le bord de mer. Ce soir c'est lui qui cuisine…

…Une histoire en chassant une autre, j'ai profité de ma soirée avec mon homme.

Je vais me coucher.

Un nouveau matin se lève au coin de mes yeux, je suis seul dans le lit, je repense à toute cette histoire, à ma maison de D'Arcy, laissée seule un instant sans surveillance, le temps d'un câlin Koko avec Cyprien. Nous avons parlé hier de la propriété à vendre, nous ne devons alors pas être les seuls. Il ne veut pas acheter la maison, ni même la visiter. Il dit que nous avons déjà trop pour deux et que si cette vente ou cette histoire venait à prendre trop de place à nos frontières, alors il nous faudra s'en aller, que le Canada est grand et qu'il ne s'interdit rien. Moi je veux rester, quoi qu'il en coûte, c'est ici chez moi et je ne me laisserai pas encore une fois déposséder.

Cette histoire pourrait inspirer un film d'enquête sur un crime parfait. Elle est digne d'Hollywood ou d'un grand polar scandinave. Pour nous, c'est un fait divers, une terrible fable de voisinage.

J'ai parfois songé à en écrire le script, mais je n'en ai pas le talent. Je m'en réserve tout de même l'idée.

Repensant à cette enquête avortée, je me demande comment, à notre époque, des empreintes, des bouts de peau sous les ongles, des cheveux arrachés, tombés au sol, comment aucun ADN trouvé sur les lieux n'a-t-il pas pu être identifié ?

Est-ce que la police a commis des erreurs le jour de la découverte du corps ? Ou est-ce que les pistes ont été brouillées ?

C'était le 13 octobre 2018, presque un vendredi, mais pas tout à fait, comme s'il avait du retard ou de l'avance, à cheval comme sur une idée macabre d'Hitchcock. C'est à 13 h 36 que quelque chose s'est passé, que l'enquête a basculé, sans superstition. Le corps a-t-il été mutilé à l'intérieur ou à l'extérieur de la maison d'architecte ?

Est-ce que le cadavre a été touché par une bête grognante, autre que ses bourreaux hurlants de la nuit sombre de D'Arcy ?

Certains ont aussi parlé d'enlèvement. Voulaient-ils juste demander une rançon ? Cet homme est mort et la vérité s'est dissoute dans les murmures de la vallée. Même les journalistes ne sont pas allés loin. Pourquoi ?

L'horloge du salon marque silencieusement le moment présent, à 15 h 31, et le temps s'étire comme la marée face à moi. Cyprien ne devrait pas tarder. Nous sommes toujours à Vancouver, et je suis resté toute la journée à prendre le soleil sur la terrasse, à regarder l'océan, la mer des Salish.

J'ai aperçu au loin, il y a un quart d'heure, une famille d'orques qui se dirigeait vers l'île de Bowen, tout juste après que le Queen of Oak Bay, le bateau sur lequel travaille Cyprien, approchait le fjord de Howe Sound.

Quand le ferry commençait à jouer à cache-cache avec l'île Passage, j'ai vu quelques sauts majestueux que les orques s'amusaient à faire hors de l'eau. Je lui demanderai s'il les a vus. En attendant, c'est moi qui ai envie de le voir.

Je ne me suis pas ennuyé aujourd'hui, mais demain, je pense que je devrais retourner à D'Arcy. Le fait d'en avoir parlé ces derniers jours m'a encore plus éloigné de chez moi.

Cyprien aura fini sa semaine dans deux jours ; je peux remonter avant lui. Je dois m'arrêter à Squamish pour faire des courses supplémentaires, nous n'avons plus rien là-haut.

En attendant son retour, je vais finaliser la liste pour ne rien oublier, surtout les essentiels.

Nous avons un grand congélateur dans notre maison du lac, ce qui permet de stocker pour plusieurs semaines, même si j'évite d'en abuser. Bien que nous ayons plusieurs générateurs et des panneaux solaires, je crains toujours qu'une coupure de courant nous fasse tout perdre, même à proximité des lignes d'Hydro qui nous bourdonnent autour, transportant plus d'électricité que nous pourrions l'imaginer. Tout est ironie !

Cette semaine, nous avons les deux voitures en bas. Si je prends le Bronco, il lui restera sa vieille Porsche Cayenne pour remonter ; enfin, celle qu'il m'a forcé à acheter en me disant que c'était cette voiture qu'il me fallait. Je la trouve hideuse. C'est une Porsche qui ressemble à une Renault tout au mieux. Il n'aime pas trop l'utiliser pour aller à D'Arcy, mais je ne suis pas d'humeur à rester en ville dans les jours qui viennent. J'espère que nous trouverons un arrangement, ou peut-être arrivera-t-il à me convaincre de rester avec lui, ce que j'accepterais volontiers.

J'ai recueilli quelques informations aujourd'hui concernant le Zube, sur internet et dans la presse. Je ne sais pas ce que je pourrais en faire, mais il me fallait prendre ces notes. Peut-être qu'un jour, je ferai mon enquête. J'en écrirais le script.

Je scrolle sur mon téléphone, Patrick Aylward, né un quinze mars 1947 à Dublin en Irlande, l'écran me renvoie des bribes de vie officielle. Il est né dans une famille d'artistes, dit l'article que je parcours distraitement. Très tôt, il s'était immergé dans l'univers de la création, inspiré par les œuvres de ses parents. Sa jeunesse avait été marquée par une exploration incessante des formes d'art : dessin, sculpture et, bien sûr, architecture.

Le surnom Zube, donné affectueusement par ses amis, reflétait son amour pour le design et l'art. Il avait poursuivi ses études au Dublin Institute of Technology. Son talent et sa passion pour l'architecture l'avaient propulsé vers des horizons artistiques variés à travers l'Europe et l'Amérique du Nord.

Dans les années soixante-dix, attiré par les vastes paysages et les opportunités créatives qu'offrait le Canada, Patrick avait quitté l'Irlande pour s'y installer.

Il avait trouvé son refuge à Whistler, une petite ville de Colombie-Britannique, reconnue pour ses montagnes majestueuses et son ambiance artistique vibrante.

C'est là qu'il avait conçu l'une de ses œuvres les plus emblématiques : la Mushroom House. Inspirée par les formations glaciaires et les forêts environnantes, cette maison originale était rapidement devenue une attraction locale, admirée pour son architecture audacieuse et innovante.

En 2007, il l'avait vendue pour environ trois millions et demi de dollars. Avec cette somme, il s'était lancé dans de nouveaux projets artistiques et avait acquis une propriété isolée sur les rives du lac Anderson, près de Seton Portage. Là, il s'était installé avec sa femme Patricia, poursuivant son rêve d'art et de sérénité.

Patricia, sa femme, partageait la même passion pour l'art que son mari. Ensemble, ils vivaient une existence calme et créative, loin du tumulte des grandes villes. Patricia, artiste accomplie, était reconnue pour ses talents en peinture et en sculpture, et elle collaborait souvent aux projets de Zube, ajoutant une finesse et une sensibilité uniques à ses créations architecturales.

Le couple menait une vie paisible, consacrée à l'art et à la nature.

Patrick laisse derrière lui un héritage artistique remarquable, empreint de ses œuvres et de sa passion inébranlable pour l'architecture. Sa première œuvre architecturale demeure le symbole de son génie créatif, tandis que sa vie et sa mort énigmatique continuent d'alimenter les pensées de ceux qui l'ont connu.

Malgré la tragédie, Patricia trouve réconfort dans les souvenirs de leur vie commune et dans l'art qu'ils ont construit ensemble. Leur maison au bord du lac Anderson, aujourd'hui en vente, reste empreinte de leur créativité.

La communauté, bien que profondément touchée par cette perte, se souvient de Zube comme d'un artiste visionnaire et d'un homme épris de la beauté du monde naturel.

Frank Richings l'a décrit comme un homme solitaire mais amical, qui vivait paisiblement avec sa femme Patricia dans une maison élaborée, nichée sur les rives du lac Anderson. Il a également mentionné que Zube cultivait du cannabis dans une serre, une activité bien connue des résidents locaux.

Richings a rapporté que Patricia Aylward avait réussi à échapper aux agresseurs et à alerter la police, une action qui a marqué le début de cette sombre affaire.

Dale Aylward, frère de Zube, a confirmé son identité et rappelé qu'il était un artiste reconnu. Dale a également exprimé sa surprise et son choc face à la disparition tragique et mystérieuse de son frère.

Le caporal Moskaluk a confirmé que la mort de Patrick était un meurtre, en soulignant que l'enquête était toujours en cours. Il a également indiqué que la police recevait de nombreux témoignages et informations de la part du public.

De nombreuses rumeurs circulent dans les communautés locales de Seton Portage, D'Arcy, Pemberton et Whistler. Ces rumeurs incluent des théories sur des rivalités, des activités illégales, et des motivations possibles pour ce crime.

Certains habitants ont évoqué l'idée que Zube Aylward aurait pu être victime d'une intrusion dans sa maison suivie d'un enlèvement.

La communauté, secouée, s'interroge sur la façon dont un tel événement a pu se produire dans une région habituellement tranquille. Les discussions nourrissent les spéculations, mais la vérité reste cachée.

La police, en réponse aux rumeurs et aux témoignages, a mis en place une ligne spéciale pour recueillir toutes les informations disponibles. Mais cette affaire reste une énigme qui pèse lourdement sur les esprits.

Je ne pouvais pas évoquer notre lieu de vie sans me remémorer cette histoire qui s'y rattache. Parfois, je vois ce couple, tellement proche de ce que nous sommes aujourd'hui, et je ressens une angoisse sourde à l'idée de subir le même destin. Je ne cherche plus à rationnaliser mes pensées, c'est un transfert macabre qui n'a aucun sens et que j'entretiens sans raison.

Mais rapidement, je reviens à la réalité. La quiétude de nos vies avec Cyprien ne ressemble en rien aux fréquentations douteuses de cet homme, et les relations que nous entretenons avec nos voisins me réconfortent dans l'amitié sincère que je leur porte.

Je dois simplement arrêter d'y penser. Certes, la mise en vente de cette maison nous replonge dans ces souvenirs, mais je refuse de gâcher mon plaisir de vivre exactement là où je le rêvais, même sans m'en rendre compte.

Je me dis que Cyprien connaît la vérité, que mon ami Thunder me laisse entrevoir trop d'allusions pour qu'il me soit impossible de ne pas comprendre toute la simplicité de ce crime odieux. Pourtant, je crois simplement que je ne veux rien savoir, même si ma curiosité m'amène à me persuader du contraire.

Mon souhait est que ceux qui achèteront cette maison puissent, eux aussi, se fondre dans ce paysage idyllique sans le perturber. Certaines histoires apparaissent dans la vie pour nous redonner goût à l'existence. Mais maintenant, je devais me concentrer sur ce bonheur fragile qu'est notre vie.

Jamais je n'écrirai ce script, c'est décidé. Pourtant, même en le disant, je sens que c'est faux. Cette histoire restera peut-être dans les quelques lignes que les journaux locaux ont bien voulu rédiger, ou bien elle dérivera doucement, suspendue entre l'oubli et la nécessité d'en faire quelque chose.

Je vais maintenant m'occuper à vivre ma vie. Je ne me laisserai plus atteindre par la violence des autres. Tout autour de moi est doux. Pourtant, sous cette douceur, je sens toujours la présence sourde des lignes à haute tension, cette vibration qui me rappelle que rien n'est jamais vraiment fini.

Je ferme les yeux. J'entends Boss qui gratte à la porte d'entrée. Cyprien ne doit plus être très loin. Quelque part, Patricia Aylward garde ses secrets. Et moi, je continue à compter les arbres qu'il faudrait abattre entre nos deux maisons.

Je ne veux rien me gâcher en minute de vie à cause de quelconques faits divers, moi qui ai su si bien me protéger de la télé, cette machine qui fait ruisseler en permanence le chaos des villes jusqu'à nos lacs apaisants.

Nous avons habité quelques années sur l'île de Vancouver, plus précisément entre East Sooke et Victoria, dans des endroits très différents mais faisant le lien de nos retrouvailles, entre mer et ressentiments.

Notre appartement de Dallas Road fut une belle réintroduction de nos vies ensemble. C'était une période douce, un temps où j'ai travaillé dur pour retrouver l'homme que j'avais quitté. Il s'était tellement laissé aller qu'il m'était très difficile d'accepter sa présence dans le même lit.

Mais je savais qu'avec beaucoup d'amour et de patience, je réussirais à retrouver ce bel enfant que j'avais perdu. Son âme folle et insouciante était toujours là, dissimulée sous cette graisse et cette silhouette trop américaine pour correspondre au souvenir de celui que j'avais aimé. Il avait assassiné ce dandy niçois d'un autre âge, pour le remplacer par le stéréotype d'un bûcheron canadien sur la fin ou au chômage, se levant difficilement de son canapé pour ressemer sa vie derrière ses derniers désastres.

L'apparence a toujours eu beaucoup d'importance pour Cyprien, il ne s'en est jamais caché. Pourtant, je n'ai fait que répondre à son propre dégoût de lui-même : il ne voulait même pas me montrer son corps en sortant de la douche, lui qui avait toujours été si exhibitionniste en ma présence.

Lors de nos retrouvailles, nous éteignions la lumière pour nous câliner. Il m'était impossible d'apercevoir le moindre de ses bourrelets. Je les sentais bien présents sous mes mains qui l'encerclaient, mais je ne disais rien, car la gêne était déjà bien trop pesante.

Je devais tolérer de le retrouver ainsi, même si mon désir de le transformer devenait une obsession, un projet. Il a fait beaucoup d'efforts. J'espère qu'il n'a jamais ressenti certains de mes dégoûts passagers. J'ai toujours agi en toute discrétion, conscient qu'il se bloquerait s'il voyait à quel point son apparence me dérangeait.

Mon come-back l'a aussi poussé à retourner derrière les fourneaux. Il ne se préparait presque plus de repas, pourtant il a un vrai talent. Il m'a toujours concocté des plats bien équilibrés, prenant un plaisir évident à me surprendre. Je ne crois pas qu'il ait autant aimé cuisiner pour quelqu'un d'autre que moi. Cela me réjouissait, et comme il aimait me faire plaisir, il redoublait d'attention dans ses préparations.

Cependant, je ne devais pas être là lorsqu'il s'affairait en cuisine. Son désir maladif de perfection le rendait dingue, et ma présence me plaçait dans une posture de témoin de l'accumulation de ses frustrations. Mieux valait éviter de croiser son regard à ce moment-là.

Avec le temps, il reprenait de la force et une taille de hanche plus soutenable au sein de notre lit. Parfois même, il oubliait d'éteindre la lumière durant nos ébats. J'aimais l'instantanéité de ses désirs pour moi. Plus nous avancions dans le temps, plus le passé reprenait sa place et confortait mes choix d'être revenu dans sa vie.

Il y a eu aussi la Damour, la maison de rêve que nous imaginions sans vraiment le savoir, du moins sans que je puisse concevoir un tel rêve.

Nous avons vécu là il y a quelque temps, dans une maison face à l'océan. Cette maison appartenait à l'un de ses capitaines, qui cherchait quelqu'un pour l'habiter et la rénover le temps qu'il rentre en Syrie. Les choses s'étant arrangées, il avait pris une année sabbatique pour régler ses affaires et revoir sa famille.

Ce fut un cadeau des dieux qu'Aziz nous avait fait. Sa maison était magnifique, et il n'y avait rien d'autre dans le cadre de nos fenêtres que les monts majestueux d'une Olympe spectaculaire de l'État de Washington et l'océan aux pieds du rocher où reposait fièrement la maison prête à combattre les colères de Poséidon.

Cet océan qui mélange son sel dans le détroit de Juan de Fuca pour créer la mer des Salish, là où le Pacifique est rétréci par deux pays qu'un temps on avait imaginé réunis. Quelle histoire ! Trump, lors de son élection en 2024, avait lancé l'idée de faire du Canada le 51e État des États-Unis. Ce que tout le monde pensait être une blague s'était presque réalisée, tant la classe politique canadienne était tombée bas et les prix avaient asphyxié tout le pays. Nous avions traversé quelques années terribles entre 2024 et aujourd'hui. Cette maison où nous n'avions pas à payer de loyer était un vrai don du ciel. Nous y avons passé plus d'un an. Quand nous revoyons la maison au loin ou que nous y repensons, c'est toujours un petit pincement au cœur, tant nous avons été heureux, mais aussi pour tout l'amour que nous avions mis dans ces rénovations qu'Aziz et sa femme nous avaient demandé de réaliser en échange de ce magnifique toit sur l'océan. J'ai tant appris sur mes capacités à pouvoir bâtir. C'est bête, mais mon plus beau souvenir de ce lieu était une chaise rouge où mes fesses aimaient reposer, qui dépareillait de la verte, languissante et fade à ses côtés que jamais je ne touchais. Elles étaient le petit théâtre de nos séquences de repos après les travaux titanesques que l'on s'infligeait. C'était aussi la scène de mon film romantique où Cyprien rentrait du travail en bateau. J'étais alors sur cette chaise, le voyant jeter l'ancre, et nos deux corps, sans rien se dire, s'impatientaient déjà à l'idée de leurs retrouvailles.

Je me souviens de certains regards bretons dans ses arrivées marines, une certaine fierté de rentrer au port, de s'amarrer à la bouée de la Damour et de revenir retrouver l'être aimé.

L'être aimé, c'était moi. Même si je ne savais pas bien cuisiner, quand il travaillait, il y avait toujours sur la table le couvert dressé et un plat qui finissait de mijoter. L'été me facilitait les choses, c'était barbecue et salade : un peu plus de salade pour lui et un peu plus de viande pour moi.

Je continuais à surveiller le contour de cette silhouette que je voulais retrouver niçoise.

Il n'avait ni le regard bleu ni la crinière des marins bretons célèbres, mais il en avait l'attitude. Ses gestes sur sa petite embarcation étaient devenus très précis, et la mer était un terrain de jeu qu'il ne quittait plus.

Son envie d'être sur l'eau vexait mes désirs de rester à terre. Je savais qu'en refusant d'adhérer à sa vie de marin, je me coupais de lui. Je faisais assez d'efforts pour que jamais il ne puisse ressentir la vérité de ce sentiment de dégoût pour la vie en mer ou près d'elle. J'avais beau aimer la Damour, l'eau et l'humidité salée des lieux rendaient chaque jour la vie un peu plus insupportable, et ce vent, qui me criait dessus sans que je ne fasse rien, annihilait le moindre désir de prolonger ces tempêtes sur un engin flottant, peu importe sa robustesse et l'expérience de Cyprien à le mener sur les flots de ses rêves les plus profonds. J'avais le cœur prêt à faire des concessions. J'ai même sincèrement adoré cette maison et tous ces souvenirs que nous avons créés à deux, mais l'idée que cette expérience avait un début et une fin rassurait mon amour périssable pour cet endroit. Comme tout ce que j'aime, il me fallait un jour le quitter, je crois.

151

Hier j'avais vue sur le village olympique de Vancouver et sur Yaletown, faisant de ma vie un étrange itinéraire. Je n'étais pas là où j'aurais aimé être, mais la civilisation n'était qu'à quelques coups de rames comparé à notre emplacement loin de tout aujourd'hui. Je dessinais des plans plus précis pour un futur lieu d'habitation quand tous mes stratagèmes ont dû être modifiés ou enterrés un temps. Vancouver et le voilier amarré en son port d'attache représentaient les concessions que j'étais prêt à faire. Je ne voulais pas le perdre à nouveau, et la préservation de ses rêves était l'une des conditions de mon retour. Il me fallait accepter ce qu'il avait envie de faire, et lui, le fait que je n'avais envie de rien.

J'avais beaucoup travaillé pour le remettre sur pieds et j'avais participé aux différents travaux et aménagements de nos maisons disparues, évaporées dans un océan destructeur. Je pensais avoir fait ma part. J'avais fait, mieux que rien ; mais tout aussi inutilement. Je voulais me récompenser par du repos, loin des tempêtes, loin de tout ce qui aujourd'hui se transformait en passé lointain. Je ne voulais plus voir d'horizon, j'avais besoin d'être près des cimes d'un autre passé, regarder en l'air et pas au loin. Des cimes dessinant des cieux, une bulle qui me protégerait de ce monde qui va de plus en plus vite où je ne contrôle plus rien.

Cyprien ne serait jamais resté en Colombie-Britannique si je n'étais pas revenu dans sa vie. Il était prêt à partir vers des rives qu'il pensait plus accueillantes. C'est d'ailleurs comme ça qu'il a pu s'offrir son voilier, en montant son entreprise de charter pour proposer des croisières localement, mais aussi autour du monde, dans un espoir plus profond. Le fait que je veuille qu'il sédentarise ses rêves près de moi lui a permis d'accomplir à moitié son projet, auquel seul lui croyait. De rassurer les banques et de garder son job à BC Ferries. Lui, il aurait tout quitté ! Sans réfléchir !

Les premières croisières qu'il venait de réaliser ne lui donnaient pas envie de continuer. La présence d'inconnus dans un espace si confiné ne convenait pas à l'homme qu'il était devenu. Il était un peu sauvage et ne faisait plus aucun effort pour entretenir une conversation. Les gens l'ennuyaient autant qu'il pensait n'avoir rien à leur dire.

C'est gênant de ne pas vouloir socialiser quand on vend des croisières.

Il faisait tout à bord : la cuisine, le ménage, les cours de voile si les clients le demandaient, et bien sûr, la navigation elle-même. En plus de ses nombreuses études pour ses diplômes internationaux de marins, il avait passé un certificat au nom barbare qui lui permettait de donner des cours de barre. De la promotion à la croisière, il gérait tout.

Je pense qu'il n'a pas voulu assumer cette responsabilité trop longtemps, ses vieux démons d'une entreprise ratée en France revenaient aussi hanter ses pensées. Lui parle d'une pause mais la décision de tout arrêter a dû se prendre après deux ou trois croisières. Ses derniers clients étaient de riches Chinois qui s'étaient mal comportés à bord, mettant le bateau dans un état que Cyprien n'a pas pu accepter. Après deux jours de navigation en direction de Desolation Sound, il a opéré un demi-tour et les a débarqués au premier port. Sa colère était à la hauteur de l'incivilité de ces gens.

Les chocs culturels ne le dérangeaient pas habituellement, mais dès le début de la croisière, voyant que ses avertissements répétés restaient sans effet, il a dû se résoudre à prendre cette décision. C'était un cap pour lui, car il pensait pouvoir payer le crédit de son bateau de cette manière. Aujourd'hui, en plus de son travail d'officier, il a dû reprendre son poste de capitaine dans l'observation des baleines. Il travaille beaucoup pour continuer à tout payer et navigue très peu sur son voilier. La vie le baigne en permanence dans les contradictions de ses désirs perturbés.

Parfois, je me sens coupable de ne rien faire, mais tant qu'il ne me demande rien, je n'ai pas envie de m'imposer le fardeau d'un travail qui ne me plaît pas.

Après tout, je ne l'ai jamais forcé à acheter des voiles et du vent ; moi, je n'en voulais pas.

Je ne sais pas s'il reprendra les traversées avec des passagers autres que moi, ou s'il souhaite tout de même maintenir son entreprise. Quand je lui pose la question, ses réponses ne sont jamais très claires. Je crois que cette expérience l'a tellement refroidi qu'il se demande même si garder le voilier est une bonne idée.

Quant à moi, j'aimerais qu'il le vende : je préférerais qu'il n'ait plus cette charge à payer et qu'il ait plus de temps à nous consacrer. Nous pourrions aussi faire des voyages qui m'intéressent davantage, plutôt que de partir à la voile pendant des jours, alors qu'il suffit de quelques heures pour y aller en voiture ou en avion. Nous sommes allés à Salt Spring Island la semaine dernière : une journée pour y aller, deux jours au mouillage, et une autre journée pour revenir. Le retour fut encore plus long, tellement le vent avait décidé de se faire la malle un peu plus au sud. La navigation s'est faite presque entièrement au diesel, et cette odeur mêlée à celle de la mer, ainsi que le bruit du moteur, me donnent envie de fuir ses rêves de tour du monde à jamais. Quelle angoisse de se retrouver à bord de son rafiot, pendant des jours sans voir la terre !

Nous n'avons pas encore fait de longues traversées ensemble. Je crois qu'il veut explorer l'Alaska et le Mexique, mais je vais devoir discuter avec lui de ces plans, car je n'ai vraiment pas envie de l'accompagner.

154

Je pensais peut-être le rejoindre une fois qu'il aurait mouillé à destination. Je prendrais alors un hydravion si c'est proche. Il ne me faudrait que quelques minutes pour pouvoir le rejoindre sur ses étapes. Quant aux itinéraires plus lointains, le confort d'un avion de ligne me semble une bien meilleure idée pour accepter de le rejoindre sur sa barque à voile et à diesel, afin de passer des vacances qui ne sont pas les miennes.

Je sais que je dois faire des efforts pour qu'il puisse aussi renouer avec le bonheur qu'il semble timidement retrouver. Je sais que j'ai changé ses plans en décidant de revenir.

Dans notre fonctionnement, je crois qu'il a un peu tout ce qu'il voulait ; j'espère juste faire partie de ce tout. À ce jour, il ne s'est jamais plaint. J'espère que cela va continuer. Je pense aux périodes qui nous ont éloignés. Il ne me parle jamais vraiment de cette solitude qu'il s'est infligée. Mais j'en connais presque tous les détails grâce à des indiscrétions passées, même si j'ai appris à le cacher.

Pour moi, ça résonne comme une punition : être seul, ne rien échanger, ne plus faire l'amour, ne plus rien partager. Je n'ai pas d'autre exemple de personne étant restée si longtemps célibataire, à l'écouter, par choix, mis à part des gens plongés dans la foi extrême de sa religion disparue.

C'est un homme qui plaît et qui a beaucoup plu. Même s'il s'est laissé aller ces dernières années, pourquoi n'a-t-il pas essayé de rencontrer quelqu'un ?

Cinq années à vivre comme un moine, à se renfermer sur ce projet. Est-ce qu'il attendait mon retour ? Était-il si amoureux de moi qu'il n'avait pas pu faire son deuil ?

Toutes ces questions restent sans réponse, et il ne veut pas en parler. Je ne veux pas le lire en cachette, je veux que l'on échange sur tous ses silences qui me condamnent à retenir mes remarques en permanence, de peur qu'il se déchaîne encore contre moi, me reprochant mes chicaneries et mes jugements hâtifs sur sa vie.

Ce qui est frustrant, c'est que j'ai l'impression que ça le rend malheureux d'y repenser, d'en reparler. Je ne savais pas s'il était nostalgique de cette solitude ou s'il était triste d'avoir été seul si longtemps.

J'aime à penser qu'il est si fou amoureux de moi qu'il n'a même jamais eu l'idée de me remplacer.

Je ne sais pas, et il ne veut pas entendre parler de tout ce que j'ai vécu sans lui. C'est un supplice de devoir me taire dans cette relation nouvelle que nous développons et qui pourtant, fut si fusionnelle et libertine par le passé.

Il y a des sujets qui ne peuvent pas être abordés, qui sont devenus graves et sérieux avec le temps. Bien que ce ne soit pas la priorité dans sa vie de se rejouer le passé, ça occupe quotidiennement mes pensées. Et certains sujets comme la mort ne peuvent plus être abordés. Il me force à vivre dans le présent, lui qui toute sa vie s'est enfermé dans une nostalgie dévastatrice du temps.

Nous avons quitté pour quelques semaines notre mouillage provisoire de False Creek, mouillage privilégié au cœur même de la ville de verre. Nos nuits parfois agitées par nos corps brûlants, brillaient de mille feux dans cette verrière de lumière. Le voilier est aujourd'hui à sec près du fleuve Fraser, au sud-est de Vancouver. Nous refaisons le carénage et je suis allergique à ce moment qu'il savoure pourtant avec tout son lot d'inélégances. Moi je n'ai pas d'excuses et je dois être avec lui, loin de notre dernière maison d'adoption. Nous avons quitté la Damour et sommes sans domicile fixe, mais sur voilier flottant ; enfin presque. Notre adresse du jour sur Graybar Road m'éloigne de tous mes conforts et développe en moi de profondes angoisses. La ville la plus proche ne ressemble en rien au Canada, tout y est écrit en chinois, me transportant dans un Hong Kong de papier, démesuré et faussé par sa localisation, rendant mon chemin sinueux et incertain, ridiculisé par ce moment. Richmond en Colombie-Britannique, ne ressemble à rien de ce que j'aurais pu imaginer de cette ville que je n'avais jamais visitée. Je me sens déraciné dans une province où jamais rien de précis n'a poussé. Je crains parfois d'être raciste envers toutes ces mandarine ultra friquées, je n'aime pas du tout cette culture et ce que je pense d'elle, je comprends maintenant quand Cyprien me dit qu'on est toujours l'arabe de quelqu'un. Je prie pour que ce soit de la jalousie et non pas le rejet total de leurs yeux, bridant mon ouverture d'esprit.

Il faut que je me réhabitue à tout. Encore.

Trouver de nouvelles marques, et travailler du petit matin à tard le soir, sur un projet qui n'est pas le mien. Ma vie se répète en boucle. Entre la maison d'Aziz que nous avons dû retaper et que je viens de perdre et le voilier de Cyprien qui ne me procure aucune émotion positive, ma vie depuis quelques mois s'éloigne de toutes les bienveillances que j'aurais pu me souhaiter. Mais ce qui me rend dingue, c'est que Cyprien ne m'a pas consulté pour ce changement de vie qui n'est pas anodin. J'ai l'impression que tout se réduit tout à coup, pas seulement l'espace entre les murs et le plafond qui nous entoure, mais tous les rêves que j'avais récemment accrochés à mon retour dans sa vie.

Sa détermination aura été plus puissante que mon refus d'investir dans un voilier et de faire le tour du monde. Il m'a juste mis au pied du mur, de l'océan ; enfin devrais-je dire de ce chantier.

Pour rentrer chez nous, nous devons dangereusement escalader une échelle recouverte de peinture de carène. Le toucher lors de nos ascensions successives est des plus désagréables. Tout autour de nous n'est qu'odeur à couper le souffle et poussière à nous faire saigner du nez. Seul lui a le sourire.

Il est l'heureux propriétaire d'un « Jeanneau Sun Odyssey » de quarante pieds et ne compte plus faire de ce bateau un business encombrant, cette coque de plastique me semblant fragile, sera alors notre habitation. Un peu plus de douze mètres de paradis et d'espace pour lui ; et pour moi un enfer cent fois plus étriqué que mes rêves. Il fait une chaleur détestable à l'intérieur, et même sans être sur l'eau l'humidité est insupportable. C'est un beau bateau, il est vrai ; et seule ma mauvaise énergie apporte des nuances à sa folie. Il se voit déjà entre Tofino et Hawaï, prenant des ris sur la grand-voile et naviguant face aux éléments les plus indélicats à son encontre. Ne cessant jamais de faire cap à l'Est du monde, tout en me perdant dans son sillage et de mon esprit fuyant, faisant cap inverse à l'Ouest dans le premier port d'escale que mon corps flottant pourra trouver ou là où il daignera enfin s'arrêter si je continue le chemin emprisonné dans sa coque et où suivant mon débarquement, jamais je ne réapparaîtrais. Quand il s'abandonne à rêver de la remise à l'eau, c'est comme si la terre ferme n'existait plus, comme si elle n'avait jamais existé. Son engouement pour les grands fonds me terrifie et me donne l'envie de vouloir encore le quitter.

Je ne partage rien de ce qu'il aime. Comment deux êtres aussi distincts peuvent-ils s'aimer ? Comment ai-je pu croire toutes ces années à notre connexion unique, loin de la normalité pathétique des gens qui nous entouraient, aujourd'hui j'envie toutes leurs capitulations, toutes leurs mises au placard de rêves débordants, dans des vies qui jamais ne peuvent les assumer. Croit-il qu'il va découvrir de nouvelles terres, se prend-il pour un aventurier ? Je déteste ce

Christophe Colomb de salon, où tous ses rêves d'océan lui ont été injectés par tous ces influenceurs de malheur !

Moi la tortue de terre, lui celle des mers. Quel diable l'a donc piqué ?

Il ne me pose aucune question de peur de savoir ce que je pense. Il ne me consulte en rien, il dépense un argent fou dans ce qu'il aime et y donne tout son temps. Moi je suis au milieu, j'écoute les directions, me fais imposer un planning militaire pour respecter une date de mise à l'eau dont je n'ai que faire ! Je dois demander un jeton pour aller aux toilettes, un autre pour me doucher, de la petite monnaie pour les machines à laver, mon quotidien me dégoûte, il me transforme en gitan, moi qui ne suis que berbère ! Il n'y a pas d'eau dans le désert de mes ancêtres, qu'est-ce que je fous là bordel ?

Il pourrait au moins me laisser apporter quelques décorations, mettre ma touche dans notre caravane gitane des océans. Mais rien ! Je n'ai le droit de rien !

Il avait ce projet fou de proposer des croisières qui me déménageait de force dans un hôtel ou un Airbnb, quand il allait chercher l'argent pour rembourser sa folie. Aujourd'hui je dois rester sur le pont, l'accompagner ou l'attendre lors de ses autres traversées. Je n'ai nulle part où aller !

J'ai tellement de questions. Est-ce que ce bateau, déjà si vieux, flottera-t-il encore demain ? Combien de temps encore ? Regarde-t-il vraiment pour un autre chemin à terre ? M'inclut-il encore dans son monde, maintenant qu'il a le sien ? Je ne lui poserai aucune de ces questions… Aujourd'hui… J'accroche juste un sourire aussi idiot que le sien à mon visage… Je retire ma combinaison blanche de peinture…Frotte fort toutes mes éclaboussures… Décapsule ma bière sans alcool… Même pas un joint dans la poche… Il n'y a plus rien pour rigoler… Je souris encore… Plus rien pour s'amuser… Je fais semblant… Je cultive tous mes regrets en silence… Je souris… Nous ne communiquons plus ! J'ai peur ! … Sans faire de bruit. Je me tais !

Mon âme s'exprime et dicte ma main dans mon carnet à spirales.

« Je viens de me blesser gravement à la jambe. En voulant réparer les gouttières de la Damour, je suis tombé de l'échelle. En atterrissant sur des blocs de béton armé blanchis par le sel, j'ai ouvert la peau de mon tibia sur des bouts de fer rouillés qui en dépassaient. Ces blocs auraient dû partir à la décharge hier ou être jetés à la mer… mais ils sont encore là, et maintenant moi aussi, par terre. Je ne sais plus si mon vaccin contre le tétanos est à jour. Nous sommes à plusieurs heures de route de la première clinique ou du moindre hôpital. Cyprien a pris le bateau, et je suis certain que je ne pourrai pas conduire dans cet état. Je vais essayer de l'appeler ; peut-être pourra-t-il venir me chercher. Sinon, je vais devoir appeler les secours. La plaie continue de m'élancer, même si j'ai réussi à stopper le saignement. Mais une inquiétude s'installe : et si ça s'aggravait ? Je n'arrive pas à le joindre. L'angoisse me gagne. Le goût du fer de ma salive empathique s'accentue dans mon imagination sensorielle. Il faut que je fasse quelque chose… J'appelle le 911. Je commence à me sentir vraiment faible, sensible à mes sirènes hypocondriaques, et il n'y a personne ici. Pas de voisins. Juste moi, isolé au milieu de nulle part, à attendre. Cette solitude devient oppressante ; elle s'ajoute à la douleur qui ne me lâche pas. Je crois que j'ai peur. Je hurle de souffrance. »

Le souvenir de cette journée maudite est encore brûlant dans ma mémoire, et la raison pour laquelle ces détails me reviennent me laisse un air préoccupé sur le visage qui se reflète dans le miroir qui surplombe mon secrétaire et que je redresse. Nous avions toujours privilégié l'isolement à la foule ; je devais en accepter les conséquences, comme celle d'avoir voulu quitter l'appartement de Dallas Road. Il était terriblement frustrant de n'avoir personne d'autre à blâmer que soi-même. Nos choix de vie étaient mis à rude épreuve, tant j'avais cette tendance à vouloir bousculer notre destin en permanence. Je ne sais plus si je me voyais mourir, mais en y repensant, la douleur fantôme de cette histoire me revient. Je pensais qu'on allait me retrouver dans un coin, rejoignant le béton amer de mes tours d'enfance s'étant armé pour tuméfier mon corps que l'on découvrirait inanimé. Sans rien à mes côtés. Même pas un mot d'amour laissé à Cyprien...

L'intervention rapide des secours ne m'avait pas laissé le temps de sombrer dans un tel désespoir théâtral. Si cet événement m'était sorti de l'esprit, c'est qu'au-delà de la peur ce jour-là, les médecins qui m'ont examiné n'ont vu qu'une blessure insignifiante, une marque de stupidité gravée sur ma jambe par cette chute que j'aurais pu éviter. Mes vaccins étaient à jour, heureusement. Dans les semaines qui ont suivi, ma guibole a commencé à boiter, oscillant de gauche à droite sans répit, au fil des travaux dans la maison d'East Sooke, Damour. Je ne cesse de penser à cet endroit ; il m'obsède. Je rêve de pouvoir, un jour, posséder une maison au bord de l'eau. Une maison rien qu'à moi, sans partage imposé. Cette idée est si reposante, si idyllique que les chroniques que nous avons vécues là-bas ont gravé en moi des souvenirs impérissables. Je ne savais même pas qu'une telle propriété pouvait être à la portée de la classe moyenne canadienne. C'est un véritable rêve éveillé, comme celui de voir mon homme rejoindre ce club de plus en plus fermé ; je le rêvais alors capitaine, alors qu'il n'était encore qu'officier. Rejoindre cette classe sociale qui se débattait pour encore exister alimentait alors les buts que j'avais érigés pour lui dans le plus grand des secrets. Moi aujourd'hui, je n'ai plus aucun désir professionnel. Cyprien, lui, dépense tout notre argent en crédits, en trajets et dans ses cours pour devenir chef officier.

Nous avions aussi la vue sur mer à Dallas Road, mais il fallait la partager avec tellement d'inconvénients visuels et sonores que mon bonheur était sans cesse agressé par ces détails anodins. Je ne connais personne qui aurait le culot de se plaindre de notre ancien appartement, mais Cyprien m'avait habitué à plus grand, plus beau, plus isolé, avec ses bons plans permanents qui lui tombaient fraîchement dessus, sans jamais même les souhaiter. Quand je me plains, c'est toujours le même surnom qui revient et dont il m'affuble : « La tout-ce-qui-brille ». On n'aurait jamais fait dormir l'impératrice dans un camping après avoir épousé son prince, même si les mondaines d'antan étaient bien plus aventurières que moi. Moi, ça fait deux fois qu'il me fait le coup du palais, et puis qu'il me le retire. Je me donne donc le droit de me plaindre. Cyprien aime tout autant les beaux endroits.

Quand il vivait encore à Nanaimo, il se complaisait dans une sorte de misère dont, bizarrement, il s'accommodait. Je crois que cette période relevait davantage d'un renoncement que d'une véritable conviction à l'encontre de ses rêves les plus inatteignables. Il avait l'argent pour se loger mieux, mais il refusait de le dépenser dans ce qu'il considérait être un confort inutile. Certaines histoires, notamment avec ses voisins, me font encore m'interroger sur sa résilience. C'était une personne profondément matérialiste, tout en prétendant le contraire, et en me reprochant de l'être resté. Il le prétendait, mais aujourd'hui, je l'ai ramené à la réalité : il est tout aussi matérialiste que moi, façonné par nos éducations respectives.

Je ne vivais pas avec lui à cette époque ; c'était durant les premières années de notre séparation, entre 2020 et 2026, l'année où nous nous sommes retrouvés, comme par magie. Je n'ai pas eu à chercher bien loin pour le revoir : dès le premier ferry, je suis tombé, par le plus grand des hasards, sur lui. Je m'étonne encore qu'il puisse croire à cette version, dont l'évidence est pourtant si fausse. Comment ai-je pu, en moins de deux heures, découvrir où il se trouvait, alors que lui n'a jamais réussi à me localiser ? Sa naïveté continuera de me surprendre. Je ne voulais tout simplement pas qu'il me retrouve. Et lui, de son côté, n'a jamais pris soin de dissimuler sa présence sur les réseaux sociaux, comme s'il m'attendait. Il a toujours cru qu'il avait des choses intéressantes à partager avec les autres. Des photos, des projets, des vidéos. De ses couchers de soleil qui récoltaient six likes, aux baleines à bosse jaillissant de l'eau avec trois cents vues et deux likes. Même ses amis n'en avaient rien à foutre de son prétendu art accessible. Sa famille aussi ! Tous voyaient ses publications, mais rares étaient ceux qui prenaient la peine de les apprécier.

Cela me rappelle l'une de ses nombreuses histoires, lorsque Cyprien me parlait de son bar. Une fois, au tout début, juste après l'ouverture, il avait du mal à remplir son jazz club, son bar à vin.

Lors d'un soir de calme, des amis à lui étaient passés pour lui dire bonjour. Ils étaient nombreux, en groupe, bruyants, animés par la vie, tout ce qu'il aimait le plus chez les gens avant. Cyprien est alors passé rapidement de la joie à une immense peine. Il pensait qu'ils étaient venus pour l'encourager, pour consommer un verre ou deux, ou même l'accompagner jusqu'au bout de la nuit. Il s'imaginait qu'ils étaient là pour le patron recroquevillé derrière un comptoir vide. Cette idée l'avait envahi d'un bonheur fragile, et, pour un instant, l'avait réconcilié avec le genre humain.

Et là, l'un de ses amis a dit : — Non, non, on ne reste pas. On va boire un verre à l'Idéal. On a donné rendez-vous à des filles là-bas et des potes vont nous rejoindre.

Cette foule joyeuse et bruyante autour de son comptoir assombrit peu à peu son âme tout juste égayée, comme si la vie tamisait l'ambiance de fête pour ne plus trop l'éblouir de ses espoirs. Cette même foule, amicale et bienveillante, repartit aussi bruyamment qu'elle était arrivée rejoindre les distilleries, et Cyprien s'était courbé un peu plus, sa tristesse pesant derrière un comptoir qui restait désespérément vide.

En voyant ses amis s'éloigner pour en rejoindre d'autres, il se disait que ça aurait été chouette de les avoir à ses côtés, dans son bar de la descente du marché. Bête comme il est, il aurait même payé sa tournée et fait un prix, mais ce n'étaient plus ses amis, rien ne pouvait plus l'indiquer. Juste des visages désuets et sans famille.

À vrai dire, certains ne sont même jamais passés le saluer, mis à part à la fermeture, pour le voir s'écrouler !

On ne peut pas dire que son bar ait eu un jour pour ambition de l'enrichir ; il avait simplement créé un lieu pour lui et ses amis. Souvent pour lui.

Lors de nos premières soirées en amoureux, j'avais demandé à Cyprien pourquoi il m'emmenait dans des bars vides, des restaurants où nous étions les premiers à nous asseoir, alors que les proprios à qui il faisait la bise, pensaient fermer bientôt, après que la ville tout entière, ne faisant qu'un, lui avait fait fanny.

Je pensais dans ces moments-là que c'était pour me cacher aux yeux des autres ; mais très vite il a alterné avec des endroits plus fréquentés, presque par élégance.

Pourquoi appelait-il des gens que personne n'appelait ? Des tantes, des oncles, et tant d'autres.

Ces petits textos, généralement sans réponse, qu'il envoyait pour garder un lien. Il m'avait raconté ces épisodes marquants de sa vie, me confiant qu'il trouvait l'ignorance laide et facile et qu'il essayait de changer les choses quand il le pouvait.

Mais lui aussi s'est épuisé dans ce vide, ce vide qu'il tentait désespérément de combler, mais qui se reformait sans cesse.

Quand il appelait, personne ne lui répondait, ou très peu, comme pour lui dire adieu. Mais il ne comprenait pas toujours, ou peut-être ne voulait-il pas comprendre.

Ces propos étaient souvent confus quand la tristesse baignait son cœur dans le passé. Il en voulait à tout le monde, ne sachant plus vraiment à qui parfois, à la fin de ses peines mises bout à bout.

Depuis, il a arrêté d'appeler, parce que personne ne le faisait pour lui, mis à part deux ou trois personnes et sa mère. Il se sentait fatigué de ne jamais être aimé en retour. Avant, il appelait même ses ex, qui se contentaient de lui raconter leurs problèmes de couple sans jamais lui demander comment, lui, il allait ou parfois juste avant de raccrocher, vite fait, par politesse. J'en faisais partie.

Heureusement, tout cela est loin derrière pour lui. Toutes ces petites blessures anodines qui ensemble avaient créé d'immenses souffrances incomprises sont loin et il ne m'en parle plus, enfin, presque plus !

Il avait aussi cessé de liker sur les réseaux sociaux après avoir constaté que tous ceux qu'il aimait et encourageait ne prenaient même pas une seconde pour soutenir l'un de ses posts photographiques.

Les gens, en général, disaient vouloir se déconnecter, mais en réalité, par l'ignorance de ceux qui comptent, ils semblaient croire que ce sentiment destructeur leur donnait de la grandeur aux yeux des autres.

La vérité est que nous passons tous trop d'heures inutiles sur nos machines, faisant défiler tout ce qui nous éloigne des gens que nous aimons, des gens qui seront toujours là, malgré nos médiocrités cumulatives.

Il me disait que ça ne coûtait rien pourtant, et qu'il voulait juste que les gens qu'il aime le sachent quand, lui, levait le pouce bleu ou rougissait un cœur vide. Il lui arrivait d'en attendre tout autant, sans succès ; visiblement, ce n'était pas réciproque. Il se disait pourtant que c'était plus court qu'un appel ou un message, juste un petit pouce ou un cœur pour dire je suis là. Je pense à toi.

Ce doit être générationnel, je n'ai jamais compris.

Il m'avait fait visionner le passage d'un film qu'il trouvait tendre et émouvant « Peau de cochon » de son maître à penser Katerine, où d'une voix un peu trop aigüe, il se plaignait que les automobilistes passant sous un pont, ne répondaient que très rarement aux agitations de ses mains pour les saluer de tout là-haut.

Ces épisodes ridicules de la vie de Cyprien, qui semblent l'avoir blessé et marqué, me font penser à ce moment de grand cinéma.

De façon différente, les réseaux sociaux à cette époque, avaient pris une place si grande dans nos vies, qu'ils nous rendaient esclaves du temps et faussaient toutes nos relations. Nous avons compris plus tard que l'essentiel était ailleurs, il nous a fallu des années pour nous sevrer d'une chose qui nous avait été imposée par

167

une société que nous pensions malade et d'un outil qui nous faisait souffrir ; tellement tout était si dévoyé en son sein. Cyprien me disait quand nous cessions d'échanger pour nous noyer dans nos écrans, que dans l'adjectif insupportable, il y a portable. Rien de très philosophique là-dedans, juste une vérité parmi tant d'autres, sous nos nez, en permanence, qu'aujourd'hui nous tentons de supprimer définitivement de nos existences, menacées par ces rectangles de glace emprisonnants.

Quand je l'ai retrouvé, c'était un homme à moitié vivant, mettant un terme à tout ce en quoi il croyait, même en sa famille.

Il avait coupé les ponts avec tout le monde. Ses parents furent les premiers.

Comme il n'y avait pas de méchanceté en lui, il continuait à les appeler de temps en temps, en cachette, pour ne pas rompre définitivement le lien.

Enfin, « le lien » ! Sa mère lui avait dit un jour : « Je t'aime quand tu es loin de moi. »

Et maintenant qu'il est à des milliers de kilomètres d'elle, loin du regard de tous ces gens insignifiants qu'elle ne voit de toute façon plus, elle le veut près d'elle. Mais elle a tout ce qu'elle désirait pour pouvoir l'aimer enfin. Je ne vais pas la plaindre ! Quel dommage cette relation manquée, abîmée par une société oppressante et stupide ! Ils ont tous deux, tant à s'aimer, qu'ils ont fini par presque s'ignorer. Il suffisait à sa mère de défendre quiconque aurait dit du mal de son fils ou de moi ! Mais la peur du sifflement du train des rumeurs était bien trop forte. Elle-même alimentant cette vapeur âcre et dégoûtante en jugeant la vie des autres ; elle était terrifiée que cette fumée de passage lui revienne dans le nez. Mais ce n'est qu'un train qui passe, rendant dérisoire des bavardages qui s'évaporent si rapidement dans tout le ciel d'une vie, qui elle aussi passe si vite.

Cyprien avait vécu l'amour maladroit de ses parents comme une torture. Il ne savait plus comment leur plaire, il pensait toujours devoir les rendre fiers pour excuser ce qu'il était.

Mais à quoi bon ?

Il en souffre encore, même à son âge aujourd'hui et je ne sais pas comment il pourra un jour s'en libérer.

Un jour de grande tristesse, il m'a dit : — Je pense que la vie fera que je partirai avant mes parents, pour qu'ils puissent réinventer qui j'étais. Être loin ne suffit pas. L'enfant prodigue revient toujours et il faut tout de même le célébrer aux yeux des autres avec le veau gras, quitte à renier le fils à jamais présent auprès d'eux. Celui qui ne part jamais, le fidèle, le loyal, celui qui est parfait à leurs yeux et qui a épousé tous leurs codes idiots.

Alors qu'un enfant qui ne revient pas, c'est encore plus idéalisé. C'est un enfant qu'on enferme dans sa propre histoire, dans des pleurs qui n'en finissent jamais, des sanglots et gémissements qui, de leur vivant, ne donnent jamais la moindre tendresse. Ces larmes coulent sur un passé qu'ils n'auront même pas partagé, offrant au présent une comédie mal jouée sur la perte d'un enfant. Il deviendra alors aux yeux de tous, même de ceux qui n'ont rien demandé, l'enfant frôlant une perfection fantasmée ! Remplie de mensonges et de malhonnêtetés !

Il m'avait aussi partagé le début d'un roman relatant cette relation étrange, intitulé « Je ne suis qu'un mensonge ».

Je ne lui en ai jamais reparlé. Je ne sais pas où il en est...

C'était très poétique et violent, mais, comme tout ce qu'il commence, il ne l'a jamais terminé.

Je ne serais pas étonné que ce roman ait rejoint les centaines de textes, chansons et récits qu'il ne publiera jamais, de peur de blesser inutilement, de peur de raconter sa vérité.

Bien qu'au Canada ce n'était plus le même ; dès notre arrivée sur ces terres du nord de l'Amérique il a commencé à finir les choses, plein d'autres choses, car il n'était plus occupé à vivre, mais je doute qu'il écrive encore.

Les frustrations permanentes de Cyprien viennent peut-être de là. Cette relation mère-fils a laissé des traces profondes. Bien sûr, je ne veux pas tomber dans une psychologie de comptoir, mais tout semble y converger.

Cyprien a toujours eu des amis de grande qualité, provoquant parfois d'étranges réactions de sa mère, comme s'il n'était pas à la hauteur de ces personnes selon elle. Étonnée qu'il puisse fréquenter des littéraires, des juristes, des intellectuels… De son côté, il aimait faire croire à tout le monde qu'il avait les meilleures personnes autour de lui, d'un ami banal, il en faisait le héros d'un roman oral passager. Il choisissait les gens qu'il voulait aimer, et il ne savait pas mentir, mais il savait embellir. Je crois que c'est une qualité commune à bien des gens du Sud. Le lien qui réunit tous les personnages qu'il a le plus aimés dans sa vie est sans aucun doute l'intelligence du cœur, mais aussi les égratignures causées dans leurs vies, Cyprien n'a jamais vu le titre chez les gens, mais toujours ce qu'ils étaient prêts à dévoiler de leurs vies parfois détruites par la stupidité des gens que l'on peut rencontrer sur nos chemins escarpés. Je suis l'un d'eux, je ne suis ni intellectuel, ni avocat, ni lettré et pourtant à l'entendre, je suis l'un des êtres les plus parfaits ! Il n'aimait pas les gens lisses et ça se voyait ! C'est peut-être pour cette raison qu'il pardonnait tout à sa mère !

170

Il s'est séparé de certaines personnes, mais il a aussi arrêté de fumer, de boire, de sortir, ce qui a profondément modifié sa personnalité. Je n'ai pas retrouvé celui qu'il était avant ; à la place, j'ai découvert une toute autre personnalité.

S'il a retrouvé le sourire aujourd'hui, les rires et les chansons potaches de la Doudette, c'est qu'il doit être heureux de mon retour. Nous avons toujours été la béquille l'un de l'autre ; même si ces béquilles sont un peu usées.

Je ne suis plus la jeune personne que j'étais à notre rencontre, et maintenant, notre différence d'âge s'estompe. Nos maturités se rejoignent, et nous sommes plus apaisés pour nous réaliser en tant qu'êtres de demain.

La dernière fois, Cyprien m'a confié que sa vie avait recommencé à quarante ans, là où d'autres la commencent pour la première fois. Quant à moi, j'attends encore de la vivre pleinement.

Aujourd'hui, j'ai l'âge qu'il avait quand nous sommes arrivés au Canada pour la première fois. Je ne sais pas encore si c'est mon pays, mais je suis là et je veux vivre. Je veux vivre à ses côtés !

Quatre ans sans se voir. Quatre années de silence, à l'ignorer de loin et à le surveiller de près. Quatre années où il s'était fait à l'idée que je n'étais plus de ce monde, de son monde, tandis que moi, j'essayais de tout faire pour vivre sa vie en la partageant avec un autre.

Je n'avais pas d'autre choix que d'usurper sa vie. Je ne connaissais rien d'autre. Je n'avais aucune idée de comment les autres faisaient ; son rôle dans notre couple me paraissait si confortable, si puissant comparé au mien, que je voulais en ressentir l'effet, prendre sa place. Cyprien ayant été le premier et le dernier à vraiment compter avant Elliot, je n'avais qu'un seul modèle à exploiter pour magnifier cette parenthèse terne et ennuyeuse avec ce type !

Il y a bien eu des aventures avant cette grande relation sans fin et inspirante, mais elles n'ont pas été assez longues pour pouvoir être singées et comparées.

Cela n'efface pas les peines de cœur, les chagrins d'amour ni les envies suicidaires d'un adolescent qui ne cherche qu'une chose : qu'on le remarque. Cyprien m'avait vu à temps !

Je n'étais plus tout à fait adolescent quand j'ai rencontré mon mâle alpha des collines niçoises, mais je peux dire que je sortais à peine de cette période acnéenne et juvénile. Je n'avais pas encore vingt ans et mon visage était encore celui d'un enfant. La moindre nouveauté me paraissait être un océan de possibilités et Cyprien me faisait flotter en permanence sur cette idée de meilleurs lendemains.

Lui, il était déjà l'homme qu'il est aujourd'hui, le visage plus lissé, le regard encore brillant.

Il a pris un peu de poids, perdu quelques cheveux, et râle davantage qu'au début, mais c'est toujours une âme jeune qui refuse obstinément de grandir aujourd'hui. C'est moi qui le réfrène et qui l'empêche ; lui serait déjà très loin, vivant d'autres expériences ensoleillées, la peau suintante de monoï, loin du quotidien, loin de ce qui me fait égoïstement du bien !

Une âme que j'ai mise au régime sec, car seul son corps lui rappelle qu'il est mortel. Jusqu'à son dernier souffle, je crois qu'il refusera d'embrasser l'âge des responsabilités.

Il le refusera, car, comme il le dit : « Ce sont toujours les adultes qui font du mal aux enfants. » Il cherche encore à son âge à comprendre pourquoi tant de faux sourires ridés ont essayé de le briser, de piétiner ses rêves et de lui mettre autant de limites que de stupidités dans la tête, dont il peine encore à se défaire. Chaque jour j'essaie de limiter mes interdictions, mes conditions fermes et non négociables et mon despotisme naissant dans sa vie, pour qu'il ne me jette pas dans le sac déjà débordant de tous ces gens trop vieux pour se rappeler leurs rêves de gosses, brisant sans cesse ceux des autres et de mon Peter Pan.

Rien n'est à la hauteur du prosaïsme de ceux qui se disent les plus matures selon lui ; les gamins entre eux peuvent être odieux, jamais décevants, méchants, mais il y a toujours un responsable derrière qui les pousse à l'être. Quand l'enfant s'abandonne à ce qu'il est vraiment, la cruauté, la perversité et la colère s'effacent ; il ne reste alors que l'espérance d'un monde meilleur, plus créatif, plus coloré et bienveillant de nature.

Ceux qui n'y parviennent pas ont déjà été trop abîmés par leurs parents ou par la vie, par des adultes de leur entourage proche ou par leurs enseignants. Ils essaient tous de les éduquer, à leur façon, sans jamais arriver à conserver toute leur spontanéité, les obligeant à épouser, si jeunes, tous leurs problèmes et leurs démons.

Cyprien, enfant, par sa sensibilité, a été sous l'influence de nombreuses personnes négatives. Sa confiance en lui a souvent été ébranlée. Ses instituteurs qui le battaient ou le ridiculisaient, sa mère qui le couvrait de reproches infondés et ses proches qui lui montraient avec tant de violence qu'il devait changer. Mais pour ressembler à qui ?

Il tait la plupart de ses malheurs ; je ne l'ai jamais vu réellement s'en prendre aux autres par vengeance, mais il reproduit une forme d'hystérie et de colère verbale qui l'emprisonne et l'éloigne des autres. C'est à lui qu'il fait le plus de mal, indirectement à moi aussi. Je crois qu'il devrait pardonner pour avancer et enfin oublier la plupart de ces connards ! De toutes ces saletés qu'il devrait balayer du revers de sa vie, aujourd'hui construite par le temps, la patience et la résilience.

À chaque fois qu'il veut en finir, qu'il veut éteindre sa propre lumière, qu'il perd espoir, qu'il boit jusqu'à perdre connaissance, qu'il fume des paquets de cigarettes à la chaîne, ou qu'il pense que la vie ne vaut pas la peine d'être vécue, c'est comme si tous les géants de son enfance s'immisçaient en lui. Sans savoir si c'est eux qui rongent son for intérieur, cherchant à effacer tout ce qu'ils n'aiment pas chez lui. Ou peut-être veut-il se détruire pour ne plus penser à eux, pour ne plus croiser leurs regards qui le jugent à jamais.

Nos échanges à ce sujet sont complexes. J'ai eu beau me livrer à lui, Cyprien a toujours plus ou moins gardé le silence sur ces choses-là. J'aimerais tellement qu'il se soigne. La peur du regard des autres a cadenassé cette famille et continue de la détruire de l'intérieur.

Dans ses crises, il me dit que c'est comme si sa mère prenait possession de son corps ; moi, je dirais plus de son esprit, tout ressemble ici à de la schizophrénie. Même si je crois qu'il ne répète qu'un schéma observé pendant trop d'années. Il n'a jamais pu vraiment se défaire d'elle, comme si elle ne l'avait jamais laissé partir.

Même à des milliers de kilomètres, elle parvient à le déposséder de sa vie, de ses rires, de sa bonne humeur et de sa joie de vivre.

Quand sa colère éclate, il me dit : « Elle ne sera bien que lorsqu'elle m'aura totalement détruit. Quand il ne restera plus rien, juste une histoire qu'elle s'inventera pour finir en pleurs, le reste de sa vie, avec le récit faussé du fils parfait qu'elle aurait voulu que je sois. »

Cyprien aimerait couper les ponts définitivement, mais il n'y arrive pas.

Il cesse de l'appeler un temps, puis, par mauvaise conscience, il rechute, et après c'est encore plus violent.

174

Ils s'aiment à se détruire !

Je me souviens d'une fois, à Whistler, où il a passé près d'une heure à s'automutiler devant moi, se donnant des gifles, s'insultant et se reprochant tout ce en quoi il croyait le plus. Ce n'était plus lui. Il semblait possédé, comme si un démon l'avait envahi. J'étais terrifié, incapable de savoir quoi faire. Chaque mot que je lui adressais se retournait contre moi en insultes, noyées dans des sanglots homériques, difficiles à entendre, inextinguibles et insupportables. J'aurais pu partir, cesser de subir l'insoutenable, mais la peur qu'il se tue dans cette folie me clouait sur place. Cela n'est arrivé qu'une seule fois, après un appel à sa mère ; comme toujours. À chaque échange avec celle qu'il aimait le plus, il semblait se dévaloriser au point de ne plus vouloir exister.

Il y a eu d'autres séquences tout aussi déroutantes, mais elles étaient moins intenses, moins violentes, moins impressionnantes. Je crois qu'il lui arrive de se sentir sous la menace de ne plus être aimé pour ce qu'il est.

Il était tout aussi traumatisé que moi quand il a repris connaissance. Il revenait toujours à lui par paliers, après s'être vidé de toutes ses larmes et hurlements disponibles.

Mais ce jour-là, bien que j'essayasse de le calmer par mes caresses et délicates attentions, je savais que j'allais le quitter, que je ne pourrais pas rester avec lui. Sa solitude guidée par son passé, cette auto-souffrance contrôlée, sont comme une maladie incurable. Il replongera tant qu'il sera vivant. Il sait que même si sa daronne disparaissait, elle continuerait à le hanter. Je crois qu'elle ne le laissera jamais en paix, car le problème vient de lui : il ne veut rien arranger. Il suffirait de lui dire stop, de la menacer en retour, de lui retirer le pouvoir qu'il lui a donné. Elle l'aime d'un amour irrationnel, devenu si destructeur que rien ne pourra jamais s'arranger s'il ne lui arrache sa poupée vaudou. Il est condamné, quoi qu'il fasse ! Il n'aura plus de nouveau départ s'il ne change pas les choses, car sa mère ne comprend pas et ne comprendra jamais. Personne ne lui a jamais rien dit, et tout le monde la laisse faire.

Elle n'a pas de mode d'emploi, et personne ne semble vouloir le lui donner. Il est sain de reprocher son existence à nos parents, même si c'est toujours de mauvaise foi, toujours excessif, bien que toujours authentique et sincère. Nous n'avions rien demandé, et nous sommes là, avec tous leurs défauts en bagage. Nous sommes le miroir de ce qu'ils peuvent parfois le plus détester en eux. Quant à Cyprien et moi, nous avons ajouté à ces peines communes du genre humain, à ces héritages pesants que nous devons gérer pour ne pas devenir fous, quelques contrariétés qui font que nos parents nous reprochent aussi ce que nous sommes. Mais que faire ? Se tuer ? Me faire Roméo et lui Juliette ?

Il ne faut pas être sociologue pour constater la résilience des enfants face aux adultes qui, eux, nous condamnent en permanence. Même les juges, cette société censée protéger l'enfance, ne cessent de donner des secondes chances aux parents. C'est ridicule et meurtrier. Tout repose sur l'amour indéfectible des marmots envers leurs géniteurs. Ce que les gosses pardonnent à leurs parents est parfois stupéfiant par l'excès de cette nature profonde. Quitte à briser ces belles âmes, les tuteurs de nos vies de mini pouces en profitent pour excuser leurs vices les plus sombres. Tout le monde est coupable quand il s'agit du bien-être de l'enfant, de lui donner le meilleur. Tous ces pitchouns placés en familles d'accueil interchangeables, en orphelinat ou en foyer en sont la preuve. Cyprien et moi en avons croisé tant depuis notre enfance, pas un seul n'a bien tourné. Moi-même, j'ai perdu beaucoup de ces amis…

Mais qui se préoccupe vraiment des gamins ? Quels aînés seraient vraiment prêts à étouffer leurs angoisses, leurs peurs, leurs tourments et leurs névroses, qui détruisent tout ce qu'il y a de plus beau en nous dès nos premiers mots ?

Même si, pour nous deux, nous parlons parfois d'amour destructeur, nous ne pouvons pas dire que nous ne sommes pas aimés par nos parents. Pourtant, ces souffrances sont difficiles à expliquer, difficiles à comparer. Nos plus grandes peines sont habituellement les plus bénignes, mais ce qui les relie, c'est leur impossibilité d'être traitées, oubliées. Notre détachement du cocon familial est pourtant la clé du bonheur. Se libérer de toutes nos prisons mentales et de ces codes intrafamiliaux.

Il ne pense pas à sa mère avec la même violence que moi. Lui s'automutile pour se taire, moi j'écris pour traduire ce langage incompris qui me torture tout autant. Même s'il s'en plaint, il finit toujours par dire qu'il l'aime. Je ne crois pas qu'il ait trouvé meilleure mère à ce jour, et c'est pour ça qu'il garde celle qu'il a déjà. Il a sûrement déjà pensé à l'échanger. Mais il la garde, et s'en plaint de façon sporadique, à ceux qui veulent bien encore perdre du temps à l'écouter.

Je sais qu'il écrit beaucoup sur elle. Je ne pense pas qu'il dira du mal de sa mère autant que je pourrais le faire, mais il fallait que je l'écrive pour lui. Faire éclore cette partie de sa vie au grand jour, comme une manière de protéger l'homme que j'aime, de le défendre face à cette relation insoutenable. Qui, à part moi, le protège ? Après tout, elle m'a tout autant atteint, avec sa méchanceté souriante et perverse.

Même en parlant d'elle, je ne suis pas à la hauteur du mal qu'elle a voulu nous faire. Je n'ai aucune vengeance à prendre, mais je n'accepterai plus jamais qu'elle nous fasse souffrir, pas même sous couvert de fausse naïveté maladive. Et même si, après coup, elle se perd de nouveau en excuses, je sais qu'elles ne sont pas sincères. Aujourd'hui je raccourcis tous mes pamphlets et toute mon indifférence envers elle en disant à Cyprien quand il s'en prend à elle : « De toute façon, ta mère elle est tarée ! … Tout autant que toi ! » Je crois que cela résume leur relation !

Mes songes, eux aussi, refusent désormais de s'encombrer d'elle. Je sais qu'elle me déteste tout autant qu'elle existe. Quelque part, mais loin de mes yeux et de mon cœur !

Si je n'étais pas revenu dans la vie de Cyprien, personne n'aurait pu le comprendre autant que moi. J'étais la seule personne capable de le consoler les jours d'après. Pourtant, je suis parti, et je ne sais pas si c'est pour cela que j'ai continué à le surveiller, à me renseigner pour savoir où il était.

Il m'arrivait même d'aller l'espionner à Nanaimo. Je crois qu'il ne m'a jamais vu. J'avais besoin de savoir quotidiennement ce qu'il devenait, depuis mes filatures ou les réseaux sociaux. Peut-être avais-je aussi peur qu'il me remplace, mais je ne l'ai jamais vu avec personne. Je n'ai observé de loin qu'un homme seul, triste, dont le sourire devenait de plus en plus difficile à porter. Je n'ai jamais voulu reprendre contact avec lui à cette époque, parce que je n'avais plus rien à lui offrir.

Je l'aurais rendu encore plus malheureux et, moi, je n'avais pas terminé de vivre mes expériences en dehors de sa vie.

Je lui avais tout simplement souhaité le meilleur, mais mon souhait n'avait rien donné, rien n'avait été exaucé.

Ou peut-être avait-il trouvé du plaisir dans sa solitude ; peut-être que je n'étais pas sa meilleure vie.

Notre vie, à ce jour, nous offre son lot de signes, que l'on aime percevoir à travers nos angles de vue biaisés. Partout autour de nous, tout semble parler de nous ; le monde s'autocentre autour de la couronne limitrophe de notre amour. C'est si drôle de vivre dans une maison qui s'appelle Damour.

Je sais que c'est une ville du Liban, celle qui a accueilli Aziz et sa femme comme réfugiés au sortir de la guerre de Syrie. C'était aussi son port d'attache, ou plutôt Beyrouth, plus précisément. Damour, c'est là où il vivait, quand il se préparait à partir en mer pour de longues périodes.

Pour moi, c'est aussi un surnom que Cyprien me donnait, qu'il continue à me donner : « Ma d'Amour », ou tout simplement « d'Amour ».

Damour est aussi le reflet de nos contradictions, du musulman contre le catholique, comme si à nous deux, nous avions participé à soigner le monde de ses conflits inutiles.

Je n'en revenais pas quand je l'ai vu écrit sur le portail de cette villa de rêve. Je pensais même que Cyprien avait gagné au Lotto Max et qu'il nous avait acheté cet endroit. Que l'histoire d'Aziz ne fût qu'un prétexte pour nous faire quitter Dallas Road sans que je connaisse la vraie raison de ce déménagement.

J'étais un peu sceptique au départ, car j'avais été béni par la chance le jour où j'avais trouvé notre appartement. Je savais que les prix avaient augmenté et qu'il nous serait presque impossible de retrouver le même standing pour le prix que Cyprien payait.

Mais voilà, il y avait ce plan : vivre dans cette somptueuse villa et effectuer des travaux le temps qu'Aziz et sa femme réinventent leur nouvelle vie entre Syrie et Canada. Leur pays leur manquait trop, et la fin

179

de la guerre leur avait donné l'envie d'essayer d'allier le présent au passé.

Aziz avait pris une année sabbatique tout en conservant son emploi à BC Ferries, tandis que sa femme ne pensait qu'à ce retour, lequel dessinait des larmes de joie sur ses joues rosées chaque fois qu'elle repensait à retrouver les survivants de sa famille, sa cuisine, ses invités et sa maison. Ici quand tu es immigré, comme nous aussi, tu n'as pas beaucoup d'amis, tu n'as pas besoin de table dans ton salon, même pas d'une cuisine, un micro-ondes suffit !

Je ne sais pas s'ils vont bien. Cela fait quelques semaines que nous n'avons pas eu de nouvelles. J'espère qu'ils se portent à merveille. On se fera un repas pour fêter leur retour, nous sommes parfois leurs seuls invités, comme eux les nôtres !

Nous pensons à eux tous les jours et partageons leur bonheur, car nous aussi, dans des proportions plus modestes et mesurées, notre pays sait parfois nous manquer.

Ce lieu était aussi, pour moi, une façon de reprendre une activité, de faire quelque chose de mes dix doigts, de retrouver doucement le goût du travail. J'avais du temps libre lorsqu'il travaillait ; parfois trop, surtout lorsque je me refusais à rénover cette maison qui n'était pas la mienne et que je savais détester autant que je pouvais l'aimer.

Quand Cyprien ne travaillait pas, je l'observais faire du béton, renforcer la charpente, peindre et repeindre des surfaces condamnées à être détruites par le sel infini de cet océan qui souffle ses désastres en permanence.

Ces rénovations étaient une peine perdue. Mais il fallait en prendre soin : nous devions payer notre loyer de cette manière laborieuse et toujours tout recommencer.

Je n'ai jamais ressenti l'envie de retenter une telle corvée après cette expérience. Si mon homme veut vivre au bord de l'eau, il devra nous trouver un lac, une rivière ou une mer d'eau douce.

Je me rappelle à Whistler, le long d'Alta ou de Green Lake, toutes ces belles maisons qui faisaient face au lac et qui demandaient moins d'attention. En regardant de loin ces riches propriétaires, je me laissais aller à croire que seule la détente permanente avait du sens dans cette vie d'inégalités. Pourquoi eux se pavanaient-ils de leurs paresses, sur leurs terrasses aussi parfaites, quand moi je devais nettoyer des cabinets ?

Je rêvais et rêve toujours d'y vivre. Pour moi, cela ressemble à notre rêve canadien, celui que nous faisions quand tout allait bien. Quand nous faisions semblant de croire que l'avenir serait radieux.

Ce sont toujours ses rêves de mer et de bateau qui ont détruit l'amour que nous avions construit ensemble. C'est ce qui nous avait fait quitter Whistler. Alors les rêves ! Moi ! Je les méprise un peu !

Je me rappelle avoir erré en Martinique avec lui, sans autre but que celui de son rêve inaccessible : vivre à bord d'un voilier qu'il ne pouvait s'offrir, et faire un tour du monde à la voile alors qu'il ne savait même pas naviguer. C'était sur cette île du bout de France qu'il m'avait échoué, pendant plus d'un mois et je n'ai que très peu profité de ce paradis tropical qu'il m'imposait. La plupart du temps, même le cul trempé dans le sable noir volcanique, j'essayais de ne pas lui en vouloir, de ne pas le détester et il m'arrivait parfois de réfréner mes envies de le tuer. Même dans les Caraïbes j'étais arrivé à le détester. Je ne pensais qu'à m'enfuir ! Loin de lui et de toutes ses stupidités !

Quant à la voile et à son rêve suicidaire, il avait bien pris ce cours dans la mer des Salish en 2017, mais cinq jours d'expérience me paraissaient tout aussi douteux que son envie prétendue de vouloir tout faire pour préserver ce que nous étions l'un pour l'autre.

Par son impatience et son manque d'écoute à mon égard, il avait tout saccagé. Nous étions sous ce soleil somptueux qui rapidement consumait le peu qui restait de nous deux.

Il m'avait retiré ma gloire : celle de vivre dans les beaux quartiers, d'avoir à ne penser qu'à moi-même et de construire mon avenir en fermant les yeux.

Il m'avait tout pris, et pourtant, j'avais accepté cela, car, au fond, j'étais déjà préparé à passer à autre chose.

La Damour n'a que le nom du Moyen-Orient. Il y a bien quelques babioles ici et là qui traînent et rappellent notre Méditerranée, mais, dans l'ensemble, cette maison est très canadienne. Toute sa beauté vient de son emplacement et de ses immenses fenêtres qui invitent la lumière et la force des éléments à l'intérieur. Mais c'est tout. La vie y est absente, même pas d'amis pour partager notre bonheur !

Lors des grosses tempêtes, l'océan et les arbres qui nous entourent savent nous menacer comme personne. Aidés par un vent du sud puissant, la maison râle de souffrance.

Des sifflements permanents nous arrivent aux oreilles et nous réveillent la nuit ; la nature nous montre sa force et nous terrorise. Vivre si près de l'eau, si isolé, est un défi que nous acceptons tant les belles journées le compensent. Jardiner et travailler en extérieur sur ce terrain est peu délicat, et c'est peu agréable, mais les journées de farniente nous consolent de tous nos efforts bravant les éléments qui nous entourent.

Il m'arrive d'avoir envie d'y vivre pour toujours, mais je rêve d'un endroit plus discret et loin de l'océan. Toute cette colère s'abattant sur nous lors des tempêtes me force à voir les signes de notre départ programmé. Whistler et les montagnes de la Colombie-Britannique me manquent. Il m'arrive d'en parler à Cyprien ; lui me parle de son voilier. J'essaie alors de cacher mes envies d'élévation, d'altitude, mais je sais que j'aimerais vraiment retrouver mes monts aux quatre saisons.

Nous sommes restés à la maison aujourd'hui, non pas que nous en ayons eu envie, mais nous n'étions pas décidés à nous proposer une sortie.

Il ne me dit rien. Ne me regarde pas. Je garde le silence. De temps en temps, je le regarde en coin.

On s'affale chacun dans l'un de nos deux côtés respectifs du canapé ; il étale ses jambes sur moi, je pose ma tête sur ses cuisses. Il dégage beaucoup de chaleur : c'est bien en hiver, mais l'été, ça me plaît moins. Depuis le salon, nous voyons la mer. Quand j'en ai marre de regarder mon téléphone, je lève les yeux et fixe l'horizon. Parfois pendant des heures, il ne se passe rien, pas même un bateau, et moi, j'accompagne ce vide immense avec toute ma mélancolie. Je ne fais rien avec l'océan, et la magie des éléments nous relie l'un à l'autre.

Quand le temps s'étire un peu trop et que le calme modifie nos comportements, Cyprien me chahute, et je ne manque pas de m'en plaindre. Il me détricote les cheveux avec ses gros doigts épais, il me bouscule avec ses grands pieds et il me parle pour ne rien dire. Il répète sans cesse, avec son faux accent débile, le pseudonyme mignon mais ridicule qu'il m'a donné au début de notre relation. Il y a bien sûr quelques variantes, mais quand il est taquin d'ennui, il me répète avec une voix de canard inventée : « Doudette, Doudette, ma Doud ! »

Il peut en faire des chansons aussi, si son degré de désir de m'agacer dépasse mon degré de désespoir d'en

184

être constamment la victime. Lorsqu'il chante de si grosses stupidités, il lui arrive de se lever de notre siège, de commencer une danse tout aussi bête, de me tirer par la main, moi confortablement assis ou avachi, et de m'entraîner dans ses pas, pour se mettre à chanter sa chanson ridicule, pour laquelle il a maintenant un refrain.

La guerre est alors déclarée mais comment ne pas sourire ?

Je m'arrache à ma morosité passagère, à mes YouTube et autres débilités programmées, et je commence à envisager la journée sous un nouvel angle. Sans rien me proposer, il m'a communiqué une énergie qui, maintenant, doit s'exprimer à l'extérieur.

Je vais prendre ma douche… Sous l'eau brûlante qui coule du pommeau, j'entends encore ce bêta chanter à tue-tête : « Doudette, Doudette, la fête, Doudette sans tête, Doudette elle pète, Doudette est chouette… » … Toutes les rimes les plus stupides en « -ette » y passent… Même l'inspecteur Gadget en est déformé… Il passe d'une chanson à l'autre, je n'en peux plus...Il va me vider de toute l'énergie qu'il m'a pourtant déjà offerte… Je dois vite me sortir de cet enfer de bonne humeur potache.

Il y aura la suite dans la voiture, mais après quelques morceaux de Beyoncé, il va être calmé, car oui, il n'aime pas ma Queen d'opérette. On se venge comme on peut, chacun son tour pour la torture. Il compare ma musique à du bruit en affirmant qu'il n'y a pas de mélodie ; comment le contredire ? Mais moi, j'aime bien. Je préfère mon bruit au sien ; au moins, sans mélodie, il ne déforme pas ma diva d'auto.

Nous sommes propres, beaux et vêtus. Prêts pour la paix. Nous sommes passés d'un siège à l'autre, nous voilà dans notre automobile. Je ne conduis pas, car c'est toujours lui derrière le volant, sauf si monsieur est saoul, ce qui n'arrive presque plus.

J'aime tout de même qu'il nous balade, moi, ça me laisse du temps pour regarder le paysage. Il est tellement beau, le paysage. Maintenant qu'il a baissé d'un ton, je vais le lancer sur un sujet qui me sillonne l'esprit. Je le trouve un peu trop calme.

Je lui demande ce qu'il pense faire pour les prochaines vacances. Moi, j'ai déjà prévu d'aller voir ma famille à Toulon et, comme je sais qu'il ne viendra pas, il va sûrement faire quelque chose de son côté. Je le vois réfléchir à la question, il n'a pas l'air d'y avoir pensé.

Alors, j'enchaîne et lui déroule le planning de mon voyage. Je ne sais pas si ça l'intéresse, mais je ne lui laisse pas le choix. De toute façon, il ne semblait pas vouloir s'exprimer sur ce sujet.

— Je vais aller boire mon petit café, ma noisette en terrasse sur le port...

(Il ne m'écoute pas, j'ai l'impression.)

Alors je continue en silence, je pense à la suite de ma liste touristique que je tentais de partager avec mon homme.

...et fumer ma cigarette à table, pas comme ici, au Canada, où tout est interdit, même de vivre. Puis j'irai voir mes amis. Je dois aussi aller voir mon frère et ma belle-sœur. Il paraît que mon neveu a bien grandi et qu'il aurait soi-disant une petite copine. J'ai hâte de les voir, surtout ma mère et ma sœur. Je ne sais pas si elles auront beaucoup de temps libre, mais j'aimerais bien me faire quelques jours sur l'île de Porquerolles, juste avec elles.

Moi, je ne vais rien prévoir d'autre : juste du farniente, des rires et de bons moments avec les miens. Me mettre nu dans les calanques, m'abandonner à ce que je préfère : ne rien faire. Je veux que la bonne vie reprenne sa place. Je veux les franchouillardises des rassemblements qui se prolongent toujours à table. Je veux que ma vie ne s'occupe plus de moi, et que je sois occupé à la vivre.

Je veux, juste un instant, me foutre la paix, car le bien-être, l'hygiénisme canadien me fatigue. Je veux être le stéréotype que je projette de moi à l'étranger, mi-berbère, mi-français, le délice des petits vices de France, se délectant à petites gorgées pour pouvoir vivre chaque seconde de ce paradis que l'on n'a jamais su vraiment exporter. Je vais aussi manger de bonnes choses, les plats de ma daronne me font déjà saliver rien que d'y penser.

Alors oui, je vais aller à mon rythme, je serai tellement lent que, même si un docteur de passage, s'ennuyant tellement qu'il voudrait me prendre le pouls, eh bien, il ne pourrait même pas le trouver.

Rien n'aura plus de conséquences, mis à part la recherche de mon bonheur idéalisé, de ma plénitude et de mon envie vitale du néant. J'entends déjà les cigales pour accompagner ma coulée douce. De France je suis, et je resterai. C'est ce que dit Cyprien de moi, que je suis tellement plus français que lui, seule sa mère n'y croit pas.

Le Canada, c'est beau, il y a des paysages magnifiques, les villes sont immenses avec leurs hauts buildings, et les gens se pressent d'aller à des endroits qui ne servent à rien, où on ne peut rien faire. Dans un bar, on peut parler fort, mais il n'y a pas d'âme : ils sont toujours très occupés à regarder les écrans de télé. Sur les terrasses, même pas le droit de s'en allumer une ou deux en se racontant sa journée de boulot ou en refaisant le monde. D'ailleurs, ici, on ne le refait même pas, on l'accepte tel qu'il est.

Les gens ne se retrouvent pas vraiment après le travail, ou alors indépendamment. Les groupes arrivent ensemble et ne se mélangent jamais. Il y a la table des Indiens, des Chinois, des Canadiens du coin ou d'ailleurs, et celles des autres Européens. Personne n'est en fusion avec l'inconnu qui se présente tel un problème, ou une solution bruyante pour les accompagner de loin, pour meubler le tableau de leur bar idéalisé où les regards ne se croisent jamais, sauf s'ils se connaissent déjà. Le groupe qui arrive ensemble repart ensemble, n'a partagé qu'avec lui-même et n'a pas vraiment parlé aux autres. Pour ce genre d'échanges, il y a le bar, le comptoir des gens seuls. Là, pas de secte intime, les gens se parlent un peu plus... s'ils n'ont pas les yeux rivés sur leur cellulaire. Le barman et les serveurs travaillent leurs tips, alors ils sortent de leur poche leurs plus beaux sourires. Ils doivent s'entraîner devant le miroir à la maison pour être aussi pathétiques et faux. Cyprien, coutumier du métier, me dit que non. Il me nuance. Ma colère, aussi.

Remarque, tous les Canadiens montrent les dents quand ils attendent quelque chose de toi ou qu'ils sont gênés. C'est peut-être mieux que notre mauvaise humeur française, qui prétend faussement ne jamais rien attendre des autres.

Au Canada, il faut être cool, détaché, et pratiquer le small talk, sans jamais aller trop en profondeur. Il faut savoir rester en surface, s'y habituer. Moi, ça me va, mais la tension du sud de la France me manque souvent. Trop souvent.

Cool, ça veut aussi dire froid. Moi, je trouve que les gens cool le sont plus que les autres. Cool, c'est ne pas trop s'occuper des autres, alors du coup, ils t'ignorent la plupart du temps. Je ne sais pas si je préfère cette attitude au jugement permanent, de la tête aux pieds. Avec un peu de sagesse, je me dis qu'il ne sert à rien de comparer deux cultures, puisqu'aujourd'hui j'en ai trois.

Mais ce n'est pas sur ces terres que je veux pousser mon dernier souffle et être enterré. Le passeport ne fait pas l'identité. Cela se gagne avec le temps, je pense. Quand je n'étais pas de nationalité canadienne, j'étais français à leurs yeux, et quand j'étais en France, je n'étais pas gaulois, mais de « Bougnoulie ».

Je n'ai jamais vécu le racisme dans ma vie, mais je l'ai déjà ressenti. Comme quand on doit s'entendre dire : « Toi ! Tu n'es pas comme tous les autres ! » … « Tu retournes au Bled l'été ? » … « C'est quoi, ton pays ? » … Tout ça n'est pas du racisme, mais je n'ai jamais eu le droit d'être vraiment de France. Sauf pour Cyprien.

Je crois que je suis de nulle part.

Mes racines berbères ont juste étendu leurs territoires hors des déserts. Loin de toute sédentarité, je suis redevenu nomade, entre des murs mouvants, sans sable, qui m'accueillent de temps en temps, sans me presser.

À Whistler, c'était différent, et puis j'étais plus jeune. Je découvrais la vie, et c'est moi qui me suis décoincé de ma petite existence toulonnaise qui m'esquichait. Cyprien avait bien aidé à Nice, à me montrer le chemin de la décadence, de l'insouciance totale et sans compromis.

Même si j'en avais une petite expérience, je ne savais pas fêter comme il le faisait. Avec lui, ce n'était que des excès. Excès d'alcool, excès de gens, excès de tabac et excès de vie, même. Il fallait qu'il soit scandaleux, c'était son art du soir ; c'était drôle et consternant à la fois. Et puis plus rien.

À Whistler, Cyprien sortait de temps en temps. Moi, il m'arrivait de sortir avec mes amis de travail, quand j'étais encore esclave de cette corvée de ménage d'hôtels inhospitaliers ; la plupart étaient là pour la saison, pour le fun, pour le ski ou le VTT. Moi, j'étais là pour plus longtemps, pour y vivre comme on dit, ou pour y faire semblant. J'avais ce qu'on appelle ici un plein temps, je n'étais plus saisonnier.

Boire, pour Cyprien, était devenu une habitude, une part de son régime alimentaire. Il n'avait jamais vraiment arrêté, mais tout de même, il en avait réduit les doses.

Je ne sais pas pourquoi il buvait. Il avait l'air d'être heureux avec moi, même s'il n'avait jamais eu l'air d'être doué pour le bonheur. Il vivait dans une nostalgie permanente, l'enfermant dans la morosité et le rendant aveugle aux beautés cachées, dans les détails du quotidien.

Dans ce chaos que je me refusais de voir et d'analyser, j'ai pris plaisir à une vie loin de ma tour de Babel familiale et franco-tunisienne. Cyprien m'offrait ça et j'allais l'apprécier. J'avais saisi cette bouée bien attachée à son radeau de survie. Sans me noyer pour autant, j'étais monté avec lui sur ce rafiot qui prenait l'eau, qui n'avait pas beaucoup d'avenir sur les flots de la simplicité, et pourtant nous avons su créer, un temps, un espace où il faisait bon vivre ensemble, où nous étions protégés des éléments menaçants. Les nuages s'écartaient même, de peur de nous faire de l'ombre. Et quand il y avait des éclairs lancés par nos amis ou nos familles bienveillantes, notre armure était devenue si épaisse de bonheur que nous ne sentions même plus les brûlures. Nous les ignorions !

Cependant, il y avait toujours Cyprien qui replongeait dans ses mers agitées. Il ne me demandait pas vraiment de l'accompagner, mais j'en étais témoin. Quand il revenait sec de son combat des grands fonds, moi j'étais trempé par le désordre mental qu'il me créait, je macérais dans le jus de ses démons marins qu'il prenait plaisir à imiter.

Je le voyais voguer de la cuisine au salon, du salon à sa marche fumante, puis titubant, le foie à ras bord de ses poisons et de ses deux cigarettes fumées l'une sur l'autre, qui engluaient un peu plus ses poumons, déjà noircis par sa tristesse incurable. Revenant de son tour lancinant du pâté de maisons, retournant à la chambre, et pour finir, de la chambre à la salle de bain. Puis de conclure son chemin de croix, en se cognant de mur en mur, de la salle de bain au lit, après avoir expulsé toutes les potions maléfiques qui lui avaient permis un instant de s'évader de sa vie.

Je voulais, au plus profond de moi, qu'il s'arrête de boire, qu'il cesse de pleurer uniquement à l'intérieur de lui, qu'il ne soit plus malheureux d'une souffrance que je ne comprenais pas.

Je souhaitais qu'il se libère enfin de sa douleur pathétique pour ne vivre que le bonheur que nous avions su créer maladroitement, mais qui était bien là.

Mes infidélités se réduisaient parfois à de simples désirs inassouvis et d'évasions. Je libérais mes fantasmes incontrôlés, dès qu'une âme un peu moins tourmentée que la sienne me présentait un autre monde. Il m'en fallait peu alors, pour que je succombe. La beauté, l'âge et le sexe ne m'importaient pas. Ce qui pouvait me fasciner, c'était la normalité des autres. J'avais tellement besoin de me rattacher à autre chose qu'à la folie de mon homme et à celle de notre vie, qu'il m'arrivait de chercher à fuir.

La vie de Cyprien était un peu comme notre « Peak to Peak » local, cette montagne russe de cabines téléphériques se suivant, ayant reçu de nombreux records en son temps. Son humeur, sa santé mentale, ses rêves, son amour pour moi, ses espoirs, sa mélancolie, ses peurs et ses joies, tout ça n'était qu'une succession de montées et de descentes à pic. Il n'y avait jamais d'entre-deux, de peut-être, de pourquoi pas et de je pense. La vie n'était pas fade, mais fatigante ; rentrant dans mon « Guinness » elle aussi par sa singularité étouffante.

Quand je lui montrais que je l'aimais un peu moins ou qu'il le croyait, j'en prenais pour mon grade de personne qui devenait moins que rien. Il me disait alors :

— Je n'ai pas besoin de toi dans ma vie, tu n'as qu'à partir, moi je garde l'appartement. Je ne t'aime pas et ne t'ai jamais aimé. Tu n'es qu'un boulet dans ma vie. Tu n'as qu'à aller vivre ailleurs, chez tes collègues de boulot, ton nouveau mec ou j'en passe. Tu n'as qu'à me quitter. Moi, je peux vivre seul. D'ailleurs, après toi, il n'y aura plus personne. Tu seras la dernière punaise à mon pied. Celle qui m'empêche d'avancer. On reconnaît toujours les gens à leurs amis, j'aurais dû me méfier, tellement les tiens sont des personnes méprisables…

Ce n'est qu'un résumé de sa méchanceté possible et aléatoire. Moi, je l'aurais tué et, d'ailleurs, je le faisais du regard. Il savait me blesser comme personne, tout remettre en question en une phrase ou un mot. Il pouvait, d'un simple souffle, faire envoler toute la confiance acquise au fil de nos tempêtes. C'était un être torturé qui savait manier l'inquisition pour me faire subir la plus horrible des tortures amoureuses : celle de me retirer tout ce qu'il m'avait offert avec passion, et de me faire avouer l'impossible, le fait que j'en sois follement alangui et que je devais m'en désavouer.

Mes souvenirs me torturent autant que sa présence, parfois. Je l'aime autant qu'il m'arrive de le détester. Je suis condamné à souffrir, que ce soit par son absence ou par sa présence. Rien ne sera jamais paisible ni normalisé avec lui.

Il fait toujours semblant de m'écouter, quand le son s'obstine à sortir de ma bouche pour lui raconter mes fadaises, même ce qu'il n'entend pas le pénètre tout autant. Il sait, de toute façon, lire mes songes, même les moins inavouables. Il m'écoute parler presque en rythme sur une Beyoncé qui n'a jamais été autant en sourdine, ne m'ayant pas aperçu de ses tentatives discrètes d'abaissement du volume par paliers. J'étais trop occupé à mélanger mes pensées entre elles.

J'ajoute ma mélodie à ce bruit ambiant, à cette musique si basse qu'elle ne sert même plus à entraîner mon pied gauche, qui généralement tape la cadence. L'autre s'emploie à freiner invisiblement, tout aussi inutilement, dans les virages qu'il prend toujours un peu trop serrés. Alors cela occupe bien mes deux pieds quand tout roule. Je pouvais moi aussi mettre ma vie en chanson.

Nous nous dirigeons vers Victoria, ce n'est qu'à quelques minutes de la maison quand les gens ne s'entassent pas à vouloir aller tous en même temps vers ce qu'ils appellent le travail.

Moi, je ne travaille pas.

Depuis que je suis revenu dans sa vie, il ne m'a rien demandé de ce côté-là. Et moi, je n'aime pas vraiment ça, travailler.

Nous louons ce qu'on appelle ici, en français du Québec, un trois et demi, et plus précisément en anglais, un « one bedroom », c'est-à-dire un deux-pièces en France. Mon Dieu avait vraiment mis le bordel dans ma tour !

Notre rue s'appelle Dallas. Je n'ai pas connu ce feuilleton télé, mais il m'en a montré des extraits. C'était vraiment de son époque ! Irregardable aujourd'hui et pourtant tellement d'actualité. Sue Ellen, ça lui irait bien comme surnom à Cyprien, va ! Il paraît même que c'était une taquinerie quand les gens buvaient un peu trop dans les années 80/90.

193

C'est le genre de série que tu sais mauvaise avant même de te prendre à leurs petites histoires, et où tu finis par un peu rater ta vie en sombrant devant ton écran de fumée. Rien n'a vraiment changé aujourd'hui. Tu rajoutes juste un peu plus de mixité, quelques hommes qui veulent être femmes et quelques femmes qui veulent être des hommes efféminés. Si le personnage principal est noir, gay et handicapé, tu tiens la série parfaite pour Netflix.

Je ne comprends même pas comment les personnes qu'ils sont censés représenter ne se sentent pas plus choquées par tous ces stéréotypes. Moi, ça me blesserait d'être l'Arabe de l'histoire.

Je partage ma réflexion avec Cyprien, et dans un long plaidoyer dont il chérit tant le ton, il me dit quelque chose d'intéressant à ce sujet :

— Tu sais ? Quand les séries américaines ont commencé à inonder la France, je ne me suis jamais posé la question du noir et du blanc, mis à part dans Arnold et Willy, où c'était le sujet principal de la série.

Je ne me suis jamais demandé pourquoi il n'y avait pas de Blancs dans « Le Cosby Show » ou dans « Le Prince de Bel-Air » : c'étaient pourtant mes séries préférées.

Il y a quelque temps, il y a eu cette nana de « Friends », une des scénaristes principales, qui s'est mise à pleurer dans une interview parce qu'il n'y avait pas assez de Noirs et de diversité dans sa série, et elle s'en excusait insincèrement auprès des Américains.

Je suis devenu fou, hors de moi. Je pense que le racisme vient de ces gens-là. Ils racialisent tout, mettent tout le monde dans des cases. Si l'histoire fait qu'il n'y a pas de Blancs, de Noirs ou d'homosexuels, pourquoi, bon Dieu, alors en mettre ? C'est ridicule ! Les êtres vivants ne sont pas des choses que l'on case hermétiquement.

Aussi, mes posters dans ma chambre d'ado étaient autant des Noirs que des Blancs, des basketteurs comme Michael Jordan, flamboyant, puissant et volant vers son Dunk, m'hypnotisait par sa beauté et son don sportif, des chanteurs de Dance et des acteurs de génie populaire. Mes films préférés sont ceux avec Eddie Murphy. Je ne me suis jamais dit à cette époque qu'il y avait trop de Noirs ou pas assez de Blancs ! Et pourtant, dans les années 80/90, c'étaient les gens auxquels je m'identifiais le plus. J'étais follement amoureux de Whitney Houston, qui ne l'était pas ?

Aujourd'hui, le problème, c'est que les gens sans virtuosité revendiquent des places dans la société par leur différence, mais ce sont eux qui créent une exclusion. Quand les gens ont du talent, on ne voit que le talent. Sans se poser aucune question, on les admire pour ce qu'ils sont et non pour ce qu'ils représentent, libre à chacun de s'identifier. Je n'ai pas besoin d'être homosexuel pour m'identifier à un homosexuel qui influencerait des parties de ma vie. De même, je n'ai pas besoin d'être noir pour rêver d'être un basketteur extraordinaire, même en étant blanc ou pour d'autres en faisant 1m50, rien n'est impossible. C'est quand on commence à mesurer, à compter, à diviser que tout va mal.

C'est horrible d'associer les deux sans voir la personne qui dribble vers son succès.

Il y a du vrai dans ce qu'il me dit, mais Cyprien ne manque pas d'avoir des propos excluants. Il doute en permanence de ce qu'il peut être dans le regard des autres et cette preuve de bêtise cristallise toute sa paresse intellectuelle.

Il n'y a pas plus intolérant que les gens qui n'ont pas confiance en eux. C'est détestable. Je l'écoute profondément, sans l'interrompre, mais il va toujours trop loin. À l'écouter, il était un adolescent plus noir que noir, mais sans en avoir les inconvénients.

Ce n'est plus vraiment entendable aujourd'hui, c'est de l'appropriation. Comme durant l'été, quand le soleil teinte sa peau et le métisse, il me dit souvent qu'il passerait presque pour un Arabe, que c'est arrivé que des gens le lui disent. Je sais que ça fait un peu woke de dire ces choses, mais c'est tout de même vrai. Il dit qu'il vit une certaine forme de racisme au Canada, mais il oublie que ça ne vient pas de sa culture ou de sa couleur de peau. C'est juste leur combat de coqs historique entre Français et Anglais. Ça fait partie du folklore pour eux de se maudire autant que de s'aimer.

Le wokisme est d'ailleurs en perdition depuis l'élection de Trump en 2024. Tous ceux qui n'avaient pas d'avis sur la question adoptent maintenant celui de Trump. C'est impressionnant de voir des gens qui ne réfléchissent jamais à rien et qui soudainement reprennent les avis des autres comme les leurs, sans réfléchir ni essayer de construire leur propre opinion. Que ce soit cette idéologie désastreuse ou une autre, les ravages sont si profonds pour ces esprits fragiles que je les crois irréversiblement ancrés. Il va devenir dur de vivre sur certains rivages de ce monde, je ne veux pas développer une peur irrationnelle face à ceux qui gueulent le plus fort, à ceux qui nous enferment pour mieux nous contrôler, j'ai peur parfois que nous allions vers des agressions verbales et physiques quotidiennes, tellement la dureté de vivre ensemble s'installe en toute pérennité au fil du temps.

Je me suis toujours demandé si une idéologie pouvait en remplacer une autre. Cyprien est un idéologue, il ne l'avouera jamais, mais les gens qui le connaissent bien vous le diront.

C'est un homme qui tranche, peu importe où, il ne mesure jamais ses propos. Vous pouvez donc vous retrouver avec un petit bout de l'idéologie ou alors vous retrouver avec un énorme bout de discours proche d'une élection présidentielle.

Il démarre au quart de tour. Vous pouvez le lancer sur tous les sujets, même s'il n'y connaît rien, il vous exposera sa théorie. Elles sont parfois intelligentes, mais quand elles sont au ras des pâquerettes, là, vous priez pour que la sentence s'arrête.

Ce qui est bien avec lui, c'est qu'il ne sait pas mentir, mais ce qui l'est moins, c'est qu'il ne vous épargnera pas.

Quand les Arabes en prennent pour leur compte dans sa bouche, ça ne lui fait rien de devoir me dire des choses atroces sur mes semblables. Comme s'il s'autorisait tout, même des nuances qu'il s'invente après coup.

D'autres prendraient des pincettes, lui taille dans le gras, le lourd, et plus il vous blessera, plus il vous choquera, plus il sera satisfait d'avoir dit tout ce qu'il pense.

Je ne fais pas là de lui le portrait d'un con. J'aimerais bien, mais ce ne serait pas honnête. Il est heureusement bien plus complexe. Mais il me fallait me plaindre de ce que je trouve le plus détestable en lui : ses excès, ses provocations. Cela étant, on ne s'ennuie jamais avec un con !

Le retour dans la vie de Cyprien, c'était aussi tout ça : ces instantanés de vie que l'on partage dans des discussions qui ne servent à rien, qui ne font pas avancer le monde. Des discussions qui semblent insignifiantes pour les autres, voire barbantes, mais qui, pour moi, sont la mélodie des jours heureux.

Si nous mettions un micro dans chaque voiture...Pour le commun des mortels, nos discussions de tableaux de bord seraient des plus ennuyeuses pour presque tous les autres, parfois même, nous aurions honte d'être mis à nu dans notre intimité volée, mais pour nous, dans le secret protégé de nos vitres teintées, c'est le centre de notre couple, notre petite musique du road trip de nos existences partagées.

Cela m'avait tout de même manqué. On s'est séparés depuis bien trop longtemps, nos vies ont eu le temps de se vider de tout ce qu'on avait mis du temps à remplir. C'est une période heureuse pour les retrouvailles, mais il est très étrange de devoir reconstruire ce qui l'était déjà et que j'ai abîmé par mon absence, vidé par ma fureur de vivre. Par l'abandon de cet homme qui représente toutes les ambivalences de mes sentiments de haine et d'amour.

Je suis revenu récupérer tout ce que j'avais laissé. Rien n'a perdu en saveur ; il y a juste l'aigreur de mes bêtises qui viennent assaisonner un plat qui l'était déjà trop.

Il va falloir être intelligents, tous les deux, pour se retrouver dans ce que l'on aime. Trouver la juste sagesse des retours et ne se reprocher qu'avec gentillesse et bienveillance le présent fragilisé par nos tempéraments qui se présentera face à nous.

Nous sommes arrivés à East Sooke maintenant. Nous allons nous balader sur les sentiers du littoral. Cyprien a pris son matériel photo. J'espère qu'il rentrera avec de beaux clichés. On pourra les mettre sur la télé, car moi, j'aime quand il me les partage, quand son art, sa passion, ne rencontre aucun succès sur la toile et que ça le rend triste d'incompréhension. Mais il n'a jamais cédé aux sons barbares des likes suicidaires, il n'a jamais cessé de faire ce qu'il aime, même si ce n'était que pour finir accroché dans notre salon.

East Sooke est un endroit protégé. Une carte postale difficile à figer. L'océan vient se fracasser sur ses côtes et apporte des odeurs d'ailleurs, des fumées pacifiques dans les embruns de ses rêves. Quand il s'assoit face à

198

lui, c'est toute une poésie silencieuse qui se voit de dos. Il transporte son regard au plus loin qui lui est possible et ouvre grand ses voiles imaginaires pour s'enfuir de ces terres qui nous retiennent. Il y a quelques maisons, mais c'est globalement encore assez sauvage. Il nous est toujours très facile de s'isoler du monde. Les gens qui vivent là ont beaucoup de chance. Je crois que son ami Aziz habite ici, mais je n'ai pas bien compris où. Je vais lui demander de me montrer, ce serait chouette d'aller les saluer. Je pourrais un peu parler arabe. Retrouver l'une de mes cultures sans avoir à en épouser une autre, même si ce n'est que pour quelques minutes. Moi aussi, je veux que le jasmin embaume mon tunisien dans ma bouche, cet arabe trafiqué qui peine à se faire comprendre par les autres bédouins de mes territoires passés. Je n'ai jamais entendu le syrien, je suis sûr que cet accent saura me séduire par le doux rappel de mes origines que parfois j'oublie, perdu dans les yeux de Cyprien.

Je rentre presque sans bruit. Le vacarme joyeux de sa musique m'invite à enfiler un sourire de circonstance. Le sourire s'accentue quand j'entends Cyprien délivrer son yaourt anglophone aux murs de notre appartement et aux oreilles sûrement agacées de nos nouveaux voisins.

Nous venons de déménager et de changer de ville. Je ne pensais pas que ça le rendrait aussi heureux, ou alors, peut-être que ce bonheur du jour est dû à autre chose.

Je poursuis mes pas dans un silence de chat. Comme un félin, je veux lui sauter au cou par-derrière pour le surprendre et jouer de cette excitation qui semble l'animer. Je veux absolument partager l'un de ces moments qui m'ont tellement manqué.

Un, deux, trois… Mon saut de cougar bruyant sur lui est flamboyant. Il crie comme une adolescente dans un manège à sensations, puis se met à rire à ma stupide entrée en scène.

« T'es bête », qu'il me dit… « N'importe quoi, tu ne changes pas, toi. » … D'un ton bête et gêné, comme si lui avait changé. Ayant surmonté ce sentiment de honte face à moi, il m'invite à danser et chanter avec lui, comme pour chasser spirituellement tout regard nouveau sur nous-mêmes faisant le procès de nos joies primitives. Enfin, je le retrouve ! On s'abandonne tous deux à des infantilités réparatrices.

Le soleil puissant transperce notre salon, et les reflets qu'il produit sur la mer nous invitent dans ce bonheur

200

printanier. L'île de Vancouver renaît de son hiver doux où tout s'était endormi, quand notre couple se redéfinit et retrouve son pouls. Je m'occupe alors du temps qu'il fait dans une parenthèse psychique, comme si j'étais assez vieux pour que cela puisse prendre de mon temps précieux, m'éloignant quelques secondes des beats musicaux de mon amant.

Cyprien est un amoureux de la musique, mais il lui arrive d'écouter des choses étonnantes, comme sa diva du jour, Dua Lipa. Il a découvert cette chanteuse presque cinq ans après son succès planétaire. Il avait un bon train de retard, comme d'habitude, sur la musique commerciale.

Il a beau être bilingue, Cyprien adore le yaourt. Même s'il connaît les paroles, il ne peut s'en empêcher. Plus le temps passe, plus il introduit inconsciemment les bons mots, mais il conserve un mélange immature dans sa façon de chanter en anglais.

Je suis bilingue aussi, mais contrairement à lui, j'aime chanter les bonnes paroles, comme si cela avait une importance capitale pour me sentir chez moi, en Colombie-Britannique.

Voilà que notre bonne humeur nous donne des envies festives. Ce soleil nous invite à un apéro sur la terrasse. Plus le temps avance dans cette journée, plus je veux l'arrêter, pour que jamais n'arrive la nuit et l'obscurité qui la dessine.

Il m'arrive de vivre de plaisir incandescent, de juste le commencer et d'en redouter la fin, au point de me le gâcher à tout jamais. C'est ce que je ressentais ici, en regardant nos vies se dérouler tel un film qu'on voudrait éternel.

Je reviens à notre apéro débutant, sachant qu'il devait s'amorcer, même si cela impliquait une fin programmée. Le crépuscule d'une séquence partagée.

Il avait arrêté de boire et moi, qui n'ai jamais vraiment bu et qui n'aime pas les gens sous emprise, j'étais plutôt content de ça. Mais paradoxalement, c'est moi qui l'ai poussé à reprendre ce rituel bien français. Je m'en veux un peu parfois, mais j'aime partager cette fête de salon avec lui. Je ne supporte pas de le voir sobre, sérieux et pensif, gardant ses démons enfermés dans sa cage aux douleurs, je me fais shaman en lui faisant goûter aux délivrances dont il connaissait bien mieux que moi la recette de mon remède ténébreux.

Au début, il prenait des boissons sans alcool, puis, petit à petit, il est revenu à ses premiers amours : vin et gin, trois lettres seulement, jumelles d'ivresse si je louche, consommés par de successives gorgées lapées dans mes verres accessibles.

Son gin est le Monkey 47 qu'il accompagne au Fever Tree, la richesse de ses arômes complexes le transporte au paradis, et son vin, le Mont Boucherie de la vallée de l'Okanagan, conforte à merveille ses diatribes nocturnes décomplexées qu'il lance à grands cris dans le ciel étoilé, comme pour s'évader à nouveau de sa vie. Mais là, il fait encore jour et il va bien, les pleurs récents semblent déjà avoir asséché son corps qu'il se doit de recharger d'incohérences alcooliques.

Hier, il me disait qu'il aimerait visiter les vignobles de l'île pour changer la mauvaise image qu'il s'en faisait. C'est bizarre de se faire une image de quelque chose que l'on est supposé goûter, mais peut-être avait-il raison en disant que tous les vins d'îles sont en général très mauvais. Pour un retour à l'alcool après de si longues années de sobriété, ce périple s'annonçait audacieux et précipité, mais peu importe où nous allons, j'aime y aller avec lui.

Nous avons fait une planche apéro, comme il aime à la nommer, lui rappelant son séjour breton chez sa meilleure amie, Camille. Je ne l'ai jamais rencontrée.

Comment peut-on expliquer que l'on ait passé tant d'années avec le même homme sans connaître sa meilleure amie ? C'est très étrange. Je me suis toujours demandé si c'était volontaire de sa part : volontaire de me cacher à certains de ses proches.

Il faut dire que l'expérience des rencontres hasardeuses avec sa famille ne me donne pas vraiment envie d'en savoir plus sur son entourage très proche, mais Camille a l'air chouette. C'est aussi une de ses seules amies à avoir refusé son autodestruction, ce qui me la fait encore plus aimer.

Il y a Lucie aussi, la femme de Camille. J'ai très envie de la rencontrer, elle est drôle quand il les a en visio, elle a toujours une petite vanne de côté. Parfois, je m'imagine qu'elles vont surgir dans nos vies, comme ça, sans prévenir, et prendre un verre avec nous et nous animer de leur gaieté. J'aimerais que les amis de Cyprien soient là pour le partager un peu avec moi, parfois il y en a un peu trop à absorber pour une seule personne.

On ne peut pas dire que nous avons beaucoup de visites. Même nos amis de Whistler ne sont pas encore venus nous voir. C'est toujours prévu qu'Amanda vienne, mais nous n'avons pas encore fixé de date. J'ai vraiment hâte de la recevoir. Cette amie de Cyprien a longtemps travaillé avec lui et au fil du temps elle est aussi devenue la mienne.

Bien que l'alcoolisme de Cyprien ait été mis en sourdine un temps, tous ceux qui l'aiment ou le connaissent savent à quel point il est difficile pour lui de faire les choses avec modération ; il ne connaît que les excès. Il ne sait pas boire un seul verre, et nous le poussons tous à boire pour d'obscures raisons. Il est inimaginable de faire une soirée avec lui sans alcool et sans tabac. S'il ne s'autodétruit pas, nous l'y aidons. Quant au tabac, moi, je n'ai jamais arrêté de fumer. J'ai un peu diminué le cannabis, mais la cigarette, je n'ai jamais réussi à m'en passer. Lui, ça fait deux fois qu'il arrête pour de longues périodes et, malgré mon retour, il n'a pas repris ; et c'est tant mieux, car j'espère m'en inspirer et y arriver à mon tour.

Ai-je le droit d'être nostalgique de ce temps que nous passions ensemble dans notre jeunesse, où suffocants sous les excès, les lendemains ne se posaient pas la question de nos abus ? Il n'y avait aucune conséquence à nos vie trépidantes, et c'était bien.

Je crois que la jeunesse perdue m'angoisse tellement que je ne peux me faire à l'idée qu'en prenant de l'âge, la sagesse doit remplacer tout cela. Que les choses faites dans la précipitation et l'excitation doivent s'apprécier dans le calme, la sérénité et la réflexion.

Je me laisse toujours un peu plus de temps aux fausses excuses, car notre différence d'âge me montre le chemin à emprunter, mais elle ne peut me forcer à y poser mes pas aujourd'hui. Je connais le sentier qui m'amènera à lui, mais je veux continuer à vivre sans me poser des questions qui font avancer vers une vie soi-disant meilleure, car pour moi, je la vis aujourd'hui et je n'envisage pas les choses de la même manière. Gagner cinq ans de mauvaise vie quand mon seul quotidien sera d'essayer de me rappeler mes vingt ans ne me motive en rien à l'arrêt de mes obsessions savoureuses qui me rendent si vivant aujourd'hui.

En disant cela, je ne prétends pas qu'il m'ait demandé quoi que ce soit. C'est plutôt moi qui le dévie de sa route vertueuse. Je ne l'ai pas forcé non plus. Quand il buvait son gin sans alcool, moi, je savourais mon verre de vin. Je ne lui ai jamais rien versé dans son verre, il s'est servi lui-même.

C'est vrai que j'ai conscience de son passé d'alcoolique. Même s'il était mondain, son amour des breuvages de fête était destructrice. Et si je n'avais plus

204

cette crainte lors de mon retour, je ne pourrais pas m'en plaindre s'il revient à ses démons de toujours.

Quand je suis parti de sa vie, quand j'ai décidé de m'éloigner de lui, quand je l'ai quitté, l'une des raisons était aussi l'alcool.

Il dit toujours que je l'ai sauvé lors de notre première rencontre. Qu'il serait mort si je n'étais pas resté avec lui, non pas de chagrin, mais sous le poids débordant de ses addictions.

Il est vrai que si je dis juste que je suis sorti avec un mec de onze ans mon aîné, alcoolique, dépressif, où même certains de ses plus chers amis, comme Camille, se refusaient à lui parler, qu'il vivait dans un studio payé par ses parents, ruiné et endetté, personne ne me dirait de rester, tout le monde me dirait de fuir.

Il venait de perdre son bar. En plus de ses nombreuses infirmités liées à ses choix de vie, il se sentait humilié par ses échecs dans son ancien travail, où l'un de ses amis ne manquait pas de lui faire remarquer à quel point il était tombé bien bas.

Aussi, il avait développé une paranoïa, était furieusement esclave de la politique et regardait BFM TV en boucle. Il s'endormait avec sa cigarette allumée. Un jour, il a failli y passer en brûlant son oreiller. Une autre fois, il avait mis de l'eau à bouillir sur le feu. Il s'est endormi, et lorsque toute l'eau s'est évaporée, la casserole a commencé à brûler. Une odeur toxique s'est alors emparée des lieux, lui donnant une toux sans fin, le réveillant et l'obligeant à sortir en urgence sur la terrasse. Il a eu de la chance, c'était un jour où je n'y étais pas.

C'est un survivant, mais aussi de la route. Il ne s'est pas tué et n'a heureusement tué personne, mais à plusieurs reprises, il en était proche. Je faisais souvent partie du convoi mortuaire. Une chance, merci à notre bonne étoile de nous avoir protégés, nous et ceux que l'on croisait.

Alors oui ! Si je disais juste que je suis sorti avec un mec de onze années plus cinglé que moi, en dressant de lui ce tableau, pas une personne ne me dirait de rester à ses côtés et de continuer à l'épauler, moi jeune, dans cette beauté de l'âge qui ne revient jamais.

Toujours est-il que je l'ai remis en scène alors que ça faisait plus de deux ans qu'il était sobre. Deux ans, dix mois, trois jours et seize heures pour être exact. Les alcooliques anonymes comptent comme ça, je crois. Cyprien ne s'en est jamais caché, ni de ses dépendances à l'alcool et au tabac, ni de sa purge. Il a arrêté tout seul, sans l'aide de personne là où il était le plus seul dans sa vie.

Paradoxalement je suis très fier de lui, bien que coupable ; ce n'était pas simple pour lui, qui avait commencé à boire et fumer à l'âge de douze ans. Il a vécu les trois quarts de sa vie sous emprise, sans passer une semaine sobre.

Je m'étonne même qu'il n'ait pas eu plus de frustrations. Mon absence fut si longue que je redoutais de retrouver un homme encore plus détruit par la colère, l'arrêt des drogues qu'il aimait le plus n'arrangeant pas sa personnalité déjà sombre et vigoureusement râleuse.

Je l'ai retrouvé attaqué par la vie. Rongé par l'absence d'amour. Il n'avait pas ri depuis que ses amis étaient venus le voir à tour de rôle, comme pour veiller un mort. Un mort vivant. Lui qui me croyait dans le royaume des anges, auprès des gens qu'il avait le plus aimés, n'était pas bien plus vivace que ces songes à mon encontre.

Je n'ai pas aimé le corps, ni l'âme retrouvée, pas plus que sa façon de voir le monde. Il était très abîmé par la vie. Je l'avais vu dans tous les états de décadence, mais là, c'était autre chose, comme s'il avait renoncé aux autres.

Il ne croyait plus à l'humain, à sa présence et encore moins à sa compagnie. Il se comportait bizarrement avec tout le monde lorsque je faisais quelques pas en arrière pour l'observer. Si je m'absentais trop, il était complètement déboussolé, comme s'il craignait d'être bousculé par la vie, par le grondement permanent de ceux qui n'ont jamais arrêté de vivre ensemble. Le moindre rire, la moindre voix féminine un peu trop aiguë, le persécutait.

J'avais l'impression qu'il s'était créé quelques autismes ; cette vision m'effrayait.

Parfois, j'avais le malheur de parler à des inconnus dans la rue, juste échanger des sourires, parler du temps qu'il fait. Là, en ma compagnie, il se rangeait derrière moi, un pied en pointe pivotant, l'autre fixe, le regard cloué sur le bout de ses chaussures, se dandinant par mouvements saccadés et parfois brusques, me tirant la chemise en me disant : « Nous sommes en retard, il faut y aller. » Sans se soucier du regard des autres qu'il ignorait, je devais moi les affronter, presque gêné de vivre ces scènes ridicules que seul lui savait créer.

Même faire les courses avec lui était tragiquement perturbant. Il voguait d'allée en allée comme s'il venait de voler quelque chose. Il ne regardait personne dans les yeux et passait rapidement son chemin, scrutant le vide entre les gens, les pupilles dans le vague ou pointées sur les tomates réfléchissantes. Il fallait que cette corvée communautaire se passe au plus vite. Effleurer l'aura d'inconnus lui était devenu insupportable.

Je continuais à me poser la question de ma présence à ses côtés : pourquoi m'infliger cela plus longtemps ? L'idée même de l'accompagner de l'autre côté de sa porte me devenait insoutenable. Il lui arrivait même de parler entre les fruits et légumes, parler tout seul bien évidemment. Je l'ai surpris à plusieurs reprises, que ce soit dans les allées du supermarché ou dans son appartement lugubre. Je le croyais devenu fou et, par ce biais, je le devenais tout autant.

Cyprien n'était plus cet homme qui me fascinait tant à la sortie de mon adolescence. C'est comme si les aiguilles de l'horloge de son existence s'étaient accélérées plus vite pour lui et avaient détruit toute idée de retrouvailles en me livrant ce film épouvantable. Le voir vieilli par sa solitude et le poids de sa souffrance n'était pas tout pour moi. Il me fallait aussi être près d'un corps qui était devenu laid par le temps qui passe. Un ventre gros, des bourrelets, des rides même aux pieds, des veines encore plus apparentes, des poils qui ne savent plus bien ce qu'ils font sur ce corps qui moisit lentement. Il y a même de la peau qui érupte un peu partout, comme si la chair de poule devenait permanente, comme si l'idée de se diriger vers la mort ne faisait plus de doute et terrifiait son corps. Et puis il y avait l'odeur de la vieillesse, d'un homme qui ne sait même plus retenir la moindre disgrâce. Un homme se laissant aller, comme s'il oubliait la présence des autres autour de lui ou ne la souhaitait plus. Un être qui ne se distingue plus vraiment des animaux et qui laisse libre cours à tout un nouveau langage corporel. Un langage qui m'était inconnu.

Il me fallait aimer ce qui était nouveau chez lui. La laideur s'était emparée d'une partie de lui, et son pourrissement lent appelait le mien.

Il avait beau me dégoûter, il était l'homme que j'étais venu délibérément retrouver, sans aucune contrainte, mis à part celle du passé. Je n'avais pas pu mettre sur pause à la rupture ; le thriller avait continué sans moi, et je me devais de le prendre en route, dans toute son évolution.

Je ne pouvais pas accepter tout cela ; même avec beaucoup d'imagination, il me devenait impossible de le visualiser de nouveau mince et charmant. Il fallait pourtant qu'il reprenne soin de lui. Je savais qu'un bel homme se cachait derrière cet air grisâtre et déconstruit par la solitude. Je voulais refaire de lui le mâle alpha que j'ai tant aimé, l'être puissant qui, par l'enfermement de ses bras autour de ma taille, pouvait réchauffer et effacer la moindre de mes peines, de mes angoisses et de mes peurs idiotes de la vie.

Depuis mon retour, je commençais à voir une lente évolution. Il avait même commencé à remettre son parfum Black XS que j'aime tant respirer dans son cou et à s'acheter de nouveaux vêtements, autres que ses habits de voile Helly Hansen, qui lui dessinait une silhouette ridicule au fil de son temps, la caricature d'un marin de bassin, aux rêves de larges inachevés. Faisant son carnaval de printemps en hiver, paradant à l'année dans des déguisements maintenant plus variés, j'aime parfois marcher aux côtés de cet être manipulé.

J'avais dressé la liste longue de tous les abandons que je m'empressais de lui imposer. Avant toute chose, il fallait partir de Nanaimo. Il fallait quitter ce repaire de drogués, de ratés, qui encombrait sa vision du beau. Il me fallait à tout prix le retirer des griffes de son havre, qui lui avait fixé des chaînes qu'il s'était laissé poser sans rien dire.

Il me fallait tout détruire dans son fort imprenable, dans cette forteresse de tristesse qu'il avait bâtie.

Je ne voulais plus voir cette chose en face de moi. Je ne voulais plus de ce double de clefs qui ouvrait la porte sur la misère sociale qu'il tolérait de plus en plus difficilement. Je ne voulais même plus qu'il ait l'idée d'un lendemain meilleur, qui devait reposer sur un voilier imaginaire et la fuite permanente sur son océan de renoncements.

Je lui ordonnai presque d'écrire à sa propriétaire chinoise sur-le-champ. Je lui ai dit que l'argent n'était pas grave, et qu'il en avait assez pour nous loger plus dignement.

Il en avait plus que nécessaire pour nous faire vivre dans des endroits plus hospitaliers. Il rêvait d'une vue mer, alors il fallait qu'il se la paie.

Aussi, je lui ai demandé de changer de QG, de base, pour celui de Victoria, plus précisément celui de Sidney, la ville voisine où se trouve le terminal de ses ferries. Maintenant, je devais aussi l'aider et rechercher l'appartement ou la maison de mes rêves ; les siens suivraient.

Il ne pensait pas que tout était possible aussi rapidement, mais j'avais trouvé l'appartement de Dallas Road presque à la même seconde où il recevait l'appel de son travail pour lui confirmer son transfert. Nous étions accrochés chacun de notre côté à nos cellulaires et avons reçu ces deux coups de fil, ces deux bonnes nouvelles qu'il nous était difficile de partager pour savoir laquelle était la meilleure pour moi. Lui avait du mal à sourire, à se concentrer sur ce qui allait bien trop vite pour lui.

Le voilà maintenant dans l'incertitude la plus profonde. Le port d'attache à BC Ferries s'appelle POA, et celui de Sidney, Swartz Bay, avait mauvaise réputation. Nanaimo était réputé plus paisible, moins militaire, plus cool, loin des regards politiques et de l'administration.

Il avait demandé à être avec son ami capitaine Aziz sur le « Coastal Celebration », bateau qu'il connaissait bien déjà. Il pensait que l'accueil par ses nouvelles équipes serait plus doux s'il connaissait au moins une personne dans son nouveau lieu de travail.

Il avait aussi rencontré quelques personnes sympathiques lors de ses études à Victoria, alors il

210

allait aussi les retrouver. Il ne serait pas seul. Il était stressé, il n'était pas vraiment satisfait de la tournure que prenait sa vie. Je suis venu tout chambouler et ne lui laissais plus le choix de l'insipidité dans laquelle il baignait depuis maintenant trop longtemps. Par ma faute, l'accélération de la perte de l'un de ses derniers cheveux, par mes bousculements successifs, ont participé à le rendre chauve définitivement.

Nous commençons à sombrer autant que le soleil derrière notre océan d'alcool. Nous avons bien bu et bien mangé, nous avons dansé jusqu'au crépuscule, et la nuit qui me faisait tant peur a commencé à ruiner mon bonheur.

Il nous fallait maintenant nous diriger vers le lit. Il nous incombait de dormir l'un contre l'autre, de nous faire un câlin Koko comme on aime se dire, s'abandonner dans la position de la cuillère et recommencer la vie là où nous pensions l'avoir terminée il y a si longtemps. Il m'était toujours aussi inconcevable de faire plus que de dormir en la présence de ce corps qui s'était laissé si longuement aller. Il m'était impossible de lui offrir plus qu'un baiser, plus que la tendresse. Je devais tout changer chez lui pour reprendre là où nous nous étions arrêtés. Redevenir jumeaux de ces deux êtres que nous fûmes. Le souffle d'un buffle va me couvrir d'une haleine vieillissante toute la nuit. Je devrais patienter pour refaire de lui ce loup des bois qui m'avait tant séduit dans son odeur d'alcool et de cigarette mélangés, ce loup détruit par les excès qui m'a tant fait rire et qui a tant animé ma jeune vie. J'allais m'employer à ce qu'il m'offre la vie qu'il m'avait promise quand il m'a dérobé ma jeunesse pour la première fois sans jamais me la rendre. L'addition coûteuse sera cette vie que je mérite à ses côtés.

Le lendemain a voulu nous offrir une nouvelle journée. Plus matérielle, plus Marie Claire. J'attends des meubles aujourd'hui. Cyprien a commandé une grande bibliothèque pour le salon. Nous allons la placer entre les deux baies vitrées qui s'ouvrent chaque jour à nos yeux sur la grandeur du détroit Juan de Fuca.

Nos deux fauteuils devraient également être livrés aujourd'hui. Ce sont deux fauteuils confortables et profonds, qui se feront face quand ils le voudront. Les deux fauteuils sont rotatifs et pourront suivre la lumière qui baigne notre bel appartement, offrant un paysage à la météo capricieuse mais sporadiquement ensoleillée, plusieurs fois par jour. Aussi ils nous permettront, par grand froid, de pouvoir nous tourner le dos. Comme tout à l'heure quand je serai face à lui, dans mon fauteuil, le sourire aux lèvres, l'air béat, le taquinant sur son refus de se sédentariser, savourant ma victoire face à sa secte de gens du voilier, l'ayant par le passé convaincu qu'il ne fallait pas acheter de canapé pour s'évader, comme ce couple de la chaîne YouTube, « Sailing Uma ; Don't buy a couch ».

Cyprien est allé courir sur la promenade de Dallas Road, qui est un peu la promenade des Anglais de Victoria. C'est très joli. Cela part du port commercial et va jusqu'au magnifique parc de Ross Bay, un cimetière au bord de l'océan. La route continue ensuite sur Hollywood Crescent, un peu moins au bord de l'eau, cachée par de somptueuses maisons dessinant le contour sud d'Oak Bay.

J'aime notre quartier ; il est riche, beau et tranquille.

La route est tout de même passante, et l'été, les touristes viennent visiter notre belle vue sur l'État de Washington, séparé par le détroit. La vue sur Olympic est incroyable. Il n'y a pas un matin où je ne sois dans l'émerveillement. Mis à part les jours de grands vents ou les semaines de pluie à n'en plus finir, vivre ici rejoint la magie que nous recréons de nouveau, chaque jour.

Nous sommes au huitième étage de la tour, dans un appartement situé à l'angle sud-est. Il semble que nous ayons des voisins charmants, plutôt riches et absents. Je n'entends jamais rien. Cyprien ne dit rien, mais je le sais content.

Il ne me parle plus de Nanaimo. Il a commencé à perdre un peu de poids ; ce n'est qu'un début, mais il doit retrouver le tour de taille de ses trente ans.

Je me roule un gros joint et pars en fumette. Je ne veux plus rien de ce monde qui m'entoure, je ne le veux plus réel à mon tour.

Tout semble devenir drôle autour de moi, alors que je ne ris plus depuis si longtemps. Mes excès de cannabis commencent à se faire ressentir, mais pas aussi violemment qu'en France, où j'avais l'impression que le gouvernement m'écoutait, me poursuivait, ou voulait tout savoir de moi, comme si je n'avais plus de secrets à garder.

J'étais devenu paranoïaque.

J'en avais parlé à Cyprien, quand nous étions dans sa maison de campagne, en France. C'était comme si je lui faisais peur, comme si ma violence intérieure ne trouvait aucun écho dans sa propre réalité...Il ne comprenait pas que tous ces hélicoptères qui tournaient au-dessus de nous étaient là pour me surveiller...Mon téléphone était sur écoute, et la police n'allait pas tarder à venir me chercher... M'emmener... Je lui demandais de se taire à chaque fois qu'il parlait, à chaque fois qu'il osait ne pas chuchoter... À chaque fois qu'il remettait en doute mon histoire.

Très vite, je n'ai plus eu de ses nouvelles, jusqu'au jour où j'ai commencé à lui manquer. Je crois que je l'avais effrayé au point qu'il se demandait si ma crise de paranoïa ne pouvait pas le mettre en danger. Je m'en suis rendu compte lorsqu'il m'a exprimé ses craintes par messages, quelques jours plus tard. En le lisant, j'ai compris que peut-être la résine de cannabis en France

214

était devenue une drogue dure, bien plus dure que le cannabis du Canada.

Mon presque retour dans sa vie aujourd'hui me rappelle que je dois surveiller ma consommation, pour ne pas le faire fuir à nouveau, pour qu'il n'ait plus peur de moi. Je me dis que je n'ai plus de vraies raisons de me détruire à petit feu. Mon histoire avec Elliot s'éloigne, et Cyprien n'aime pas mes havanes délirants.

Pourtant, là, je commence à m'égarer, à penser à tout ce que je suis venu retrouver, à tout ce que j'ai perdu, et à cette vie qui semble ne pas savoir où elle veut aller. Comme si je ne maîtrisais plus rien, comme si je n'étais pas au bon endroit, au bon moment. Pourtant, il y avait une certaine évidence à revenir dans sa vie, car lui, je savais qu'il allait me reprendre, me soigner, et ne juger que l'amour présent. Je me disais que seul lui pouvait se laisser aimer comme je l'entends.

Il avait, de toute façon, du mal à me cerner en ce moment, même si lui savait toujours où je voulais en venir. Il n'était pas plus vivace que moi, encore prisonnier de ses propres souffrances addictives. Nous devions réapprendre à nous connaître et à accepter ce que nous étions devenus.

Il s'est absenté pour l'une de ses traversées, et moi, je dois supprimer toute trace de son existence dans ce désert qui se dessine ; dans l'appartement de Selby Street. Tout doit disparaître de ce chaos dans lequel il s'était installé confortablement. Entre recherche d'appartement et mise en cartons, je m'adonne à des activités entrecoupées de longues pauses. Surtout quand je me mets à fouiller un peu trop ce qu'il m'avait demandé de lui laisser ranger.

Quand c'est moi qui ne le comprenais pas, quand l'homme qui se tenait en face de moi sonnait faux, c'était un bonheur de lire ce qu'il écrivait. Dans ce qui n'était alors pas si secret, puisque cela traînait dans des

215

placards sans cadenas, comme pour me tenter. C'était un être torturé depuis son enfance. Je ne comprenais parfois rien de ce qu'il voulait dire. Entre deux cartons, mon œil indiscret tentait de comprendre, de lire entre les lignes et de décoder son langage insensé.

Des poèmes, des mots, des lettres d'amour sans correspondances, du talent et beaucoup d'abandons. Il laisse traîner sa vie de papier, dans des tiroirs accessibles à des regards indiscrets. Il fait confiance aux gens qu'il aime en sachant que jamais ils ne respecteront son intimité.

« Est-ce de ma faute si l'homme moderne n'utilise plus de pélagoscope ? Si je le pouvais, je jetterais un œil au fond de l'océan, pour y voir l'autre. Mais il n'en est rien. Je ne peux dissocier ma vision du champ de la réalité. Et pour cela, il serait absurde de risquer l'un de mes globes oculaires par simple péché de curiosité. »

Il écrit beaucoup. Quand je n'ai pas de réponses, je le lis et tente de déchiffrer ce qui me déboussole. Je me suis toujours demandé si les gens qui écrivent autant se convainquent qu'ils vont avoir une courte vie et qu'ils s'empressent de témoigner comme par peur que leur parole n'ait pas assez de poids pour marquer leur passage sur terre.

Il m'arrive de lire Cyprien en entendant de longs cris de souffrance, comme s'il n'y avait aucun remède pour guérir ou atténuer ses blessures, comme si l'injustice de sa vie s'abattait toujours au même endroit, encore plus puissamment que la foudre, sans qu'elle ne se pose même la question d'aller éclairer d'autres âmes.

Il lui arrive de tout écrire sans jamais rien dire. Il me confie très souvent qu'il ne veut pas vieillir seul, par peur qu'après sa mort, les gens lisent ce qu'il a écrit, comme s'il avait honte de ses pensées les plus profondes, les plus torturées, celles que présentement je lis.

Il souhaiterait que Camille ou moi fassions le ménage à sa mort, comme s'il était certain de partir le premier. Il voudrait qu'on fasse place nette, qu'il ne reste plus rien de personnel lui ayant appartenu, comme s'il voulait être effacé, comme si cette vie devait être une vie pour rien.

Qu'est-ce que l'on fait des choses des autres quand ils meurent ?

Je ne me suis jamais posé cette question.

Quand il n'y a pas de descendants pour fouiller dans nos affaires, quand on meurt à l'étranger et que nos neveux ne veulent même pas venir chercher nos cendres... Pourquoi paieraient-ils un billet d'avion et feraient-ils plus de quinze heures de voyage pour venir débarrasser notre dernière demeure, quand nous n'avons rien d'autre que notre vie pathétique à leur léguer ?

Peut-être que je me trompe.

J'espère que Yassine et Sarah viendront récupérer mes cendres. Ce sont les seuls neveux que j'aime, les seuls que j'ai.

Cyprien finit toujours ses relations par une autodestruction qui le plonge dans l'exclusion. Avec moi, c'était le cas. Il fait mine de vouloir détruire les autres, mais c'est par son propre comportement qu'il s'assure que les gens ne reviendront plus vers lui. Il doit tout casser pour ne jamais rien réparer, pour laisser derrière lui des souvenirs amers. Il transforme alors le beau en laid et s'en contente, laissant derrière lui une image désastreuse. Je me demande qui pourra être là pour lui quand il ne sera plus de ce monde, pour célébrer ses funérailles, et surtout, si c'est moi qui pars en premier, alors il n'y aura personne !

« Cette expérience d'écriture fut violente et pleine d'amour. Non seulement pour l'être aimé de l'une de mes vies, mais aussi, étrangement, pour moi. Je nous ai

217

adressé quelques mots de tendresse dans cette longue et sinueuse lettre, mais pas uniquement.

J'ai l'impression que tout commence ici, comme s'il fallait me relire à l'envers, comme si j'avais été trop excité à vivre nos derniers instants imaginés, avant de traverser ce que nous ne vivons plus aujourd'hui.

Les choses commencent toujours de façon tragique pour finir merveilleusement dans les contes de princes charmants, pourtant, toutes les histoires d'amour semblent se terminer dans la souffrance, comme si le beau n'était réservé qu'au début de nos rencontres.

Une histoire d'amour ne peut pas s'écrire à l'envers, en partant de mieux en mieux, pour se faufiler au fil de son passage sur terre vers un désastre programmé, comme pour faire le reportage de nos vies soumises au pire qui reste toujours à venir. Je ne peux écrire des mensonges. Il n'y a plus rien pour rêver quand tout est fini, juste un passé qu'on idéalise dans notre réalité. Le souvenir d'une tendresse.

Je me suis glissé dans la peau de ma conscience, tentant d'imaginer ce que mon amour perdu pourrait penser, pourrait vivre à mes côtés, s'il revenait, ressuscitait. Suis-je alors revenu ?

Tout me rappelle ce poème de mes jeunes années, à l'école primaire quand les maîtresses me grondaient, quand, l'espace d'une évasion, je fus ce lac en souffrance, et que je m'abandonnai, pour la première fois de ma mémoire, à créer. L'usurpation fugace de cette étendue d'eau, pénétrée par des vacanciers chahutés d'obligations d'occuper leurs journées, de ces pédalos hideux bien trop lourds à porter, m'a en un clin d'œil transporté, plus de trente ans après, pour écrire tout cela. Les grands rêves commencent au piquet.

Est-ce que cette personne songe encore à moi ?

Est-ce que ma folie pourrait être un peu partagée ?

218

Mais tout cela, finalement, a été égoïstement pleuré dans une mare de solitude sans fond, opiniâtrement alimentée et gardée dans le secret de mes profondeurs inatteignables.

Je n'ai appris que sur moi. Je n'ai déchargé que mon être profond et malade sur le papier.

Rien sur toi, car je ne sais plus rien de ce souvenir passé. Presque trois années se sont écoulées sans que j'aie de tes nouvelles. Même pas un avis de décès publié, aucune invitation à des funérailles, juste le désir que tu sois encore vivant. Je ne cesse d'essayer de retrouver ta trace. J'en perds la raison !

Me voilà, face à ma propre divagation, avouant à mon inconscient l'altération de ma condition d'homme seul et vieillissant.

Mais qui parle ici ?

Je suis si seul que j'en suis venu à imaginer un futur épuisé. Qui suis-je pour m'en préoccuper ?

Ai-je un pouvoir surnaturel pour penser à la place des autres ou imaginer des lendemains qui ne seraient pas les miens ?

Je le lis, je divague, je retranscris sa langue d'être épuisé… Je m'épuise, je ris, je pleure ; je n'arrive plus à savoir si c'est lui ou moi qui s'écrit en malheur… Si, à chaque fin de ligne, nous ne repartons pas en arrière pour nous demander qui s'oublie vraiment ici… »

J'ajoute à ma confusion le poids de sa vie sur la mienne. Nous avons passé tant de temps à essayer de nous lier, que rien ne peut se dénouer tout seul. Nous devons, en permanence, nous battre pour détruire ce que nous aimons le plus en nous : l'autre !

Nous ne faisons plus qu'un.

Il m'écrivait sans rien m'adresser, des lettres mortes qu'il devait se relire, comme pour se punir en permanence. Ou comme s'il savait qu'un jour, j'allais tomber dessus, comme s'il avait l'audace de prétendre me connaître, comme s'il savait que ce jour allait exister.

Je me mis à relire sa tristesse chiffonnée mais bien rangée. Relire pour le comprendre ; sans jamais le saisir.

« Toutes mes forces d'amour se sont éteintes dans cet émoi de novembre, cette période, ce mois d'anniversaire où tu as eu le courage insolent de me dire qu'il n'y aurait plus jamais de nous deux. On m'avait pourtant toujours dit de ne jamais dire : jamais. Sauf pour toi !

Tu étais à Squamish, et moi à Cumberland. Une mer d'océan peu pacifique nous séparait. Ce jour-là, je me souviens avoir trouvé trop d'excuses. Trop d'excuses pour justifier l'achat de ces bouteilles de vin.

De la vinasse locale, qui donnerait des rougeurs à nos plus mauvaises piquettes, par l'arrogance de son prix, pour finir saoul tout autant et adresser des balbutiements pathétiques à la jeune étudiante qui faisait la réceptionniste de mon auberge, perdue sur mon chemin de Compostelle, s'il pouvait y en avoir un ici.

Sa politesse canadienne essaya, par gentillesse, de ne m'adresser aucun regard jugeant sur ma déambulation alcoolique.

J'ai aussi essuyé quelques pleurs, dans tous les états que mon corps me permettait sous cette emprise. L'onanisme triste et profond de mes soupirs, sur les désirs de ton être disparu, me plongeait dans un sentiment de solitude inanimée, presque morbide, ne voulant à jamais donner la vie.

Je suis tombé si bas ce jour-là que je n'ai jamais cessé de te rappeler, pour en avoir le cœur net, pour excuser des mots trop dits, pour garder ton amitié, ou ne serait-ce qu'un peu d'amour et de reconnaissance de tout ce temps passé à s'aimer. Conserver, ne serait-ce qu'un regard. Juste un regard de toi sur moi.

Quelle drôle d'expression, le cœur net, quand il est vidé de tout amour. Comme si quelqu'un était passé faire le ménage, nous laissant seul, ivre de questions, le cœur lustré par de bons souvenirs, emportant avec lui tout ce qui aurait pu nous ramener à la raison, mais surtout en dérobant tout ce qui ne nous appartient déjà plus. La maison-cœur est vidée à moitié, ne nous permettant plus de respirer dans ce monde asphyxié. »

Cyprien, c'est moi ; cet homme qui tient la plume quand je pense à lui, et qui ne peut plus dire : je, et se permet de dire : il, comme pour se dédouaner de son quart d'heure de démence, au détriment de celui de la gloire d'un récit.

La personne seule que je me joue, et qui endeuille son passé jeune, me désespère de sentiments soudains et soucieux.

Pour quelle raison me fais-je tant souffrir de souvenirs ? Jusqu'à me créer des borborygmes de flagellant, sans trouver aucun soulagement à cette automutilation douloureuse, qui m'empêche de me régaler à ma faim dans ce buffet gargantuesque de vie qui s'écoule sous mes yeux.

Je n'ai l'espoir que de remonter le temps. De revenir sans cesse en aval de l'amont.

Je ne vis plus, je me laisse vivre, et m'abandonne à mes automatismes, qui me gardent droit sur la terre, basculant d'avant en arrière comme un panneau publicitaire lesté d'une station Total déserte sur la nationale 7, et qui n'aurait même plus de personnel servant.

L'amour de cette nostalgie, de ce futur dessiné en permanence par un passé qui n'est plus. Si j'ai une maladie, celle-ci est grave, celle-ci est handicapante, elle me cloue sur le fauteuil de ma tristesse, pour ne jamais laisser s'échapper quelques joies. Assis sur ce coussin d'eau de pleurs, accumulé avec le temps, toute une vie à économiser la vie, pour ne chérir que le passé, même si celui-ci fut mauvais, je vogue sur place et rends instable et inconfortable ma position.

Ayant aujourd'hui couché un futur sans grosse coupure, je vois enfin les défauts que je ne veux poser sur les esprits de mes amours passés.

Je vois toute cette laideur qui suinte de mon envie de refuser le réel. Je n'ai jamais eu le désir profond d'épouser un avenir plus radieux, car il demande bien trop de courage, d'abandon de soi, pour enfin marier la joie. Le fait de vouloir toujours tout contrôler ne m'offrira jamais les bras tendres de l'inconnu, d'un amour pur qui pourrait me combler par les surprises qu'il renferme à ma vue.

Il y aura un sursaut dans ma vie, je serai forcé de renaître. Être vivant, c'est aimer ou haïr, ou s'enorgueillir des deux. Même si la frontière de ces deux sentiments est mince et s'appelle la vie. Un équilibre sain, sans « t », bien qu'atrophiant.

Je ne sais, à vrai dire, quoi répondre à tout cela, à tout ce qui est sorti de moi, de cet automate que j'ai été un temps, à qui j'ai loué mes doigts, mais aussi mon esprit. Il me fallait trouver un sens à ce mutisme, à ce sens propre d'oubli de soi, à cette destruction que j'ai mise en place, ce sabotage, même inconscient.

Je me suis recroquevillé sur une vie que je ne maîtrisais plus, et j'ai toujours pensé que mon dernier amour allait revenir un jour.

Je suis là.

Je ne me suis pas assez battu et je ne peux qu'assister à ce qui n'arrivera jamais dans ma vie.

J'ai perdu cette chance de retrouver la seule personne pour laquelle je suis encore vivant : moi-même. Chaque jour que je respire est un espoir de son retour.

Chaque jour où je me couche est une journée qui amène l'espoir d'une nouvelle attente.

Je ne ferme rien dans ma vie, j'ai juste endormi l'amant qui était en moi, la partie qui ne sert qu'à aimer, à rire, à sourire, à être heureux et à ne s'occuper que de cela. Je n'ai plus envie de rien d'autre que d'attendre. Je ne peux en aucun cas me satisfaire d'une suite que je n'aurai jamais, aussi belle soit-elle.

J'ai laissé parler mon cœur innocent ici, comme je l'aurais fait si j'avais pu t'écrire une lettre d'amour, aujourd'hui inutile. Je n'y suis jamais arrivé, car les seules que j'ai écrites étaient pour des amours perdus depuis longtemps, ou pour des amours qui n'auraient jamais dû naître. Des gens qui ne valaient rien et qui m'ont tant pris de ce qui était beau en moi. Le jour où je ne t'aimerai plus, je t'en écrirai une. Et ce jour est venu.

Toi qui ici n'as même pas reçu de nom, seulement des initiales d'introduction, je te dis à quel point je t'aime, alors que tous les jours qui me séparent de toi cherchent une raison de ne plus t'aimer.

Je cherche même à te trouver moche sur les photos où tu apparais encore, et que je n'ai pas jetées. Je t'imagine tout aussi vieux et laid que moi. Je t'imagine chauve, des dents en moins ; je t'invente même de mauvaises odeurs corporelles.

Mais, à chaque fois que tu me dégoûtes en pensées tricheuses, tout ce qui faisait de toi une jolie personne me revient. Comme si tu avais décidé de me jeter un sort, comme si tu ne voulais pas me laisser partir.

Tu es là.

Comme si tu avais modifié ma vie à jamais, sans que je puisse contrôler mes facultés les plus sincères.

Chaque jour qui passe, où je pense à toi, me dit qu'un jour la vie me donnera la raison de ton silence. Certains pourraient dire que je gâche ma vie ; moi, je dis que je la vis pleinement, car je ne laisse rien aller, sauf toi aujourd'hui.

J'ai eu assez d'amour pour me mettre dans la peau d'un autre et essayer de comprendre ce silence depuis trois ans, celui qui accompagne puissamment le mien. Car si tu es parti, mon amour, c'est que je n'en avais plus assez en réserve. Je ne savais même plus comment t'aimer, tellement je prenais de temps pour me haïr.

Mais rien. Je n'ai rien trouvé de toi dans cette absence littéraire. La vie ne me laisse aucune trace de toi.

J'espère que je ne t'ai pas fait de mal indirectement, car tu es la dernière personne que je veux voir souffrir.

Mais voilà, page après page, je suis là, et je t'attends toujours.

Je t'attends, car il est plus facile pour moi de dire que c'est ton absence qui crée la mienne.

Je t'attends, car j'ai cessé de croire à mon retour, à la personne que j'aime le plus en moi.

Je sais, mon amour, que tu es parti pour un autre que moi, mais je sais aussi que tu es parti à cause de moi. Je ne saurais dire laquelle de ces deux réalités est la pire.

J'ai eu les deux, comme pour ne pas avoir à choisir ou à subir ; mais au fond, c'est toute la mélodie de ma vie.

Ma peine est alors double, comme si j'étais nous deux. Je n'ai peut-être pas tout exploré dans ces quelques mots mis bout à bout et qui ont formé ma peine immense.

Cette peine qui n'en finit jamais de combattre mes joies.

Tu n'as pas lu mes dernières errances et tu ne les liras jamais. Tu es peut-être réellement mort et je ne le sais pas.

Enfin, tu vois, je suis arrivé au bout de ce qui m'anime le plus à part toi.

Tu m'as toujours poussé à l'excellence, même si ce n'était que d'un simple regard ou sans le vouloir par ton absence.

Tu m'as sauvé la vie tant de fois, et tu as su m'aimer dans les tréfonds les plus vertigineux de mon existence. Je crois tout simplement que je n'ai pas été à la hauteur d'un tel amour.

J'espère que tu ne m'en voudras pas d'avoir dit de belles choses sur moi et de mauvaises sur les souvenirs que j'ai de toi. Je devais trouver une harmonie pour ne jamais effleurer le mensonge.

Je te réponds.

Je crois que je commence à t'écrire cette lettre d'amour.

La sincérité de cette chose imbibée de maux t'est destinée, mais tout autant à moi. Je te la dédicace, de S.B. à B.S. De Cyprien à Johannes, de Johannes à Sylvain. Nous avons vécu de chouettes épopées dans notre vie. Beaucoup de mes plus belles années étaient à tes côtés. La schizophrénie ambiante, de nos initiales jusqu'à ce jour, me fait comprendre quel est le sens de la vie. J'ai toujours affirmé qu'il n'y en avait pas, mis à part le fait de se détruire ; que tout ce qui est vivant cherche à détruire pour vivre. Mais tous ces détails du quotidien, infiniment petits soient-ils, amènent de grandes choses.

Il faut donner de l'importance à tout, même à ce qui semble en manquer. Les peines, même les plus minimes, peuvent provoquer de gigantesques destructions. Pourtant, le travail de comprendre le moindre de nos faux pas procure de la joie. Même le laisser-aller en procure : ce saint Graal qu'est, pour moi, l'oubli de soi.

Je veux arriver à me foutre la paix.

Je n'ai pas encore trouvé cet équilibre dans ma vie, mais j'ai bien compris que toutes les périodes importantes en découlent.

L'équilibre est le maître mot, si l'on devait donner un seul mot à nos instants incertains. Comme la symétrie d'un couple, celui que nous avons brisé tous les deux.

Pourquoi la première nécessité de tout être est-elle de trouver le bon rythme entre inspirer et expirer pour pouvoir vivre ?

Pourquoi la seconde est-elle de réguler les cycles de notre organisme, pour vivre encore ?

De se nourrir jusqu'à dormir, d'ingérer jusqu'à la joie, et de rejeter jusqu'aux douleurs.

Celui qui nous consacre, qui nous accueille sur ce territoire Terre, et qui est celui de marcher : le plus grand équilibre à trouver, avant celui de comprendre que l'amour trouve sa mesure face à la haine, même s'il s'en nourrit.

Marcher...Ce simple mot m'intrigue et porte tant de sens dans un monde matérialiste où plus rien ne fonctionne.

C'est fascinant de constater que dans la vie, rien n'est jamais écrit. Une chose est pourtant certaine : l'excès n'apporte rien, la régularité est la clef de tout. Alors nous nous levons.

Étant moi-même un excessif maladif, mais en voie de guérison, je sais de quoi je parle. J'avance à tes côtés, même si mon corps s'étale à terre parfois, pour freiner cette balade qui semble ne m'amener nulle part.

Je reprends mon souffle et me relève encore !

Il m'a fallu tout cela pour comprendre à quel point il est important d'évoluer au rythme de ceux qui nous entourent ; qu'il ne sert à rien de blesser les gens pour se comprendre ; qu'il n'existe jamais d'égoïsme heureux, du moins sur la durée.

Si notre marche s'accélère, alors il faudra partager ses connaissances pour ne pas laisser derrière soi ceux qu'on aime, au risque de les perdre définitivement de vue et de ne jamais les voir penchés, en pleurs, sur nos sépultures abandonnées. Mourir sans amour, dans la détresse du temps.

Là où je m'interdisais encore de vivre et d'aimer, aujourd'hui, je vais m'en redonner la possibilité. Je vais m'autoriser à renouer avec l'amour, le bonheur, le rire, la joie des petites choses et la reconnaissance des grandes, sans leur accorder une valeur disproportionnée, mais en les traitant avec équité.

Car ce sont les petites choses qui créent les grandes.

Aujourd'hui, j'essaie de trouver la force de me préparer à ton retour, car tu reviendras.

Et ce jour-là, je te dirai non.

Enfin, je l'espère.

Car j'aurai enfin commencé à m'aimer, et de toi ne restera que le souvenir des belles choses et de cette lettre d'amour.

J'ai la mémoire des choses qui ne servent à rien, mais aujourd'hui, ces choses auront créé tous ces petits riens qui me permettent de mieux me comprendre, et il reste tant à conquérir. Je suis loin d'avoir fini ma propre exploration. Je suis prêt pour la vie qui m'est destinée. Je ne veux rien savoir à l'avance, je veux des surprises. Je ne veux plus jamais me préoccuper, comme à prétendre que tu reviendras.

Je me souhaite d'apprendre à remarcher, sans les piles que tu étais à l'étincelle de ma vie, et que je n'ai jamais su recharger.

Je t'aime, et en amont, Adieu.

Cyprien

« Sortez-moi de ce corps que je ne saurais voir et remettez des guillemets ! »

Et si c'était vrai ? Et si toute cette histoire n'était que le récit de ma vie, de mon existence rejaillissant ?

Je devrais pleurer, tellement ces mots semblent m'être adressés, mais l'effet de mon spleen altéré m'invite à rire, et rien ne semble pouvoir m'arrêter. Je suis stone. Tous ces mots solitaires que je trouve vides de sens puisque je suis ici à tes côtés. Toute cette prose noircie par ta vie, par ses ratures qui l'accompagnent, m'était-elle adressée ?

Suis-je la muse de ton passé ?

À qui s'adressent toutes ces ambiguïtés ?

Peut-être est-ce son tableau de chasse dans lequel apparaissent toutes ses victimes amoureuses, toutes ces âmes tombées dans le même panneau que moi, comme pour se donner à cet être encore plus perdu que n'importe lequel d'entre nous.

Mais je suis là !

J'aime à croire que toutes les douleurs que je peux lire expliquent mon absence et s'adressent à son seul amour, que je représente par envie. J'aime savoir que si je ne l'ai jamais vu avec quelqu'un d'autre, c'est parce qu'il m'aime. Et s'il m'a repris dans cette vie misérable, c'est que je suis arrivé à temps, peut-être le lendemain de tous ses renoncements.

Je pense que sa souffrance et son silence sont le fait qu'il doive rogner sur ce qu'il s'était promis : ne jamais me reprendre et faire le tour du monde à la voile.

Mais cette lettre d'amour, où est-elle ?

Si moi je ne l'ai pas reçue, peut-être est-ce quelqu'un d'autre ?

Suis-je tombé sur un brouillon qui n'aurait pas eu le temps d'être chiffonné ?

Attendait-il que je revienne ?

Est-il au moins heureux de mon retour ? Je n'en ai vu aucun signe ; je les attends toujours.

Moi, je n'ai jamais eu droit à une lettre d'amour. J'ai eu des centaines de messages, de toutes les manières possibles, mais même quand ces courtes pensées étaient terminées par un « Je t'aime », il y avait toujours cette sensation qu'il essayait de me manipuler ou de me faire passer des messages subliminaux de façon lourde et ennuyeuse.

Le pire était quand il s'excusait d'avoir été lui, comme pour me dire : « Ce n'était pas moi, c'était l'autre. »

Il a toujours cette fâcheuse habitude despotique d'avoir à régner en permanence sur ce qu'il a dit ou fait la veille. Comme si blesser les autres n'avait jamais aucune incidence. Il abusait de mon pardon et l'invoquait à chaque querelle.

Même saoul, il se rappelait tout, reprenait le contrôle, même si beaucoup moins en vieillissant, ne cherchant alors plus de couronnes.

Il m'arrive, quand je pense et écris, d'avoir l'impression que c'est lui qui me dicte mes pensées. Comme si je n'avais jamais été libre de m'exprimer, même cela m'était interdit. Il me faisait payer la torture de vivre qu'il avait subie depuis son enfance, comme s'il ne méritait pas d'être aimé. J'avais l'impression de devoir justifier jusqu'à mes baisers, comme s'il fallait que je me fasse pardonner, après lui avoir dit « je t'aime ».

Même les fleurs, par le passé. Ces roses rouges d'amour que je lui faisais livrer à son travail...Il m'avait ordonné d'en annuler la commande.

Mon romantisme, alors, avait été détruit par son envie de tout contrôler, jusqu'à mon amour pour lui.

Il me disait que le romantisme, c'était pour les gens qui ne baisent pas. Même ça, il avait dû le gâcher, le salir. Il ne m'a jamais offert de fleurs.

Je ne sais même pas s'il m'a aimé, s'il m'aime, s'il veut faire sa vie avec moi, comme il a déjà pu me le dire.

J'ai l'impression d'être confortable pour lui, car il sait que j'ai besoin de m'enfermer à ses côtés pour être libre. Comme s'il m'avait livré la vie sans m'en donner la notice.

Je ne peux même pas croire qu'il ait pu avoir quelqu'un d'autre que moi, tellement il m'a souvent répété que je serais la dernière personne de sa vie, comme si c'était son ultime effort dans l'amour. J'ai toujours eu ce mauvais pressentiment de l'avoir sauvé juste avant une mort qu'il s'était programmée, qu'il avait même, pourquoi pas, souhaitée.

Je pensais qu'il m'en voulait, même s'il claironne le contraire.

Je me dis que j'ai tenté de faire renaître un amour trop grand dans un cœur brisé, et qu'à vouloir l'y faire entrer de force, j'ai peut-être empêché ce cœur de se recoller sans se déchiqueter à nouveau. Tellement le mien occupait tout l'espace, je n'ai pas vu que mon amour pouvait le détruire à jamais.

Et si c'est l'amour qui l'anéantissait, celui de sa mère, le mien ?

Maintenant, je vais devoir vivre sans pouvoir poser de questions, en faisant semblant de ne rien savoir. Comme si je n'avais jamais reçu de lettre d'amour par pêché de curiosité. Ou alors, c'était parce qu'il n'avait pas mon adresse ou qu'il ne m'aimait déjà plus. Il y a encore l'espoir qu'elle ne m'était pas adressée. Mais rien ne semble vouloir le prouver.

Pourquoi n'ai-je pas le droit d'avoir un nom ?

Alors, qu'ai-je à dire sur ce temps qui passe et qui me fracasse sur des souvenirs futiles, des bribes d'histoires qui ne servent à rien ? Comme si plus personne, à part moi, ne se souciait de mon existence. Lui, il a bien cette mère qui l'assaille d'un amour qu'il ne comprend pas, ce père bienveillant qui lui souhaite toujours le meilleur, mais lui inflige un mal-être par ses silences.

230

Récemment, les choses se sont précipitées, et sa santé mentale vacille sous le poids de sa vie. Sa solitude ne s'accentue plus, car elle est totale.

J'ai encore pu lire un peu de ses souffrances, même si mon retour pourra les soigner.

J'en suis sûr.

Je le souhaite.

J'y arriverai.

Les pages arrachées d'un journal intime me tombent dans les mains.

« Mes seuls échanges sont professionnels, et là encore, je suis le seul Français à bord, dans un environnement où personne ne songe vraiment à créer de lien avec moi.

C'est étrange, ce pays qui mêle les Rosbif et les Frogs, comme si ce mélange n'avait rien de naturel. Tout semble aussi superficiel que ce tunnel sous la Manche, tendant un fil fragile entre deux peuples qui ne se rejoignent jamais.

Je vis en Colombie-Britannique, un pied de nez à la part française de mon héritage maternel, isolé et entouré de ceux que l'on appelait nos « meilleurs ennemis ». Ils portent toujours ce sourire de poche, prêt à être dégainé pour masquer un malaise ou se sortir de situations gênantes ou complexes. Ils ne s'énervent jamais. Il n'y a jamais de conflit.

J'aimerais apprendre la langue interdite de mes aînés paternels. Ne plus dire que je suis frenchie et prétendre être rital. Je connais quelques mots, je maîtrise même des mots niçois et piémontais, et je suis un admirateur fervent de la vie de Garibaldi. Je me suis toujours senti plus niçois que français.

Mais voilà, les mots m'emportent et me retiennent, ils m'éloignent chaque jour un peu plus de ces gens qui ne parlent pas ma langue. Chaque pas que je tente pour m'éloigner de mes gènes gaulois me ramène immanquablement à eux, à grands coups de pied, à chaque lecture du passé, à ce missel de sangs mêlés. Je crois que je ne les aime pas autant qu'ils me détestent.

Je vois le déclin des mentalités autour de moi, un monde où l'on prend constamment des précautions pour ne pas blesser, ne pas heurter, pour traverser la vie sans trop de tracas. Tout me paraît fade et faux, comme si l'on retirait tous les assaisonnements d'un plat que nous ne voudrions plus partager.

Pour moi, la vie se mérite. Et je vois bien que, dans ma descente sociale, tout s'éteint peu à peu sans que je fasse d'efforts pour l'alimenter.

Les siècles nécessaires pour réanimer mon existence ne me seront pas donnés dans cette vie. Je dois alors garder cette microscopique étincelle en mouvement, aussi fragile soit-elle.

Je dois la maintenir comme une lueur, au bout d'un tunnel sans fin.

Il me faut, au plus vite, m'extraire de cette vie qui ne me ressemble pas et trouver le moyen de m'élever vers ce qui me fait encore me sentir vivant.

J'ai repris les cours il y a quelques mois, avec l'ambition d'obtenir mon « Master 150 GT » et mon certificat de « Watchkeeping mate ». L'un me permettra d'acheter mon voilier et de monter ma société, et l'autre de devenir officier dans mon travail chez BC Ferries.

Je n'ai aucun désir de rester ici, à Nanaimo. La vie y est d'une tristesse sans égale. Elle me rappelle cette belle Italie du Nord, où la morosité s'accroche à chaque coin de ruelle.

L'électricité du sud me manque. La froideur du nord commence à peser sur moi.

Je n'ai jamais rien eu à faire ici et n'aurai jamais ma place dans ce paradis aux paysages de rêve.

Je crois que la Colombie-Britannique n'est qu'un lieu de passage.

S'y établir, c'est s'engager dans un suicide social et financier. Cet endroit appartient à la mythologie du Far West de mon enfance. Peut-être suis-je venu ici inconsciemment pour jouer au cow-boy et aux Indiens, chercher des pépites imaginaires dans un endroit qui semblait beau de loin.

Je croyais pouvoir trouver fortune tout en restant ordinaire, me contentant de me lever chaque jour et de vivre sans autre effort que celui d'être présent sur ces terres.

La vie ici est triste.

Chaque matin, je me réveille avec l'envie de partir, et chaque soir, je me demande pourquoi je suis encore là.

Pourtant, les paysages sont à couper le souffle. Je vis dans une carte postale, mais le problème, c'est que la vie y coûte si cher que je n'ai jamais le temps de profiter des détails qui embellissent la photo. Il y a toujours quelque chose à faire, qui prend du temps et me préoccupe pour éviter de sombrer dans la pauvreté.

Je savoure chaque traversée en ferry, le spectacle naturel qui m'entoure est saisissant, surtout quand je suis sur le pont. Ces instamatiques dans mes yeux observent et immortalisent les baleines et sont un répit à mes journées symétriques.

Qu'il s'agisse des baleines à bosse ou des orques, être témoin de cette faune qui m'était inconnue auparavant me rend reconnaissant à chaque nouvelle rencontre.

Mais voilà, je profite en travaillant, jamais sans travailler.

Je me questionne sur l'immigration solitaire. Je ne pense pas qu'elle soit possible lorsque les racines sont trop profondes.

Je suis vraiment parti après trente ans, seul, puis à deux, et encore une fois tout seul aujourd'hui.

Je comprends de mieux en mieux les immigrés de mon pays d'enfance, à qui l'on demande sans cesse de changer, de devenir français, tout en sachant qu'ils ne le deviendront jamais pleinement.

Moi aussi, je le serai jusqu'à ma mort. Comme eux viendront toujours d'ailleurs, même nés sur ce sol inhospitalier.

Si j'avais eu des enfants, peut-être eux auraient-ils pu prétendre être d'ici, être Canadiens. Malgré toute ma bonne volonté d'intégration, je ne le deviendrai jamais vraiment.

Je pourrais seulement en donner l'illusion, sans jamais en ressentir l'écho. Mes racines étaient si ancrées dans le sud de la France que la violence de cette séparation explique la situation chaotique dans laquelle je me trouve aujourd'hui.

Quand nous étions deux à Whistler, la vie me semblait plus douce et avait un peu plus de sens.

Je suis seul.

Aujourd'hui, être ici, à Nanaimo, me rend si différent de ce que je pourrais être socialement, fidèle à ce que j'avais pu être par le passé.

Je ne me reconnais plus et, de ce fait, je replonge dans cette nostalgie destructrice qui m'est si innée.

Je deviens aigri, incapable de supporter cette justification permanente de qui je suis, face à des gens qui ne se posent même plus la question d'être.

Chaque pas que je fais dans la langue anglaise modère ce propos en soulignant le chemin à parcourir pour commencer à apprécier pleinement mes nouveaux anglicismes ajoutés à mon vocabulaire polyglotte. Certains même me félicitent et m'encouragent dans ma progression shakespearienne.

J'ai toujours cru que le fait d'être pleinement conscient de mes qualités et de mes défauts faisait de moi quelqu'un de meilleur. Mais aujourd'hui, je suis devenu la caricature parfaite de ce qu'il y a de plus détestable chez les Français aux yeux des anglophones. M'étant enfermé dans cette image, il m'est difficile d'en sortir. J'avoue même y prendre plaisir.

Alors, je joue du béret et de la baguette, j'en rajoute, et les dégoûte. Ici, il n'y a pas beaucoup de monde qui me connaisse vraiment, qui sache vraiment qui je suis.

D'ailleurs, je ne suis peut-être rien sans le regard des miens. Comment alors pouvoir vivre dans un endroit où je n'existe même pas ?

Il m'arrive de regretter ces instants primitifs où j'imposais qui j'étais sans jamais me poser la question de plaire. Je m'aimais bien à cette époque, à croire que j'étais un roi. Pourquoi en suis-je arrivé là ?

Pourquoi suis-je là à me demander si ma vie passée était la seule qui méritait d'être vécue ? Pourtant c'est elle que j'ai fuie. Je ne sais pas y répondre aujourd'hui.

Il me fallait vivre une désocialisation pour rattraper le temps perdu à l'école, durant mon enfance. J'aurais aimé apprendre plus de langues, ou du moins le faire plus sérieusement au collège. Les langues permettent le voyage, et le voyage, la découverte des autres, donc de soi, pour comprendre plus vite où se situe la vie et quelle richesse elle représente.

Apprendre uniquement l'essentiel pour survivre dans ce monde d'abrutis aurait été une délivrance. L'école fut pour moi comme un service militaire, une aberration, une privation de temps précieux, de liberté. L'école, c'était la guerre selon ma bêtise d'antan ; je combattais ceux qui voulaient me rendre plus libre.

Je ne suis pas à une contradiction près, et je me pose tout un tas de questions dans une vie qui semble avoir perdu tout son sens. Et pourtant, aujourd'hui, je découvre peu à peu ce que pourrait être mon présent. Je ne veux plus passer une seule journée sans étudier, philosopher, apprendre ou créer. Ce que je pensais être une perte inestimable s'avère en réalité un gain précieux.

Ne plus me plaire découle de ma solitude, de ce refus que j'ai désormais d'imposer mon corps aux autres, mais aussi de mes frustrations naissantes.

Aujourd'hui, je trouve du bonheur dans la lecture, l'écriture et l'apprentissage de nouvelles disciplines, notamment celles liées à la navigation.

Alors oui, je suis seul et j'ai été abandonné par la dernière personne que j'ai aimée. Mais dans cette nouvelle vie, je fais enfin les choses pour moi, celles qui me plaisent et animent mon for intérieur.

J'ai arrêté de fumer depuis neuf mois. Je ne bois plus non plus. Je suis presque certain d'avoir quelque chose de grave aux poumons, peut-être un cancer ou une autre saloperie.

Parfois, je manque d'oxygène, comme si je m'arrêtais volontairement de respirer.

J'angoisse.

Alors, je m'étouffe pour me faire taire. J'ai aussi pris du poids. Je ne reconnais plus cet homme que me renvoie le miroir. Cet homme qui ne reflète que de la laideur : cette calvitie qui m'agace et menace le temps qu'il me reste, ce ventre qui me dégoûte, cette peau qui se hérisse en chair de poule, acné des vieux sûrement, marquée par les excès de mauvaise charcuterie et de chocolat en cascade que l'on ne se refuse plus à mon âge et que je laisse fondre dans mon gosier pour combler les manques de ma vie.

Je sais qu'il me faudrait faire un petit effort, consulter un médecin, me rassurer en apprenant que je n'ai rien de grave, sinon cette hypocondrie qui me hante. Mais ça reste une montagne à gravir. Je préfère me dire mourant, pour que tout puisse enfin se terminer. J'ai souvent mal à l'épaule et au bras gauche. Je pense que je fais une sorte de crise cardiaque ou d'AVC permanent, mais il n'en est rien.

Ou peut-être que la vie s'accroche encore un peu, pour des raisons qui m'échappent.

J'ai peur.

Peur de ne jamais avoir mon voilier, de ne jamais parcourir le monde par les mers et les océans.

Peur de mourir ici, seul et abandonné, sans que personne ne s'en aperçoive.

J'ai des migraines quand je tousse, des sensations oppressantes qui m'enferment. Du sang qui sort aléatoirement de mon nez. Mais que fais-je encore ici ?

Seul.

Sans médecin pour m'ausculter.

Je ne supporte plus rien ni personne qui m'entoure. Je passe des examens pour un métier qui, peut-être, finira par me lasser comme tous les autres auparavant. Je dépense des sommes folles pour vivre dans un chaos où tout semble sans issue.

Je n'aime rien de cette vie.

Une vie qui m'a éloigné des gens qui me voulaient du bien et de ceux dont je savais déjà les mauvaises intentions.

Je ne sais pas si je mérite cet enfer au cœur du paradis. Je ne sais pas si tout cela est nécessaire.

Je donne l'impression d'être une longue plainte permanente et silencieuse, alors que j'appelle impulsivement au secours. »

Entrevoir une nouvelle relation est une idée bien éloignée de moi. Il m'est bien plus paisible de revivre la dernière, en souvenirs.

Je vais avancer ainsi jusqu'à un certain point, et peut-être qu'un jour, j'écrirai une nouvelle lettre d'amour.

Cette fois, une lettre d'amour pour ne pas dire adieu à l'être aimé.

Je l'écrirai au bord de mon voilier, au milieu de l'océan Pacifique, où je flotterai avec ma littérature embarquée. Loin des hommes, loin des informations, de la politique, du racisme, de l'homophobie, et de la vie des autres.

Dans ce silence, je n'entendrai plus ces choses atroces qui sortent de la bouche des gens, dans toutes les langues que je comprends.

Pendant un temps, il n'y aura plus d'attentats, ni de viols, ni d'enfants abusés, ni d'accidents provoqués.

Plus de politique, plus d'impôts, plus de vie chère. Rien que l'immensité de l'océan, la simplicité de mon être et l'envie de retrouver l'être aimé.

J'ai besoin de me déconnecter de la terre et de partir en mer.

J'ai besoin de voir du bleu, d'être malmené uniquement par les airs, mais aussi de ne faire qu'un avec le mouvement d'une eau aussi vivante que pourrait l'être ma renaissance aquatique.

J'ai envie de pleurer fort et de crier doucement, sans que personne ne puisse m'entendre. J'ai besoin de m'en aller, de voir si je peux mourir de joie dans une vague d'océan.

Et si je suis épargné par le dernier souffle, peut-être alors retrouverai-je le goût de la vie. Mais aujourd'hui, je suis mort.

Tout me donne envie de reboire et de fumer, pour accélérer ce suicide, assisté par mes démons savoureux.

Peut-être vais-je mourir d'avoir essayé d'être raisonnable pendant trop longtemps, alors qu'il suffirait d'essayer de revivre. J'en viendrais à aimer encore, et dans les bras de ce sentiment encombrant, je pourrais pleurer ou rire, en mer ou à terre. Juste avoir envie d'être deux à nouveau, ne plus craindre mes émotions, croire encore et pour toujours au miracle de la vie et de l'amour.

L'absence répétée de ces guillemets sournois renforce la schizophrénie de mes aveux.

Tous ces maux m'étaient finalement adressés et ont fait partir en fumée l'état de mes profondes addictions. Je me suis mis à pleurer, je pleure et ne reviens plus à la raison. Je dois lui offrir cette vie, je dois continuer à me battre pour qu'il puisse être heureux avant de nous quitter. Je dois l'accompagner sur ce chemin que nous avions commencé, et pour lequel il s'apprête encore à fuir.

Sa sensibilité me touche encore, et je ne sais comment, un jour, nous pourrons aborder tous ces silences qui nous ont séparés. Je crois que je l'aime encore plus quand il va mal, je crois que sa souffrance est la seule chose qu'il puisse offrir. Je crois qu'encore une fois, c'est en le lisant que je peux le comprendre et enfin excuser tous ces démons.

Il va nous falloir du temps pour retrouver ce qui rendait notre amour infaillible, cet amour qui pouvait tout combattre, jusqu'aux gens qui ne voulaient pas nous voir ensemble. Je veux que, demain, depuis son voilier, il puisse enfin m'écrire cette lettre d'amour qui me sera cette fois destinée.

Ma dernière trouvaille dans ce désordre de papier fut un Alexandrin acrostiche déchiré, presque coupable. Oublié, mais retrouvé. Réassemblé façon puzzle. Je pleure esseulé dans cet espace vidé, sans rien y comprendre.

« Une lettre alène sur le cuir de ma pensée

Les mots semblent vouloir s'écrire au trou poinçon,
Anoblis sans raison en te voyant ce soir.
Verrouillant l'espoir de faire de toi mon amant,
Enlacé par l'instant du désir de ton corps.
N'abdiquant pas la mort, jusqu'à elle je te suis,
Irréel poursuivi par l'ombre d'un amour.
Retrouvant ce toujours où déjà je t'aimais,
Soupirant, maltraité, revenant de très loin.
Embrassé de ces soins que tu ne m'as pas donnés,
Relativisant, mais presque essoré de tout.
Absent de tes airs doux, ranimé par ma joie,
Roulant sur cette croix de nos vies éventées.
Adulées dans ce désert blanc égocentrique,
Démystifiant la gîte de mon grand océan.
Irradiant jusque dans ma vie déferlante,
Embaumant ma tourmente aux vents les plus hurlants.
Unie étrangement par cette immensité,
X et O sont cet anglais, quand moi, je t'aime tant. »

Je viens de passer la porte d'une drôle de prison. D'une geôle ou peut-être d'un cloître, peu importe la sensation d'enfermement que me procure ce lieu et cette situation. S'il était toujours aussi poilu, je dirais tanière, mais sans ses cheveux, cette image de l'ours que j'avais de lui s'éloigne peu à peu.

J'ai laissé cette personne qui m'agaçait par ses défauts, qui m'empêchait de l'aimer encore, et qui pourtant me rendait nostalgique.

Mais à quoi bon essayer de vider la fontaine de Bernos ?

J'ai beau tenter de le haïr, de l'oublier, mais tout ce non-sens se remplit de plus belle, sans jamais se tarir, et me revient tel un boomerang affûté, sectionnant mes envies de le détester encore un peu. Dévastant mes appétences à me débattre pour ne plus l'aimer.

Ma colère et ma raison sont en berne et je me suis jeté de nouveau, tête première, comme une vieille pièce de monnaie faisant face ; pile au fond de son marécage inextricable de vase mouvante, sans aucun espoir de réaliser un vœu.

Je remets alors mes menottes abandonnées et me laisse incarcérer de nouveau dans sa vie, qui me semble tout de même devenue misérable. La vie s'est jouée d'une certaine répétition, comme si revenir n'arrangeait rien, comme si les secondes chances étaient toujours vaines.

Peu avant de passer sous le cadre de sa porte, je croise toutes sortes d'énergumènes que les Québécois nomment de ces deux jolies lettres familières : B.S. Deux lettres qui, pourtant, nous unissent. Je les inverse toujours ici, sachant qu'en anglais, signer BS « Bullshit » est apparemment tout aussi hilarant que les initiales françaises PD, si votre patronyme s'en réduisait à être Durant.

Peut-être le sommes-nous tout autant. À consonance péjorative au pays de l'érable, mais qui définit si bien ces gens qui refusent, d'une certaine manière, l'ascenseur social. Des assistés, comme on dirait en France. Des gens sans but, comme je le pense.

Avec Cyprien, autant lui que moi, nous sommes, à de nombreuses reprises, tombés bien bas ; surtout lui. Si bas que nous étions les seuls à pouvoir nous sortir de ce trou béant de fainéantise, dans le puits sans fond de nos gauloiseries que nous creusions nous-mêmes. Nos corps eux-mêmes se fatiguaient du moindre mouvement.

Mais nous n'avons jamais perdu nos buts respectifs. Cyprien m'a apporté une chose dans la vie, c'est de ne jamais cesser d'y croire, peu importe en quoi. Il fallait juste y croire. Rêver, c'était déjà la moitié de la réalisation de nos projets selon lui.

Et je dois dire que c'est exact. Si une chose peut exister dans notre esprit, seuls nous pouvons décider de la réaliser ou non ; la seule barrière, ce sont nos propres limitations. Je n'en avais plus aucune et m'autorisais même le pire.

Me voilà de retour.

Cependant, ses rêves avaient toujours plus de poids, face à moi, terre à terre et cloué au sol, sans jamais m'envoler vers des rêves trop hauts pour moi, même avec des rêves plus légers à porter sur soi, dans une poche, même trouée. Il avait beau me pousser à réussir, à me dépasser, ses projets devaient être supérieurs aux miens. Il ne le disait jamais frontalement, mais sa façon de me prodiguer des conseils prétendait toujours l'inverse d'un coup de pouce ou de main.

Il me disait que non, mais je connaissais sa façon autosuffisante de dire ce qui était bon ou non, et ça avait le don de me démotiver de toute action.

Je commence à comprendre ce que les Canadiens reprochent aux Français, cette façon de s'exprimer, de débattre de tout et de prétendre tout savoir sans jamais écouter les autres, en dénonçant toujours les problèmes sans même s'intéresser aux solutions, et en s'endormant au son de sa propre voix. Plus je deviens Canadien, plus je maudis le Français qui sommeille en moi.

Sur le sol de Gaule, je ne comprends pas ce qui nous pousse à ne pas nous aimer, à critiquer sans cesse ce que nous sommes, notre pays, les nôtres et notre culture, pourtant c'est ici ce que je fais. Nous sommes en quelque sorte nos propres ennemis, comme si chaque nouvel immigrant devait passer par cette étape d'auto-détestation pour pouvoir survivre en France métropolitaine et devenir un vrai patriote, presque une souche infertile d'optimisme.

Mais à l'étranger, c'est tout le contraire, et donc au Canada, tout semble toujours mieux en France qu'ici. Les Français sont les meilleurs ; font tout mieux, et le chauvinisme inné de nos êtres se réveille et en met plein les yeux à ceux qui s'épuisent à nous laisser parler. Par politesse.

Quand je rentre dans ce pays qui fut le mien, il me suffit de passer la douane pour me faire une opinion négative de ma patrie. J'avais ce même sentiment en Tunisie.

Bien que je n'y aie passé que des vacances, une partie de ma famille maternelle y vit encore. Et j'ai beau partager mon être entre trois cultures, je ne peux renier le sein qui m'a nourri. Je dois jongler entre ces trois amis-ennemis, trouver une sorte d'équilibre à trois jambes, pour ne pas, inconsciemment, les comparer les unes aux autres.

Chercher à tout comparer en permanence n'a pas vraiment de sens.

De la Tunisie, je n'ai que mes racines et des souvenirs de vacances ; de la France, j'ai mon éducation, mon identité, et la chance de m'ouvrir au monde grâce au bon laissez-passer ; et du Canada, j'ai le choix, qui fait de moi la somme de toutes les beautés de ce monde, qu'il serait fou de ne plus appeler paradis. Je suis devenu mouvant, ne sachant plus où bâtir mes propres fondations, baignant dans la chance d'avoir plus de passeports que de raison.

Le Canada incarne le vivre-ensemble qui devient impossible dans mes deux autres pays.

J'appellerais ça la maturité, la douce concession inévitable pour ne pas se haïr soi-même, les autres, ou les deux à la fois. Mes trois « multipass » ne sont que des papiers, mais si mes parents n'étaient pas venus en France, alors mon histoire serait peut-être tout autre.

Cyprien se met fréquemment en colère quand je lui vends le bled comme un endroit idyllique. Il me dit que je ne connais rien de ce pays, que je ne pourrais pas y vivre une année entière, que je parle de la Tunisie comme d'une possibilité enrichissante de mon futur, alors que mes propres cousins ne rêvent que d'une chose : prendre ma place, partir, et faire de ce semi-désert un passé.

Alors, on s'énerve l'un contre l'autre. Il me dit tout ce qu'il pense et moi, je me mens à moi-même, car je ne supporte pas sa façon de me dire à quel point je ne suis pas assez arabe pour vivre en Tunisie et à quel point je suis trop français comparé à lui. Monsieur est niçois !

Mais au fond, il a raison. Je crois que j'aime la simplicité de ce tourisme facilité par mes racines et ma couleur de peau. Le plaisir de voir et de garder un lien avec ma famille maternelle. La maison de ma mère à Tunis n'est qu'un lieu de villégiature où, si demain je n'avais que la nationalité tunisienne, je n'aurais qu'une envie : partir vers le futur de terres moins arides.

Mais Cyprien doit comprendre mon héritage. Là d'où je viens, je ne suis que la première génération de beurs dans ma famille, avec une partie de ma fratrie qui ne l'est même pas.

Je me demande parfois si la France n'est pas devenue un hub, permettant l'acquisition d'un bout de papier pour partir ailleurs, une fenêtre encore ouverte sur le monde, s'étant agrandie en porte que l'on claque.

Je pense que, par notre fuite insensée, nos découragements et nos peurs, nous avons contribué à détruire ce beau pays qui nous manque, qui me manque toujours. Avec Cyprien, nous construisons au Canada ce que nous n'avons jamais tenté là où nous sommes nés. Les barrières constantes que nous rencontrions nous empêchaient de nous libérer des cases dans lesquelles la société nous enfermait. Cyprien a fait sa part pour nous deux : il a tenté l'aventure entrepreneuriale, et sans surprise, ce fut compliqué.

J'ai l'impression qu'aujourd'hui, Cyprien est devenu, péjorativement, l'arabe des Canadiens, vivant dans une misère qu'il pense provisoire mais dont il s'accommode bien. Les HLM, pour les blancs, c'est l'enfer, la pauvreté, l'assistanat ; pourtant, beaucoup d'entre nous aimeraient ces appartements à faible coût s'ils n'étaient pas infestés par le renoncement.

Ce n'est pas un HLM, là où il vit, mais ça y ressemble. Les gens qui évoluent autour de sa résidence ne semblent pas trop se préoccuper du vivre-ensemble. Ils n'ont pas l'air non plus de se poser la question du futur, et Cyprien non plus, j'ai l'impression.

C'est aussi ça, le Canada : des gens qui sont là, sans but, se contentant du minimum, attendant que le temps passe et regardant d'autres s'exciter à gagner leur vie, pour finalement vivre tout aussi pauvrement.

Rien n'est plus vert au pays de l'érable. Mais à notre arrivée nous pensions insolemment le contraire.

C'est dans cet environnement que je passe ma première nuit avec Cyprien. Je ne comprends pas pourquoi il vit là. Il travaille presque sept jours sur sept et gagne près de cent mille dollars par an. Il n'a jamais gagné autant et pourtant, il s'enlise dans la pauvreté. Ses nuits sont accompagnées par sa voisine toussant d'un bang mal fumé.

Il a toujours aimé les beaux endroits. Je ne sais pas ce qu'il fait ici, dans cette zone de la ville où zombies au fentanyl et B.S. se croisent sans savoir pourquoi, ni se rappeler pourquoi ils se sont croisés.

Ça fait moins de deux minutes que nous sommes arrivés. Le voisin du bas a la télévision à fond, la voisine d'à côté ne cesse de crier dans ce qui semble être une conversation téléphonique, et Cyprien, d'un ton résigné, me dit qu'il a un casque à suppression de bruit si j'ai envie de me poser ou de lire un livre.

Ça me fait rire, mais ne me rassure pas sur la tranquillité des lieux.

Il est entouré de quelques feuilles de papier qu'il ose appeler murs, où même sans voir à travers, nous pouvons imaginer la détresse de ses voisins.

Lui qui ne supportait pas le moindre bruit à Whistler semble s'être fait une raison. Je lui pose la question et lui soumets mon étonnement. Il me dit que seul, s'il déménage dans un meilleur quartier, il devra payer le double, ce qu'il ne peut pas se permettre. Qu'il continue de rêver de son voilier et qu'il économise pour payer ses études avant d'acheter ce qui sera sa future maison flottante.

Il ne semble toujours pas m'inclure à nouveau dans sa vie, ne semblant toujours pas vouloir renoncer à ce rêve que je trouve idiot.

Je réalise que même avec cent mille dollars, les gens continuent de vivre, comme on dit ici, « paycheck to paycheck », ayant du mal à finir leur mois. Ce n'est pas rassurant, et moi qui suis au chômage actuellement, cela ne me donne en aucun cas l'envie de reprendre une activité. De m'essouffler pour un salaire qui nous plonge toujours un peu plus dans la misère.

Je commence à me dire que c'est peine perdue.

Cyprien a toujours gagné plus que moi. À Whistler, il gagnait moins que ça et nous avions plus d'argent à dépenser irresponsablement. Aujourd'hui, il gagne le double mais travaille deux fois plus. Je ne comprends pas quel est l'intérêt de rester ici ; je commence à songer à repartir en France.

Je crois que je suis un peu déçu de le retrouver là. Ce n'est pas lui : ses ambitions sont intactes, mais sa résilience est étonnante. Il me disait, il y a quelques années, quand il prit la décision de tout briser de notre rêve montagnard :

— Tu ne peux pas devenir millionnaire si tu traînes avec des RMIstes. Tu dois te rapprocher du monde dans lequel tu souhaites évoluer.

Pourtant ce que je vois ici, c'est un immigré au teint blafard, qui paie trop cher un HLM dans lequel personne ne voudrait vivre, bien loin de son voilier et de ses rêves. Moi, je ne veux pas y vivre et nous ne sommes plus immigrés. Si lui est devenu l'Arabe de service, moi, je ne le suis plus. Je ne veux plus l'être.

Même en étant fumeur, l'odeur est à vomir. Ça sent le tabac froid et le cannabis à tous les étages, et il semble être le seul à travailler dans son immeuble. Il est le seul à se soucier de ne pas déranger le voisinage ; il ne boit plus et ne fume même plus de cigarettes odorantes qui pourraient masquer l'odeur du chanvre qui l'entoure.

Je ne sais pas s'il prend de la drogue en cachette avec les zombies de sa rue ou s'il est devenu con, mais ce n'est pas l'homme que j'ai aimé, que je connais.

Je lui fais part sincèrement de toutes mes craintes. Il m'explique que toutes ces concessions sont possibles, car il travaille presque tout le temps, et qu'il ne veut pas payer un endroit pour ne jamais y être. Tout semble logique jusque-là, mais l'environnement est important ; le lieu de vie est primordial pour se sentir bien. Pour que je puisse me sentir bien. Pour qu'il puisse se rapprocher de ce qu'il veut être.

Là, ce n'est pas un homme serein qui se tient face à moi, avec des arguments aussi pitoyables, dont seul lui semble vouloir y croire. Ça fait déjà cinq années qu'il est là et pas un seul millionnaire à l'horizon, mis à part les sardines de son placard.

Moi, je n'accepterai plus de vivre en cité ou dans un quartier comme celui de Cyprien, je ne me sens pas à l'aise ici. C'est pourtant le centre-ville, mais tout y est désert et insalubre.

Même avec Elliot, nous avions vue mer, ou presque, et vivions à Vancouver. Une des villes les plus agréables du monde selon les classements internationaux. J'étais fier d'y avoir un pied à terre. Je m'en ventais en France. Ça faisait bien quand je rentrais voir mes amis d'enfance et que je leur amplifiais ma vie. Mon studio devenait vite un trois pièces avec terrasse. J'ai grandi près de Marseille, c'est comme ça qu'on dit studio dans ma langue provençale.

Quant à la vue mer à Nanaimo, il me dit sarcastiquement de sortir sur le palier et que de là, il a la vue sur l'océan, que ça lui convient.

J'ai l'impression qu'il vit comme un B.S de bas quartier. Où sont passés ses rêves ? Ses gros rêves démesurés, ceux qui ne l'empêchaient jamais de s'envoler ?

Il commence à s'agacer de mon dégoût, de mon incompréhension, je sens le vent tourner et ce qui devait être un joli moment de retrouvailles se transforme en un profond regret.

J'ai commis une erreur, je n'aurais jamais dû reprendre contact avec lui. Plus nous essayons de communiquer, plus l'agacement et l'inconfort prennent de la place entre nous. Le moindre souffle ou mouvement de corps crispe l'autre, et la réciprocité du besoin d'en finir devient évidente.

De nouveaux voisins semblent emménager dans son immeuble, ça me glace le sang. Qu'est-ce qui pousse tous ces gens à vouloir habiter ici, quand le seul mouvement qui me semble lucide est de fuir cet endroit, maudit par la misère et le bruit ?

Il me demande si je veux aller au restaurant ou rester ici pour qu'on se cuisine un petit plat maison. Il me fait des suggestions : gratin de ceci, gratin de cela, et moi, je ne l'écoute pas, ne l'écoute plus. J'ai tout aussi envie que lui de mettre fin à cet épisode gênant et angoissant.

Le blanc qui succède à ses envies culinaires accompagne le silence de nos conversations mourantes, entrecoupé par les cris de la voisine, d'une grosse voix dehors qui semble vouloir communiquer avec une toute aussi grosse, comme s'ils étaient seuls dans leur monde bruyant.

Et toujours ce bruit sourd et monotone, ces vocalisations qui viennent du bas, ce voisin qui ne veut rien louper des infos en continu, qu'il regarde apparemment de six heures du matin jusqu'à quatre heures le lendemain, tout aussi matinal. Deux heures de trêve par jour, selon Cyprien. Et ces nouveaux venus qui ont le culot de rire et de sembler heureux, de le prétendre, qui s'installent tout aussi bruyamment et m'invitent à fuir en courant.

Je lui dis :

— Allons au restaurant, je ne peux pas rester ici.

Je le vois attristé par la situation, et je me dis qu'il va falloir que je mette de l'eau dans mon vin blanc sans alcool généreusement servi... J'essaie de lancer un sujet de conversation afin de détendre l'atmosphère que j'ai contribué à rendre toxique... Il semble ailleurs, nous ne sommes plus connectés comme avant, je vois qu'il ne digère toujours pas mes commentaires sur sa vie, que je trouve minable et pathétique... Alors je comprends que la discussion n'est pas terminée et je lui dis tout ce que je pense, ouvertement et sans filtre, comme nous l'avons toujours fait...

Il finit par me remercier de ma franchise. Sa meilleure amie, Camille, lui avait déjà fait remarquer que sa vie n'était pas la plus gaie qu'il ait vécue... Mais il me rappelle que son but ultime, c'est la continuité de sa formation de marin et l'achat de son voilier... Il me rappelle à quel point Camille et moi sommes terre à terre, à quel point nous sommes matérialistes... Que nous deux, nous ne pouvions pas comprendre ses rêves, car le matériel, le confort et la peur de manquer sont bien trop présents culturellement chez nous... Il me dit qu'il nous respecte et qu'il comprend, mais qu'il demande à son tour d'être compris...

Aussi, qu'il se posait la question de mon retour, car lui n'avait rien demandé jusqu'à présent et qu'il avait finalement accepté mon départ... Qu'il me pensait parti pour un monde meilleur ou épanoui quelque part dans les bras d'un autre...

Il avoue ne pas être le plus heureux au premier abord, et qu'il n'a aucune raison de sautiller de joie dans une vie qui se consacre à cent pour cent à bien autre chose qu'au quotidien.

Un silence s'installe de nouveau.

Puis, je commence à lui expliquer pourquoi je suis parti, pourquoi je n'ai pas voulu poursuivre ses rêves avec lui, et là…

D'une colère que je n'avais pas vue depuis longtemps, il me demande de me taire, qu'il ne m'a rien demandé et qu'il ne veut rien entendre de pareil :

— Je ne veux rien savoir, ni de toi sans moi, ni de toi avec l'autre, ni de toi recherchant mieux encore et tout à la fois. Je ne veux rien me voir reprocher, car je n'ai jamais rien fait d'autre que t'aimer. Je ne t'ai jamais trompé, jamais menti, jamais humilié, et j'ai toujours pris plaisir à te faire l'amour. Je ne te demande rien, ne t'ai jamais rien demandé et ne te demande toujours rien. Tu peux rester avec moi ce soir et prendre le premier ferry demain, je ne te force à rien. Si tu veux prendre un hôtel, je te le paie, je m'en fous. Mais ne reviens pas dans ma vie pour me parler de toi, toujours de toi, de ce que tu cherchais, que tu recherches ou de ce que tu attends de moi qui ne demande toujours rien. Si je ne suis pas prêt à refaire des concessions pour retrouver une nouvelle personne dans ma vie, je ne suis pas prêt non plus à te refaire une place auprès de moi. Pas de cette façon-là !

Je me mets à pleurer et m'excuse d'être parti. Je lui dis que je n'ai jamais cessé de l'aimer, que je l'aime, mais que je veux aussi qu'il me fasse une place auprès de lui. Une vraie place, tout entière. Je veux qu'il prenne en considération tout ce que je suis, qu'il s'imagine encore un futur avec moi.

Nous nous mettons à pleurer tous les deux, nous nous serrons dans les bras, et ce jour-là, nous nous sommes mêlés au vacarme ambiant de son immeuble et de son quartier. Pour la première fois, ils ont entendu un peu de vie sortir de ces murs de papier qui l'emprisonnaient dans sa solitude et ses ambitions qui l'isolent.

Nous sommes sortis ce soir-là, au restaurant Mélange de Nanaimo. Nous avons passé une bonne soirée où l'Orient et l'Occident se sont remis ensemble à danser. Plus qu'un mélange, une harmonie de sens retrouvés. Je n'ai pas repris le ferry le lendemain.

Nous venons de rompre avec Elliot.

Je ne sais pas vraiment où aller, où je vais. J'appelle mes amies de Squamish, mais personne ne répond. Je n'ai plus personne autour de moi.

J'ai la journée pour débarrasser les meubles et mes affaires de notre appartement. Un ami, ou plutôt une connaissance, Djibril, m'a conseillé de louer une boîte dans un dépôt de la ville. Il m'a aussi proposé son aide pour déménager mes affaires. Je n'ai pas accepté ; je dois faire ce ménage seul.

Malheureusement, il ne peut pas m'héberger, car il vit en colocation avec des règles strictes sur l'accueil d'étrangers.

Je lui dis que tout va bien, que j'ai une idée, que je vais me débrouiller.

Je n'ai jamais loué de fourgonnette depuis que j'ai mon permis. Je vais aller me renseigner. Je crois que Budget loue des boîtes aussi ; je vais tout prendre chez eux pour me simplifier les choses.

Malgré mon désespoir et mon manque de motivation, je me bats une dernière fois pour ne pas retomber là d'où je viens. Il serait peut-être plus simple que je rentre en France, quitte à tout laisser à Elliot et ne rien emporter. Je prends un aller simple Vancouver-Paris, puis un Paris-Marseille ou Nice, et je rentre à Toulon. Je retourne voir ma daronne et reprends ma vie d'avant, dans ma cité aux noms de fleurs odorantes des Antilles.

Pourquoi est-ce que je quitte tout ce qui ressemble aux bonnes choses dans ma vie et garde les autres ?

Elliot n'est pas parfait, mais qui peut se prétendre l'être ? Moi ?

Nous sommes au printemps 2026. Tout résonne comme le dernier printemps de ma vie, comme si tout me surprenait à être plus beau que d'habitude. Même ma province me semble la plus belle ; je ne vois rien de moche autour de moi, juste une renaissance perturbée par mes choix, comme si elle était la dernière donnée et comme si cette fois, je n'aurais plus de deuxième chance, les ayant toutes épuisées.

Je ne supporte plus mes échecs permanents. Dans ces brouillards intenses et épais, je pense à mon ex, Cyprien, et me demande ce qu'il ferait. Lui qui ne s'est jamais vraiment manifesté, qui n'a pas appelé au secours, qui a tout repris à zéro et qui semble réussir sa vie comme il le peut.

Mais c'est quoi, réussir sa vie ? Avoir un bon métier ou être heureux ? Qu'est-ce qu'une bonne situation Édouard Baer ?

Il a l'air de n'en avoir qu'un sur deux de coché, sur son tableau des réussites ; l'amour semble ne toujours pas vouloir s'installer durablement dans sa vie depuis mon absence. Je pense beaucoup à lui. Peut-être suis-je encore la pièce manquante à son bonheur sans concession. Je ne peux pas l'appeler, car cela fait longtemps que je l'ignore. Je n'ai jamais répondu à ses messages, et ça fait plusieurs années qu'il a cessé d'essayer de m'en envoyer. Enfin, je crois.

Je ne sais pas si ça lui ferait plaisir de me revoir, de tomber sur moi par hasard. J'imagine nos retrouvailles au coin d'une rue ou sur le pont d'un bateau, juste pour voir si je suis encore une bonne surprise dans sa vie.

Je me pose cette question depuis un certain temps, comme si j'en avais fait un plan de retranchement, une issue de secours.

Depuis toutes ces années, je m'efforce de ne pas le faire figurer dans mon cœur, dans mon esprit et dans mes yeux. Car l'image et la représentation sont la fin de tout : elles nous condamnent à des sentiments que nous ne pouvons plus maîtriser, qui nous dévorent de l'intérieur et nous font prendre les plus mauvaises décisions de notre vie.

Je ne veux pas que la seule chose qui ait eu du sens dans ma vie se meure, à trop se jouer l'idée d'un souvenir parfait qui n'aurait jamais vraiment existé.

La question ne se pose pas de toute façon.

Même si ma détresse passagère m'amène à réévaluer mon passé, je n'ai aucune envie de le revoir.

J'y pense, c'est tout.

De toute façon, il ne voudrait plus de moi. J'ai vieilli, je ne sais même pas s'il me reconnaîtrait.

Et moi, je ne veux pas trouver un vieil homme dégoûtant dans mon lit. La dernière fois que je l'ai vu, aperçu, suivi, espionné, il se traînait jusqu'aux baleines, comme si elles-mêmes s'étaient mises à marcher et se faisaient imiter par sa démarche lancinante. Deux cents mètres nous séparaient en tout temps. De dos, je voyais cette personne ralentie par le temps qui passe, couvrant sa calvitie d'une casquette rouge un peu moins vive, usée et délavée, une veste bien trop chaude sous le bras.

Vêtu de ses habituels vêtements de voile, il emmenait des touristes obèses ou écervelés voir des baleines qui ne demandaient que la paix, les rendant sourdes de désordres d'hélices aux vapeurs d'essence incandescentes.

Rien ne m'avait donné envie d'entrer en contact avec lui. Pourtant, les minutes où je ne l'avais plus en vue et les heures en mer qui ont suivi m'ont rendu tout aussi malade de manque, comme s'il m'était confirmé que je ne savais pas ce que je voulais dans ma vie amoureuse.

255

Cette tristesse ne pouvait pas s'expliquer, tant l'affirmation de mon choix était profonde. Je ne voulais plus jamais le revoir, ni partager une nouvelle histoire avec lui.

Ni de près, ni de loin.

Même un appel m'était impossible, même si l'envie de l'entendre me dévastait profondément. Ça me dévorait jusqu'à m'en faire perdre la raison. Que fais-je à observer mon passé ici, m'étais-je dit ! Dans un délire total je m'étais donné l'après-midi pour savoir si j'allais l'approcher ce jour-là, mais j'ai fini par remonter dans le ferry rapide Hullo qui relie Vancouver à Nanaimo et je suis rentré à la maison dans le sens opposé de ma vie.

Hier Elliot ne m'a même pas dit bonsoir ; il était occupé à jouer en réseau, la tête divisée en deux, un œil sur un écran et l'autre sur le deuxième parallèle au premier, formant une symétrie parfaite avec son renoncement à vivre dans notre réalité terrestre, se refusant de partager la mienne.

Il aurait pu en avoir un troisième, ça ne l'aurait pas dérangé. Quand tout le monde semblait vouloir changer de sexe, dans ce monde de nouvelles normalités que les médias nous forçaient à consommer, lui aurait voulu un troisième œil, même au rabais, d'occasion, juste pour ne rien manquer de ce qui n'avait d'importance que pour lui et sa communauté, occultant tout le reste. Surtout moi. Un monde créé de toutes pièces, qui ne pouvait plus s'empêcher de tourner ; de le faire se retourner et me voir à nouveau.

Il m'est arrivé de leur souhaiter une panne planétaire, comme pour les sauver de leur misère. Une attaque terroriste de conduits électriques à laquelle j'aurais pris fièrement la tête des combats sur mon cheval de Troie. Suivi de mon armée, formée de ceux qui se refusent encore à ce monde virtuel qui nous trucide un à un ou nous écarte, qui n'a même plus besoin de nous pour tourner. Là où même lire est transformé en code et en onomatopées de programmeurs agoraphobes.

De mon côté, je ne me laisse pas aller. Je me suis fait couler un bain moussant et j'ai laissé mon corps se noyer de chagrin dans des vapeurs de santal équilibrant mes émotions et reconnectant ma concentration et ma clarté mentale. Un parfum qui évade mes pensées, là où mon monde imaginaire se dessine de mon passé, tout en illuminant un futur que je fantasme et qui n'existera jamais.

Je ne savais pas ce que je voulais. Je savais tout juste ce que je ne voulais pas, ce que je ne voulais plus. Et ça portait un nom : Elliot.

Enfin, je le crois.

Cyprien était un modèle en la matière. Il me disait toujours qu'il était guidé par ce qu'il ne voulait plus. Que c'était un bon début pour explorer ce que l'on voulait vraiment, même sans le savoir.

C'est comme ça qu'il a tout brisé de nous, en se rapprochant d'une vie qui lui semblait plus adaptée, une vie de marin solitaire, loin de tous ceux qui avaient fait de lui l'homme que j'avais tant aimé.

Le Vieil Homme et la Mer m'avait retourné l'esprit lors de ma déambulation amère à ses côtés. Mon âme avait la vue trouble, et mon futur commençait à s'assombrir en me forçant à réimaginer ma vie sans Cyprien. Tout devenait salé par sa faute, tout semblait avoir trop de goût dans cette nouvelle existence qui était la mienne et qui était devenue inadaptée. J'en étais persuadé, je devais partir. Je n'étais pas femme de marin et encore moins équipier.

Aujourd'hui je n'avais plus envie de remonter à bord de son radeau de papier percé, dévoré par les tarets. Moi-même, je commençais à le devenir, en remélangeant tout ce qui représentait la péremption de toute une vie d'amour. Je crois qu'il ne restait plus rien.

Et dans mon existence il ne me restait plus que le présent et le futur pour tenter de soigner la folie de ma vie, pour réparer ce qu'ils m'avaient fait subir, pour reconsidérer ce que l'on continue d'appeler Amour. Je ne connais pas de couple se reformant sans qu'il ne continue à vivre éternellement dans ce qui l'avait séparé. Je dois effacer cette idée de le reprendre où je l'avais abandonné, pour moi, ce n'était plus qu'une désillusion, Cyprien devenait une chimère que je n'arrivais plus à contrôler. Je savais que ma détresse se rattachait à mon manque d'expérience, à mon désir de confort représenté par ceux que déjà je connaissais.

Elliot et moi ne faisions plus l'amour, ne parlions plus, ne partagions plus rien. La jeunesse n'avait pas créé plus de folie douce, ni de bonheur dans notre couple. J'ai appris avec lui tout ce qui pouvait être le plus chiant dans une sexualité. Ma formation torride avec Cyprien ne m'a jamais servi avec lui ; le prix à payer que ça continue encore de me coûter s'acharne à ruiner ma vie.

Le choix n'était pas facile à prendre, car je restais pourtant ferme sur le fait que je ne voulais plus rien avec mon vieillard d'ex-amant. Cet ogre de marées se refusant encore à se démettre de ses rêves d'océan pour moi ou pour les autres.

Peut-être avais-je besoin de me retrouver seul. De ne rien partager durant quelques années. D'essayer de retrouver ma trace sur ce chemin de vie où je m'étais perdu.

Il y a peut-être mieux que deux choix. Mieux que rien. Mais ai-je encore la force de plaire et le toupet de le croire ? Tout se mélangeait dans ma tête. Je ne savais même plus qui je devais quitter, tellement mon envie de vivre avec un Elliotyprien était forte.

Peut-être devais-je reprendre Cyprien, pour encore mieux le quitter ? Pour mieux le refaire souffrir, pour tout ce qu'il a osé déstabiliser dans mes premiers conforts ?

Je voulais que mon vieux ait le corps et la jeunesse de mon actuel. Ou qu'Elliot ait le tempérament de mon passé. Je voulais tout. Ou peut-être plus rien. Je ne voulais faire aucune concession. Mais la seule chose qui m'excitait, c'était d'avoir une conversation avec Cyprien. Ne serait-ce qu'une heure. Et repartir.

Un appel ne pourrait pas suffire, car j'ai besoin de le voir me regarder. Prendre ma dose, faire remonter un peu ma vivacité d'esprit perdue dans cette dernière rupture.

Je me suis retrouvé bloqué sur un canapé, avec un jeune homme connecté à un réseau virtuel. Tous deux n'avions pour lien stone et solide, qu'un cannabis fraîchement partagé, le reste restant embué dans un néant loin du réel, loin de ce que j'avais pu imaginer comme un paradis de blanches fumées.

Alors, en disant ex, passé, ancien, vieux, tout semble cassé et prêt à être remplacé.

Il me faut détruire cette idée, celle d'un retour vers ce que je ne voulais plus, comme si c'était encore possible. J'ai besoin d'un voyage, d'aller chercher du neuf, du plus jeune, du plus beau.

Je suis persuadé que je peux trouver une âme tout aussi riche que la mienne, mais dans un corps moins abîmé.

L'idée de se tenir compagnie, sans sexe, sans envie, sans désir et sans ferveur, ne m'a jamais attiré.

Je suis trop jeune pour me retrouver avec un esprit.

Un simple esprit.

Je sais qu'il ne m'a jamais demandé la fidélité, que si je retournais auprès de lui, je pourrais tout avoir, mais je n'ai jamais aimé cette liberté. Toutes ses impuissances, ses renoncements et ses défaites, ne m'ont jamais poussé à cette infidélité désinvolte qu'il voulait m'offrir, comme si j'étais facile à manipuler. Comme s'il recrachait ses aigreurs sur moi, comme pour me punir de ses rêves d'amour qui n'avaient jamais éclos selon l'image qu'il pouvait s'en faire. Il pensait qu'il ne méritait pas l'amour et quand je voulais lui prouver le contraire, il me ridiculisait ou nous détruisait de toute sa hargne accumulée depuis l'enfance. Il savait être décevant.

Bien qu'excitante, cette illusion de jouissance libératrice s'est transformée avec le temps en colère. Je n'ai jamais accepté qu'il ne soit pas jaloux. Je n'ai jamais accepté l'idée qu'il s'était faite de me partager sans mon consentement. Il a rendu les choses sales et dégradantes à mon égard, sachant que je brûlais, chaque jour un peu plus, ma jeunesse à ses côtés. Aujourd'hui consumée dans sa totalité par les deux bouts de ma vie qui m'encerclent dans un triangle de feu, barrant ces angles étriqués, par des flammes immenses, d'une future issue loin de mon passé. Réduisant mon cercle vicieux en trois pointes condamnées, je ne sais où aller. Ma vie semble détruite. C'est quand la beauté commence à s'effacer que l'on regarde derrière ; ce chapitre se présente à moi aujourd'hui. Il m'attendait de pied ferme, souriant de manière narquoise, moi qui pourtant ne me suis jamais détourné des vieillesses qui m'ont précédé. Jamais je n'ai eu d'insolence face à plus vieux que moi, Cyprien en était la preuve. Alors pourquoi m'attendre de cette manière ? J'étais le suivant sur la liste des fatalités partagées par l'humanité. Je ne pouvais plus rien y faire, condamné à vieillir et analyser toutes mes pertes, après que mes rares gains dans l'amour leur aient laissé un peu trop de place. Je n'avais aucun répit accordé, ma peau déjà montrée du doigt par son teint basané involontaire, aujourd'hui se ridait. Même la tanner comme celle du mouton, n'aurait pas aidé à la rajeunir d'un trait !

Pour me garder plus longtemps à ses côtés, il m'avait imposé l'idée, dès nos retrouvailles au Canada, qu'offrir mon corps aux autres était une bonne chose pour moi. C'était moderne. On le voyait de plus en plus dans les séries qui parfois l'influençaient. Il aurait aimé je pense pouvoir être un bourreau des cœurs, mais derrière ses côtés proxénètes à mon égard, il avait le cœur tendre et n'avait d'yeux que pour moi. Par toutes ces contradictions, il me baignait dans la violence quotidienne, ne pouvant jamais vraiment espérer pouvoir lui appartenir, alors que lui, en me traitant de cette manière me possédait. Il ne croyait plus en la fidélité des autres, alors il a voulu la provoquer chez moi avant qu'elle n'arrive seule, cette satanée tromperie saine qui relance les couples comme on peut le lire dans les journaux féminins des salles d'attente de dentistes.

Je me suis senti si sale, si sous-estimé, que je ne lui ai jamais pardonné de ne pas m'avoir fait sa chose, son trophée, son unique et seul amour. Celui que les Hommes décrivent en disant « ma » femme ou « mon » homme. Il m'a tellement laissé libre, donné le goût du départ et de la liberté que je suis parti.

Et je ne suis jamais revenu.

J'avais besoin d'être l'homme du couple dans une autre relation, pour que jamais cette torture des grands espaces ne se reproduise dans ma vie, et que, à défaut d'être la chose de quelqu'un, l'autre soit la mienne.

Elliot l'a été. Je ne me sens pas plus propre aujourd'hui, tous mes plans ont foiré ! Et l'ignorance qu'il vient de m'offrir en retour dégrade la bonne image que j'avais faite de moi, que je pensais supérieure à celles des hommes de ma vie, plus lisse, plus fraîche et moins tordue. Pourquoi suis-je toujours l'amant qui claque la porte ? Celui qui ne se satisfait de l'amour qu'on lui propose ?

Il y a des relations parfaites, ou qui le semblent, mais qui sont destructrices. Et d'autres qui n'ont rien pour plaire mais qui nous construisent à jamais, qui nous ressemblent. Celle avec Cyprien m'aura fait naître et mourir. Tout, aujourd'hui, me semble fade à côté. Comment pourrait-on nommer ce sentiment ? Ce syndrome de Stockholm des excès de mon vieux geôlier ? Me poussant inlassablement vers les côtes de sa mer inondée. Je continue à croire, qu'il me serait néfaste même de continuer à y penser. Me noyant sous des souvenirs que je ne veux plus boire à la tasse, voulant tous les renverser ou y dresser d'immenses barrages pour ne plus jamais les voir, juste les filtrer pour mieux les digérer.

Il faut que je sois solide, que je ne flanche pas, que je tienne la barre fermement et me rende vers l'inconnu, qui semble être ma seule voie navigable possible. De ces remous qui m'éloignent de la raison et me font encore penser à lui, je veux m'en libérer. Qui sera là pour me sauver de ce naufrage qui se dessine comme si rien ne pouvait l'empêcher ?

Je ne dois pas oublier qu'il a gâché ma jeunesse, ce temps que j'aurais dû consacrer à un garçon de mon âge, ou à plusieurs.

Je n'ai rien vu venir. Je me suis laissé aller dans une relation qui a tout pris de mes meilleures années. Je n'ai pas seulement vu Cyprien vieillir, mais je me suis vu moi, approchant la trentaine, constatant le temps qui passe dans la glace, et cet homme se tenant derrière moi, grand par sa taille, me dépassant de quelques têtes, que j'aimais follement en miroir, orchestrait ma décadence et contrôlait jusqu'à mes infidélités.

Je lui en veux tellement. Je veux que cette personne souffre autant que je dépéris sous le poids de sa damnation aujourd'hui.

Je veux lui créer des incertitudes, lui qui n'en a jamais. Je veux le tourmenter de mes démons flamboyants, l'hypnotiser de mon mal-être, lui redonner tout ce qu'il m'a offert de contraintes. Et le traîner aux portes de mon enfer.

Il n'a même pas insisté pour me retrouver, me reparler, prendre de mes nouvelles. Je suis perdu dans un âge où plus rien ne semble possible. J'ai joué ma deuxième carte avec Elliot et aujourd'hui, la trentaine passée, tout est vide, sans rien éclairer sur ma route, dans cet entre-deux inutile et violent. Je crois pourtant que j'ai encore plus aimé Elliot que Cyprien. J'étais si sûr de mon choix en le laissant seul sur son chemin. Et si c'était moi qui changeais l'or en plomb ?

On aime toujours plus la dernière personne de sa vie, mais je l'aimais parce qu'il n'avait aucune autre prétention que d'être avec moi. Ce n'est plus suffisant, aujourd'hui, pour donner un sens à notre temps passé ensemble. À ce temps bloqué en chaînes entre virtuel et rage de vivre le réel.

Mes affaires sont faites. Je n'aurais pas cru que cette séparation provoquerait autant de mutisme de la part d'Elliot. Il y a eu des insultes à mon égard, mais bien plus de silences.

Mes cartons, empilés en hauteur, forment comme une ouillère en son centre emballé, dans ce couloir de lancement, déferlant vers une vague idée de retranchement. Ces vignes cubiques me permettent de ne plus le voir m'ignorer. D'abolir son indifférence par mon jeu puéril de cache-cache.

Je le trouve terne et placide, soumis à moitié. Je n'ai même pas le droit à une scène cathodique d'antan où tout explose à l'écran, alertant les voisins de mon sort

263

chaotique, faisant vibrer en bandelettes enneigées l'histoire de ma vie, s'évanouissant sous mes yeux, par ma propre volonté. Priant de refroidir ne serait-ce qu'une minute, mes ardeurs les plus virulentes, qui jamais ne veulent se calmer.

Cette froideur et cette absence de reconnaissance de nos êtres désormais divisés me montrent à quel point je me suis trompé sur lui. Sa façon de me traiter me donne presque envie de rester et de reprendre le contrôle de sa vie.

Il ne m'a même pas embrassé, il ne me regarde même pas partir.

La fourgonnette est pleine. Pleine de choses qui ne me serviront à rien là où je vais. J'aurais dû tout laisser et m'enfuir. À quoi bon trimbaler des objets sans valeur quand on perd sans cesse ce qui en a vraiment ?

Ce qui me rassurait dans les hommes de ma vie, c'est qu'ils avaient en commun une certaine forme de grisaille, de renoncements permanents d'une bonne image qu'ils pourraient renvoyer aux autres, une certaine forme de monotonie que moi je pensais totale chez lui, chez mon ultra-connecté aujourd'hui. Cyprien ne s'en rendait pas compte et traitait tout le monde comme de la merde autant que je m'en souviens. Elliot ne se posait même pas la question. Et moi, je suis en pleine conscience de ma trivialité profonde, de cette stagnation dans laquelle la vie m'a plongé et qui me relie à eux. Je regarde cette fin, là où je ne suis pas encore incarné dans cette histoire qui n'a été qu'une absence de discernement, une réalité pourtant explorée dans les abysses les plus profondes de ma folie et suis proche de perdre ma voix.

Je passe ma plume à gauche pour la lui tendre. Il la saisit de sa main droite et me dit « à bientôt ». Comme pour m'éloigner à jamais de lui. M'ayant utilisé depuis la première ligne pour enfin se libérer.

Me faire vivre encore un peu dans sa vie aura été sa dernière grande aliénation. Sa création dévastatrice.

Il m'envoie alors un baiser que je ne recevrai jamais. Que je ne souhaite pas.

Il a consacré tout ce temps à me faire renaître et à espérer, fort, que je ne sois pas mort.

Il m'a fait revivre quelques heures. Peu importe où je me trouve, je dois maintenant dire adieu et passer mon tour du bout de mes phalanges. M'éclipser de ce monde qui n'est plus le mien. Je saurai à jamais combien il a pu m'aimer, combien il m'aime, et je connais à présent sa tristesse. Sa condamnation mentale, l'incarcérant dans ce huis clos mental où seul lui évolue, où seul lui se parle.

Cyprien, tu t'es fait beaucoup de mal à rejouer notre futur. Pourquoi as-tu fait ça ? Le passé était assez beau pour que tu le protèges au fond de ton cœur, comme un joli souvenir, une histoire ayant déjà trouvé sa fin. Tu devais prendre soin de notre romance et ne rien espérer de nouveau, ne plus rien croire.

Je ne peux en fonction du sens, malheureusement, terminer ou commencer ma fable par un « je t'aime ».

Je ne peux pas conclure cette lettre d'amour ni vraiment commencer à la rédiger. Je ne peux que te laisser là où tu savais que j'étais, sachant au fond de toi que tu ne pourras jamais me retrouver.

Je ne t'en donne pas le droit, et tu dois enfin commencer par te libérer de moi. N'était-ce pas là ton projet ?

Je t'avais souhaité le meilleur, et tu n'as même pas essayé d'atteindre ce bonheur.

Repense à tout ça.

Ne te laisse pas aller. Répare ton cœur.

Pour ma part… Cyprien… Je crois que je dois être un peu simple d'esprit pour en être arrivé là.

Croire encore à une suite vivante, de toute sa beauté, de toutes ses incertitudes, et de sa violence nous laissant jeunes à jamais. Loin de cette vieillesse qui s'impose à moi, et me détruit de ton absence, par ce temps qui passe odieusement, et lentement sans ton sourire, sans tes caresses.

Ou alors, j'ai développé de nouveaux dons de schizophrénie. Une maladie folle, non examinée. Intraitable. Incurable. Irritable.

J'ai perdu un bout de ma vie dans cette autodestruction… Tout a pourtant été utile dans cette souffrance. Comme si je voulais enfin m'autoriser à ne plus croire en ton retour, à ta résurrection. Aujourd'hui, je connais l'itinéraire qu'il me faut prendre. Je crois que ma balade sera longue, solitaire, et loin du monde.

Je largue la trinquette ! Le foc se gonfle de fierté ! Je pars ! Une buse pattue s'accroche à ma mémoire. Loin de ses hennissements, j'irais rejoindre les cinquantièmes hurlants.

Manufactured by Amazon.ca
Bolton, ON

46400828R00157